历代名诗鉴赏

元明清诗

上海辞书出版社文学鉴赏辞典编纂中心 编

上海辞书出版社

编者的话

提起元明清三代的文学，也许你更多会想到的是琳琅满目的杂剧传奇和以四大名著为代表的小说等叙事类作品，似乎好诗已经被前人写尽，元明清诗在唐风宋韵的光芒之下显得暗淡。其实，元明清诗继唐宋诗之后，依旧向前发展，推陈出新，历久不衰，有诸多脍炙人口的名篇名句广为流传。正如清人赵翼所言："江山代有才人出，各领风骚数百年。"

元代立国虽短，却也有"以鸿朗高华之作振起于中州"的元好问；有"以宋王孙入仕，风流儒雅"的赵孟頫；有以"铁崖体"著称的"文妖"——杨维桢，等等。

明代诗坛流派众多，诗歌风格也在探索中曲折变革。前后七子执掌诗坛，主张向唐人学习，提出"诗必盛唐"之论，虽过于追求复古摹拟，却也矫正了明初盛行的"台阁体"空洞纤弱的诗风。后又有公安派、茶陵派等为挽七子的蹈袭之弊，或提倡独抒性灵，或走向幽深清奇，各成一家。不过，真正让诗歌焕发生命的，并不是理论的探索，而是现实社会的动荡，所谓"国家不幸诗家幸，赋到沧桑句最工"。明清易代之时，无论是抗争的义士还是守节的遗民，都以诗作展现凛凛风骨。

清诗更进一步，在前人的探索基础上集大成。钱谦益《后秋兴》颇具杜诗沉郁之境，吴伟业的"梅村体"歌行长篇，堪与白居易的《长恨歌》比肩。在总结前人创作经验的基础上，诗歌理论也更加发展成熟，王士禛提倡"神韵"，沈德潜推崇"格调"，袁枚发扬"性灵"，翁方纲主张"肌理"等，确可谓各领风骚。郑燮、黄景仁等另辟蹊径，关注民间疾苦，感慨自身遭际，唱出盛世的悲歌。

晚清新时代的风雷激荡为诗坛带来了新的力量，帝国主义的坚船利炮使中华民族面临前所未有的重大危机，开眼看世界的诗人也掀起了诗界革命的浪潮。龚自珍有感于“万马齐喑究可哀”的现实，喊出“我劝天公重抖擞”的强音。黄遵宪将现代新事物引入旧体诗词，歌咏轮船、电报等，别开生面。维新党人和革命志士，以诗歌救亡图存，抒发豪情：“我自横刀向天笑，去留肝胆两昆仑”“拼将十万头颅血，须把乾坤力挽回”，为清代诗坛奏响铿锵有力的终曲。

纵观元明清三代诗坛，虽不复有李杜一般光焰万丈的巨星，却也群星闪耀，多姿多彩。本书篇幅所限，只能撷取沧海一粟，希望能让读者得以窥见元明清诗歌的风采。不当之处，还请批评指正。

上海辞书出版社

二〇一八年七月

目录

目录

萧观音

怀 古

宫中只数赵家妆，　　败雨残云误汉王。
惟有知情一片月，　　曾窥飞燕入昭阳。

如诗题所示，这是一首怀古诗，从其字面上看，怀的是汉成帝的皇后赵飞燕。赵飞燕善歌舞，以体轻，号曰“飞燕”，被召入宫，先为婕好，不久立为皇后。其妹赵合德亦为昭仪，姊妹专宠十余年。后因成帝倾心合德，飞燕渐被疏远。

全诗四句，字面意思分两层。一、二句为一层，写汉家宫中对赵飞燕的指责。“数”，指责，责备。这个“数”字，为两句的关键性动词，“赵家妆”和“败雨残云误汉王”都是“数”的“宾语”，即赵氏被指责的瑕疵。“赵家妆”，据《汉书》《飞燕别传》等记载，赵氏在宫，妆饰奢华，“自后宫未尝有焉”，飞燕“喜蹁步行，若人手执花枝颤颤然，他人莫可学也”，李白《清平调》“借问汉宫谁得似，可怜飞燕倚新妆”，亦谓赵氏装束之新奇。而赵合德则喜绾“欣愁髻”（见《髻鬟品》）。“败雨”句盖指赵氏姊妹与轻薄子弟私通事。又，相传合德向成帝进媚药，搞得成帝“精出如泉溢”，因而暴卒。这大概就是“误汉王”的内涵了。总之，赵氏在宫，当时就有人骂为“祸水”，诗中用“只数”云云，已可见指责者之多。三、四两句是第二层意思，在笔势和立意上都是个大转折，转而为赵氏申诉：在宫中舆论“一边倒”的指责声中，只有那“知情”的“一片月”，是亲眼看到赵家的飞燕是怎么样被汉成帝搞到昭阳宫的见证！飞燕出身甚微，本是阳阿主家的婢女。汉成帝到阳阿主家寻欢作乐，“见飞燕而说(悦)之”，硬是凭着皇帝的权威把飞燕弄到宫中，占为私有。后来，插进一个赵合德，迷住了成帝。飞燕为了固宠，为了在倾轧无常的宫中立住脚跟，才与人私通，希望生个“太子”作靠山。在当时的宫中，能够体谅飞燕这番良苦用心的，看来只有那“一片月”了。凡此，皆应是三、四两句的内涵。诗作者萧观音在这里翻了一个历史大案，大胆地对赵飞燕表示了由衷的同情。这种同情，在诗的开头“只数”二字里已露端倪，“只数”云云，正是指出宫中舆论(指责)的偏颇，到了三、四两句，才正式转笔，一反历史的成见，缠绵而含蓄地袒露了自己深沉的思索。这样，单从字面意义上看，这首诗心存忠厚，思绪缠绵，用语含蓄，立义分明，气度和雅，确已显示了一定的思想和艺术的高度。

但这首诗并非单纯“怀古”，而是糅进了作者的自我身世之感，借古人的酒杯，浇自己的块垒，所谓托意而作也。据辽王鼎《焚椒录》，此诗作于辽道宗大康元年(1075)，身为皇后的萧观音因谏阻道宗单骑驰猎，已久被疏远，心情孤寂而苦闷(详见其《回心院词》)。因而，对赵飞燕的遭遇很容易引起共鸣，其心情亦有某些相通之处。这应是萧观音写作《怀古》诗的心理、感情基础，诗中对赵飞燕的某些同情，也正是作者的自我伤悼。

不幸的是，正是这首诗要了萧观音的命。据《焚椒录》记载，乐官赵惟一因演奏《回心院词》与萧观音有所接触，萧的仇家耶律乙辛(时为枢密使)便设计圈套伪作《十香词》骗取萧观音抄写。萧在抄写之后，又题了这首《怀古》诗。耶律乙辛取得这份抄件之后，即利用辽道宗“性忌”的弱点，编造情节，上奏道宗，把《十香词》作为萧后赠给赵惟一的“淫词”，而《怀古》诗中又有“赵”“惟”“一”三字，遂诬萧后与赵惟一“淫通”。道宗在暴怒之下，“族诛”赵惟一，并逼萧后自尽。一代才女萧观音就这样结束了她的一生，年仅三十六岁。古人对于诗有“诗谶”“诗祸”之说，这应当说是萧观音的“诗祸”了。　　**（邱鸣皋）**

题画屏

万里车书一混同，　　江南岂有别疆封？
提兵百万西湖上，　　立马吴山[1]第一峰。

〔注〕 ① 吴山：杭州西湖边山名。

大凡历史上励精图治、有所作为的君主，都把拓展疆域、扩大版图、臣服四夷、统一天下作为自己梦寐以求的目标，从而毕终生精力、倾全部心血去为之奋斗，流汗流血，在所不惜，海陵王完颜亮即如此。他继承了金太祖、太宗“欲中外一统”（《金史·太祖纪》）、“正统天下”（《大金吊伐录》卷一）的大一统思想，认为：“自古帝王混一天下，然后可为正统。”（《金史·耨碗温敦思忠传》）他与张仲轲讨论《汉书》说：“汉之封疆不过七、八千里，今吾国幅员万里，可谓大矣。”张仲轲道：“本朝疆域虽大，而天下有四主：南有宋，东有高丽，西有夏。若能一之，乃为大耳。”（《金史·张仲轲传》）正是在这种封建专制主义一统天下的思想影响下，当翰林学士施宜生出使南宋归朝，将其所画的临安图献呈时，他在画屏上题下了这首表现了处于上升阶段的金统治阶级的雄心壮志的诗。

正如在《书壁述怀》一诗中尚未登极的作者毫不掩饰对皇位的迫切向往一样，在这首诗中，作为一国之君，他同样毫不掩饰对富庶美丽的邻国疆土的垂涎之态。开创统一大业、建立丰功伟绩的秦始皇，是他衷心仰慕并希图效法的英雄，他期冀着像秦始皇那样，“书同文”“车同轨”，万里江山大一统，锦绣江南皆属我；他想象着倚仗武力吞并江南、主宰天下后的情景：统帅千军万马，横刀立马于江南的湖光山色之中，傲视臣服于脚下的降兵败将，好一位威风凛凛而又踌躇满志的得胜将军！撇开他发动的侵宋战争是否具有正义性、他统一天下的主观愿望是否符合当时历史发展的客观条件不论，诗中所体现的一统江山的雄心壮志、征服天下的勃勃生气，是具有一定的历史认识价值的。末尾两句塑造出的将军形象，鲜明而又生动，既刻画了人物的外部形象，又暗示了人物的心理活动，是包括作者在内的尚武而又志在必得的女真族军事统帅的真实写照。

完颜亮曾与亲信谈论自己的志向说：“吾志有三：国家大事皆自我出，一也；帅师伐国，执其君长问罪于前，二也；得天下绝色而妻之，三也。”(《金史·高怀贞传》)这首诗可以说正概括了他的前两个志向：像秦始皇制订“书同文”“车同轨”的政策那样，不允许江南存在偏安一隅的小朝廷，不仅国家大事，而且天下之号令“皆自我出”；“提兵百万”“立马吴山”，踏平江南，南宋的君臣岂能不乖乖伏罪于前？志向可谓远大矣！不过，历史是否会按照个人的意愿发展，客观现实与主观想象是否会相吻合，那又另当别论了。

(沈时蓉)

岐阳三首(其二)

百二关河草不横，　十年戎马暗秦京。
岐阳西望无来信，　陇水东流闻哭声。
野蔓有情萦战骨，　残阳何意照空城！
从谁细向苍苍问，　争遣蚩尤作五兵。

元好问生活在政权沧桑变革之际，备经国破家亡的苦痛，亲睹人民颠沛、满眼疮痍的社会现实，他感时而作的许多作品，感情激越，风格苍凉，继承杜甫、陆游这类诗篇的传统艺术特色，而又自创面目，不同于后代明七子的摹拟。作者是历史的见证人，作品是一代的诗史。

《岐阳三首》写于汴京沦陷前夕。这里选录的是第二首。前半首写岐阳战事，后半首写由战争造成的惨绝人寰的景象，具有高度的艺术概括力。岐阳如此，其他侵略铁蹄所蹂躏的地方也是如此。因此，作者禁不住发出呵壁问天的悲愤，对人类社会长期以来统治阶级所发动的非正义战争导致社会的破坏、生灵的涂炭进行控诉。

岐阳，当时属凤翔府。诗中所反映的战役，是金哀宗正大八年，即蒙古窝阔台汗三年(1231)四月，蒙古破金凤翔的一役并及其前后的事。这时，作者在金汴京城中任左司都事之职。

开头两句，总写十年多来，蒙古统治者侵犯陕西的战事。百二关河指陕西；百二，一百的二倍，一说是以二敌百，典故出于《史记·高祖本纪》："秦，形胜之国，带河山之险，县(悬)隔千里，持戟百万，秦得百二焉。"关河，指陕西的潼关、大散关、黄河、渭河等。横草，原指军行所至，野草被践踏而横倒，语出《汉书·终军传》，这里借指杂草，"草不横"即野无青草之意。秦京，陕西的首府长安，为周、秦、汉、唐京都所在，这里泛指陕西全省及其邻近之地。十年戎马，可自金宣宗元光元年即蒙古成吉思汗十七年(1222)算起，这年，蒙古攻金河东(属山西，靠近陕西，辖地中一部分属陕西)、陕西，次年，蒙古攻金凤翔不克。金哀宗正大四年即成吉思汗二十二年(1227)，蒙古破金洮河、西宁。十二月，蒙古兵入京兆(即长安)，金收兵保潼关。正大六年即蒙古窝阔台汗元年(1229)，六月，蒙古议南伐，十月，蒙古兵入金庆阳界。金请缓师被拒。正大八年四月，蒙古破金凤翔，九月，蒙古破金河中。开兴元年即蒙古窝阔台汗四年，二月，金潼关降于蒙古。两句中包括了这许多战事，诗句用一"暗"字，集中地渲染了战地天日无光的阴暗场面。三、四两句，"岐阳西望"是倒装语，即西望岐阳，作者身在汴京，秦地在西，故云"西望"。"无来信"，则因开兴元年二月金潼关降敌后，陕西与汴京之间，信息已断。陇水一句，包括洮河、西宁、庆阳等战役在内。"闻哭声"，写得如闻其声。贴定秦地实写，到此已足。五、六两句便把战地画面展开，野蔓萦绕的是战骨，极无情事，却说是"有情"，正言若反，极意形容战地无一生人，野蔓只得与战骨为缘，好像是"有情"了。这是把野蔓拟人化的表现法。残阳也是无感情的，随处可以照到，可是现在照的是空城，残阳是无意的，而且那些陷落的城池，哪一座不被侵略者屠杀一空,残阳虽要避免而不照,也不可能。这样,对侵略者的残杀罪行,暴露得更加深刻,而作者在诗句的声泪俱下中所含蕴的悲愤,也更能激起读者的共鸣。全诗也正在这里显示了艺术性与思想性的高度统一。最后,作者在呼天申诉中,把一切归罪于蚩尤。争遣即怎遣,五兵,矛、戟、弓、剑、戈。蚩尤,是神话传说中“九黎”的君长,有蚩尤受金作兵伐黄帝的说法。作者在这里,是借以指人类最初从事战争的罪魁。这一问,问得无可奈何,言外之意,是要消弭战争。然而在元好问的时代,作者是无法作出正确答案的。

（钱仲联）

论诗三十首(其七)

慷慨歌谣绝不传，　　穹庐一曲本天然。
中州万古英雄气，　　也到阴山敕勒川。

据此诗题下作者的自注,诗作于金宣宗兴定元年丁丑,时年二十八岁。贞祐三年蒙古兵陷金中都。诗人家乡遭蒙古兵侵扰,他遂辗转流亡于河南一带,作此诗时正寓居于河南福昌县三乡镇(在今河南宜阳县)。这组诗尽管作年尚早,但其末首云:"老来留得诗千首",则其晚年可能有所改定,由此我们也可推知,这组诗不只反映了他早年的论诗主张,也代表了他一生在诗歌理论与创作上的祈尚。这组诗纵论古今诗人与流派,提出了不少真知灼见,对后世产生了巨大的影响,堪称论诗诗中的代表作之一。

这首诗借对北朝民歌《敕勒歌》的评价发表了自己的诗歌主张。诗人感慨自古以来有不少慷慨豪迈的民间歌谣,当时曾流传众口,后来随着时光的流逝却湮没不闻了。这真是一桩令人深感遗憾的事,所幸还留下了一曲脍炙人口的《敕勒歌》,让人能仿佛其一二,体味这种刚健豪壮的英气雄风。诗中的"穹庐一曲"即指此。史载北齐神武帝高欢攻周玉壁,死伤惨重,神武在军中使斛律金唱此歌,自己从旁和之。其歌本为鲜卑语,翻译成汉文后遂成长短不齐之语,歌云:"敕勒川,阴山下。天似穹庐,笼盖四野。天苍苍,野茫茫,风吹草低见牛羊。"整首歌曲以其舒展的语言节奏,阔大的意象境界,抒发出一种莽苍豪迈之气,展现出游牧民族辽阔的气度胸襟。高欢令人歌此曲正是要借此歌以壮军威,鼓舞士气。元氏拈出此诗正好表达出他的诗歌美学的趣尚。

元氏将这首民歌的特点归结为两个方面:一是“天然”本色,一是“英雄”之气,这和整个组诗的观点是一致的。元氏诗论的基石是所谓“真”,“眼处心生句自神,暗中摸索意非真”(其十一),“心画心声总失真,文章宁复见为人”(其六),总是突出一个“真”字,意即诗歌当为真情实感的流露,而非虚假的为文造情,或徒具形式的卖弄才情。由此出发,元氏主张作诗要自然天成,反对模拟雕琢,也是顺理成章之事。例如他肯定陶渊明“一语天然万古新,豪华落尽见真淳”(其四),赞扬谢灵运“池塘春草谢家春,万古千秋五字新”,批评陈师道的苦吟是“可怜无补费精神”(其二十四)等,都是同一指归。而元氏在倡导自然论时标举出这首民歌中的典范之作,确是很有见地的。民歌是民众心声的自然流露,所谓“感于哀乐,缘事而发”,“饥者歌其食,劳者歌其事”,这些歌曲都是歌者心有所感、肆口而发的产物,用不到像文人那样矫情雕琢。而《敕勒歌》的自然天成更是为人称道。不难想象创作者面对着寥廓的苍穹,无垠的草原,成群的牛羊,不禁心有所动,情不自禁地吟唱出这一首歌,真是一片天籁,无所矫饰。它达到了“心声只要传心了”(其九)的创作要求,诚如元氏所说的:“由心而诚,由诚而言,由言而诗,三者相为一,情动于中而形于言。”(《杨叔能小亨集引》)

如果说“天然”本色是其创作论的话,那么“英雄”之气则是其风格论。在众多的诗歌风格中,元氏特为标举刚健豪壮一类,这在组诗中是一个贯串始终的观点。他对汉魏以来的诗歌传统与流派逐一作了评估别裁，推崇“汉魏风骨”，鄙弃齐梁的柔靡之风，因而他在第二首中写道：“曹刘坐啸虎生风，四海无人角两雄。可惜并州刘越石，不教横槊建安中。”刘琨虽为晋人，而其诗悲壮激越，置之建安诸子中可无愧色。元氏以此标准评骘了历代的诗人与流派，如称颂复古鼎革的陈子昂、雄博恣肆的韩昌黎，而对儿女情长、风云气短的张华、温庭筠、李商隐、秦观等的诗作了贬抑，第二十首可为代表，诗云：“有情芍药含春泪，无力蔷薇卧晚枝。拈出退之山石句，始知渠是女郎诗。”

元氏的诗论崇尚阳刚之美，有其地域文化与历史背景等方面的原因。北方山河雄峻，地域辽阔，孕育出北方人民的独特生活和品格以及与之相联系的地域文化特色，其刚健质朴向与南方的纤秀华丽相区别。而金源代宋，以游牧民族入主中原，更带来了粗犷豪迈之气。文人士大夫虽然保持了汉族主流文化的传统，也不能不受其影响，而在对传统的继承上，他们则更倾向于接受苏轼的豪迈放旷，所谓“程学盛于南，苏学盛于北”（翁方纲《石洲诗话》）即是缘于此。就元氏个人来说，他身处金元易代之际，国破家亡之痛与丧乱流离之苦，都使他倾向于慷慨悲壮的风格，以排奡激荡的凌云健笔描绘时代的风云，抒写激越的情怀。这种英雄气概诗人将它归为“中州万古”之气，一直延伸到阴山之麓，敕勒之川，正是突出了其地域文化的特色。 **（黄宝华）**

壬辰十二月车驾东狩后即事(其二)

惨淡龙蛇日斗争，　　干戈直欲尽生灵。
高原水出山河改，　　战地风来草木腥。
精卫有冤填瀚海，　　包胥无泪哭秦庭。
并州豪杰今谁在，　　莫拟分军下井陉！

元好问在金哀宗正大八年(1231)的八月入汴京，任尚书都尚掾，翌年改元天兴，岁次壬辰，蒙古军围攻汴京。哀宗将曹王讹可送往蒙古军营作人质，旋又派户部侍郎杨居仁奉珍宝乞和。七月，蒙古使臣唐庆到汴京，令哀宗去帝号称臣，将士激愤，杀使者及随从，和议遂败。十二月城中粮尽，哀宗只得率兵出京，将往河朔，是所谓“车驾东狩”。天兴二年正月，金兵与蒙古军在黄河北岸接战，金兵大败，元帅完颜猪儿贺都喜战死，哀宗与副帅合里合等退走归德。当时元好问任左司都事，留守汴京，目睹了国破兵败的惨剧，遂饱蘸血泪写下了这组律诗。

首联概括敌我双方战斗的酷烈以及战争造成的深重灾难。“惨淡”正写出战争的阴惨恐怖的气氛，李商隐《韩碑》诗云：“阴风惨淡天王旗。”元氏用意相类。“龙蛇”喻双方的军队，又古人认为岁在龙蛇(即辰年和巳年)，贤人有厄(见《后汉书·郑玄传》)，其时岁次壬辰，故用此语。诗人感慨这场大战直杀得天昏地暗，连老百姓都死无葬身之地。颔联承上，进一步渲染战争的惨烈，山河改色，血雨腥风，满目凄然。“高原”云云暗用《诗经·小雅·十月之交》的诗意：“百川沸腾，山冢崒崩。高岸为谷，深谷为陵。”诗人以山河陵谷的变迁极言宗庙社稷所遭厄运的惨烈。“战地”一句也是夸张笔墨，而得杜诗之神韵。试检老杜作于安史乱中的诗作，不难发现类似的境界，如“白水暮东流，青山犹哭声”（《新安吏》），“哀哉桃林战，百万化为鱼”（《潼关吏》），“孟冬十郡良家子，血作陈陶泽中水”（《悲陈陶》），“山雪河冰野萧瑟，青是烽烟白人骨”（《悲青坂》）等比比皆是，而其“万国尽征戍，烽火被冈峦。积尸草木腥，流血川原丹”（《垂老别》）；“三年笛里关山月，万国兵前草木风”（《洗兵马》）等更为元氏所直接取法。这不仅仅是语言修辞的师承点化，更主要是类似的国破家亡的际遇所形成的情感共鸣。

颈联以下转为抒发感慨怀抱。面对着山河破碎、生灵涂炭的局面，诗人忧心如焚，只恨报国无门，力难回天。精卫乃《山海经》中所载炎帝之女，因溺于东海，化而为鸟，立志衔西山之木石以填东海。此诗人以自喻。“瀚海”一词非泛泛而下，而是语兼双关，既切神话中的浩瀚大海，又关合沙漠瀚海，实是将矛头指向蒙古，披露了克敌复仇的之死靡它之志。申包胥乃春秋时楚国大夫，其时郢都为吴国等诸侯军所破，他到秦国痛哭，一连七日七夜，终于感动秦王，发兵救楚。至于“包胥”所指为谁，则说法不一。或以为指在朝大臣无救国之策，然从文气的贯通而言，毋宁以诗人自比为好。上句写壮志不磨，而下句则感慨自己无力回天，泪尽继之以血，也无法去秦廷痛哭，顿挫跌宕，不禁令人扼腕，故颈联为极沉痛之语，至尾联始转入对他人之慨。

并州治所在太原,广义上即指山西之地,自古民风矫健尚武,多豪杰之士。元氏在诗中一再以此相标榜,如《并州少年行》高唱:“并州少年夜枕戈,破屋耿耿天垂河,欲眠不眠泪滂沱。著鞭忽记刘越石,拔剑起舞鸡鸣歌。”激昂慷慨,催人奋发。在这故国沦亡之秋,诗人寄希望于“并州豪杰”,也是对爱国将士的呼唤,但狂澜既倒,兵败如山,故只能发出“今谁在”的浩叹,末句即承此而发感慨:如今竟无人准备派出大军直下井陉!各家对此句的解释颇为分歧,关键都在对“莫”字的理解不同,或以为“不要”,或以为“莫不是准备要”,均欠妥帖。其实“莫”字的本义是“无人”,作否定代词用,它和上句的“今谁在”是贯通一致的,末句正表现出诗人的痛心疾首,具有撼人心魄之力。至于“分军下井陉”则是一种战略部署,历史记载上最早是韩信用此奇策,他在公元前204年率兵东下井陉(今河北井陉西北)击赵军,背水为阵,又出奇兵袭赵营,大破赵军。有的注家以为用郭子仪事,《资治通鉴》载:“至德元载,选良将一人分兵先出井陉,定河北,郭子仪荐李光弼,以光弼为河东节度,分朔方兵万人与之。”(说见高步瀛《唐宋诗举要》)也有的释为用刘知远事,据《资治通鉴》,刘知远“闻晋主(少帝)北迁(被契丹所虏),声言欲出兵井陉,迎归晋阳”(说见朱东润主编《中国历代文学作品选》)。其实各说都揭示了一个共同的战略原则:井陉山势险阻,乃兵家必争之地,欲克敌制胜,当先取井陉。从军事家的眼光来看,要经略河朔,必先据井陉。而当时金哀宗在群臣的倡议下正欲以经略河朔为重振之计,《金史·白撒传》载:“群臣议以河朔诸将前导,鼓行入开州,取大名、东平,豪杰当有响应者,破竹之势成矣……因而经略河朔，上以为然。”诗人在此正是根据历史的经验提出了自己的主张，但是豪杰何在，大计难成，只有沉痛的感喟。全诗留给人的是一种深沉的遗憾与亡国的惨痛。

（黄宝华）

岳鄂王墓

鄂王坟上草离离[1]，　　秋日荒凉石兽危。
南渡君臣轻社稷，　　中原父老望旌旗[2]。
英雄已死嗟何及，　　天下中分遂不支。
莫向西湖歌此曲，　　水光山色不胜悲。

〔注〕 ① 鄂王：宋宁宗时追封岳飞为鄂王。离离：繁盛貌。 ② 望旌旗：指盼望以“岳”字为旗号的大军早日来到。岳飞军队于绍兴十年打到朱仙镇，河南河北人民打起“岳”字旗纷纷响应。

赵孟頫是有元一代书法大师，他的圆转遒丽的“赵体”很有名。他又善画能诗，《四库全书总目提要》评论他说：“论其才艺，则风流文采，冠绝当时，不但翰墨为元代第一，即其文章，亦揖让于虞、杨、范、揭之间，不甚出其后也。”赵诗以七言最工，技巧纯熟，流转自如。上面这首七律《岳鄂王墓》是其代表作之一。

作为宋朝皇室子孙，赵孟頫亲身经历亡国之痛，后来又入元朝做官。当他来到西子湖畔岳飞墓前凭吊时，心中是什么滋味？“鄂王坟上草离离，秋日荒凉石兽危。”只见岳坟上长满荒草，墓前石马石狮在萧瑟秋风中依然高踞屹立。一种肃穆、凄凉、冷峻的气氛，使他感到很不好受。

“南渡君臣轻社稷，中原父老望旌旗。”历史的教训实在令人痛心，一方面，“南渡君臣”苟安享乐，荒淫嬉戏，不以国事为重；一方面爱国将领高举战旗，坚持抗金。绍兴十年，岳飞进兵河南，一直打到开封西南的朱仙镇，河南河北人民纷纷响应，也都打起了“岳”字旗。这是多好的军事形势，如果再接再厉，继续打下去，收复云燕，直捣黄龙，并非遥远之事。可是，值此关键时刻，赵构、秦桧以“莫须有”罪名将岳飞杀害，造成千古奇冤。从此，收复中原无望，偏安局面形成，国势日衰一日，苟延残喘而已。待到比金更强悍的蒙古政权崛起，南宋小朝廷的灭亡已经注定了。往事不堪回首，诗人不由发出一声深沉叹息：“英雄已死嗟何及，天下中分遂不支。”一腔幽怨，大有百世难解之恨！

赵孟頫作为宋朝宗室后裔而仕元，从封建正统观念看，是变节行为。他内心充满矛盾痛苦，对江山易主更有切肤之痛。可以看出，上面两联诗句，饱含血泪的追悔，充满对自己祖先的批评。他把“南渡君臣”与“中原父老”相对，实际上是严厉批判南宋朝廷违背人民意愿的投降路线。“轻社稷”与“望旌旗”对照，一面斥责赵构、秦桧之流是造成后来亡国的罪魁；一面高度评价了岳飞奋勇抗金的伟大功绩。千秋功罪，而今由宋朝皇帝赵氏子孙自己来评说，这是意味深长的。

当然，历史已经翻过了一页，现在才来追悔这一切，为时太晚了。“英雄已死嗟何及”，只有徒唤奈何罢了？然而，吞噎着这一历史苦果的诗人，满怀愁苦向谁诉说，而且也不便诉说。于是，诗人最后写道：“莫向西湖歌此曲，水光山色不胜悲。”如今……只能将无限哀愁埋进心底，别向西湖唱这支曲子吧，看那湖光山色也够叫人无限悲伤。似乎西湖的山山水水也充满感情，抚今伤昔，流露出无尽的泪光愁色呢。

（铁　明）

题渔村图

黄叶江南何处村，渔翁三两坐槐根。隔溪相就一烟棹[①]，老妪具炊双瓦盆。霜前渔官未竭泽，蟹中抱黄鲤肪白。已烹甘瓠当晨餐，更撷寒蔬共萑席。垂竿何人无意来，晚风落叶何毰毸[②]！了无得失动微念，况有兴亡生远衰？忆昔采芝有园绮[③]，犹被留侯迫之起[④]。莫将名姓落人间，随此横图卷秋水。

〔注〕 ① 棹：桨，此代指小船。 ② 毰毸（péi sāi）：此指纷纷飘扬的样子。③ 园绮：东园公、绮里季。与夏黄公、甪里先生于秦末隐商山，称“商山四皓”，后被张良请出山辅佐太子。 ④ 留侯：汉初张良，佐高祖建汉，封留侯。

这首题画诗用六朝古体，分前后两层。前半咏江南渔村的风光与渔翁生活的自在逍遥，后半感慨名利对人的危害。

诗采取传统题画诗的写法，从画面入手：秋天来到，江南渔村，一派静穆，树叶已经泛黄凋谢；正是闲散的日子，渔翁们三三两两，坐在老槐树下聊天。首句用苏轼《书李世南所画秋景》“家在江南黄叶村”句，点明画的地点、时序，使下文的风景、物产都有了着落。接着，诗写画面的一角。一条溪流，从画面斜亘而过，一叶扁舟停泊在溪中，想来是来往时所用的交通工具。一个老妇人正收拾着瓦盆炊具，准备做饭。这两句，有水有船，有乡村特有的生活用具，补充说明了画面所画的是渔村，更增添了闲适之感。

以下，诗便放笔写渔民朴素和睦的生活。秋天到来，但寒霜未降，还不到大规模捕鱼的时候，河湖中的螃蟹与鲤鱼都已肥壮鲜美。渔民们烹鱼煮蟹，采撷瓠瓜蔬菜佐餐，充满了萧闲自得的乐趣。“甘瓠”“寒蔬”是画面所有，“已烹”“更撷”为想象之词，作者把它们糅合在一起，使整个画面的内涵得到了纵深扩大。

至此，诗已经把大部分画面交代清楚，所以下面便逮住一个局部进行发挥。在溪流边，一个渔翁正在垂钓，晚风中，落叶阵阵，在他身边随风盘旋。诗人想到，渔翁垂钓只是在打发时间，他们无忧无虑，自在逍遥，心情恬适淡泊，没有得失之感，更没有名利、兴亡的悲喜愁苦。诗人由此而感叹，即使是商山四皓那样的隐士，由于名气太大，最终被张良请出去辅佐太子，失去了容与自由的生活，无法与这渔翁相比，还是隐姓埋名，如同把这幅横卷收拢起来，一切都不为世人所知为上。末句结煞为神来之笔，既表达了自己的心情，又切合了“题画”本身。同时，诗中流露出对渔翁自在逍遥的羡慕，感叹垂钓者毫无机心、浑蒙直朴，他自己对高蹈遁世的向慕也就和盘托出了。

山水画及题山水画的诗讲究诗情与画意相结合。宋代的山水画及题山水画的诗，强调气韵，通过时序节令和布局，把真情实感以客观描写表达出来。到了元代，转而强调文学趣味与整个社会人性、个性的解放相结合，又强调个人的、主观的心绪，把宋人以客观为中心变为以主观为中心，所以山水画及题画诗也就突出人物，让人物直接出现，不像宋人往往把人物躲在山水的帷幔之后。同时，元代山水画开始把题款也作为整个画面的布置，使它成为整个画的重要组成部分，书法、款式成为表现画的意趣的主要手段之一，而题画诗的内容，也就与山水画相互掩映补充。如虞集这首诗中所写，就是画中所画，但他却把主观思想硬锲入诗中，以秦末隐士被聘出山为例，表示自己出仕的不得已及对隐逸生活的追求。这样，画也就带有强烈的个性了。每一时代有每一时代的文学特点，我们在欣赏元代的山水画与题画诗时，必须了解上述特点，才能进入角色，品味出它的真髓。　（李梦生）

至正改元辛巳寒食日示弟及诸子侄

江山信美非吾土，　飘泊栖迟近百年。
山舍墓田同水曲，　不堪梦觉听啼鹃。

诗作于元顺帝至正元年(1341),时虞集告老回乡,侨居江西崇仁。在寒食日祭祀祖墓以后,心情十分沉重,写下了这首诗。

时当春天,万象熙熙,而崇仁又是山明水秀的好地方,诗人赋闲在家,自当陶醉在青山绿水之中,但他想到自己是四川人,祖辈迁居到这里已近百年,眼前的山水虽然可爱,毕竟不是自己的故乡。如今,自己的居所及父辈的墓田都在这临水之处,望归不得归,也不可能再归,每逢梦醒,听到那催人泪下的杜鹃哀啼,怎么能令人忍受呢? 这是从字面上来理解这首诗,写的是栖居他乡的无可奈何的悲哀情感与对故土的眷念。

文学作品的内在涵义往往没有准确的解释,中国历来的读书人都喜欢从作品的片言只字中去寻绎所谓的微言大义,“诗无达诂”便成了不少钻牛角尖、出奇谈怪论者为自己辩解的堂皇理由。这固然不足为训,然而通过知人论世,也能发现一首诗的旨意,往往不是字面所能包容的,这就需要我们以意逆志,阐幽发微了。比方虞集这首诗,如结合他的身世来探讨,所述的也就不仅仅是字面上所表达的那些。

诗首句用王粲《登楼赋》中的句子。王粲当汉末天下大乱时,避居湖北，在登当阳城楼时写下了《登楼赋》，对沧海横流、国家动荡不安、群雄割据表示深切的忧虑与愤慨。虞集是宋抗金英雄虞允文的后代，眼见祖上为之浴血奋战的祖国已经沦陷，宋王朝已解体，不由得感伤不已。他引用《登楼赋》中的句子，大有深意。"非吾土"正是说国家已经不是大宋朝的天下，不是汉人的天下。末句用啼鹃典也是如此。相传古代蜀主望帝失国后，其魂魄化为杜鹃，一名子规，鸣声悲哀，常啼至口角流血。唐宋人常用杜鹃啼血来寄托国破家亡之感。杜鹃在暮春时鸣，虞集写这首诗时正当寒食三月初，杜鹃还未到啼时，而诗云"不堪梦觉听杜鹃"，细心的人曾指出，这是虞集有意造成时间上的矛盾，其目的是有意露出破绽，去提醒人们注意体会这儿是借啼鹃来表达亡国之恨。而杜鹃的叫声犹如"不如归去"，诗人的"不堪听"，不啻告诉人们：现在我的山居及祖墓都在崇仁，我归到哪里去呢？整个江山都被元蒙统治者统治着，何处是我可归之地呢？这与他的《挽文丞相》诗尾联"不须更上新亭望，大不如前洒泪时"，所倾泻的哀思是一致的。当然，以上也只是一种解释，虞集毕竟做过元朝的大官，到晚年时，宋亡已久，也许他的兴亡之感早已淡泊了，诗只不过是诗人常见的感叹而已。

然而不管怎样，这首诗的用典用句，妙在含蓄不露，不见凑合之迹，诗中用的两个典句，都为人常用熟见，但能用来与眼前情景吻合入辙，又使人因此而产生联想，诱导你去体会言外之意，揣摩作者的复杂心态，可以说是在驱使典故上达到了出神入化的境界。

（李梦生）

揭傒斯

寒夜

疏星冻霜空，　流月湿林薄。
虚馆人不眠，　时闻一叶落。

本诗作于元英宗至治元年(1321)，时作者四十八岁，去乡从宦已经七年。小诗以寥寥二十字的白描，传神地绘出一幅清夜客旅图。一、二两句状写户外的景色，以凝冻在布满霜气的夜空中的疏星、沾湿了草木的月的流光(林薄，谓草木丛生)，制造出一种清旷冷寂的氛围；三句转入客舍，在“虚馆”的典型环境中，“人不眠”的主体便格外突出。最精彩的是末句的五字。“一叶落”的声音是够细微的了，馆中人却能清晰地辨闻，足见夜间的阒静；而一个“时”(时时、时而之意)字，更将漫漫长夜中不眠人的警醒，表现得淋漓尽致。这一句不仅沟通了虚馆内外的联系，而且传达出了诗人在长捱客宵中愁苦的心绪，可谓是神来之笔。

这首诗还有两处地方颇值得玩味。一是题中的“寒”字。从“霜空”“叶落”来看，作诗的时令实在凉秋而非寒冬。所以“寒夜”之“寒”，与其说是身体上的感觉，毋宁说是因冷寂环境和凄凉心绪而引起的精神上的感受，是荒寒、孤寒之寒而非寻常冷热之寒。二是首句“疏星冻霜空”，“冻”字的斧凿颇惹人注目。我们设想用“映”“点”“著”一类的字取代，则起二句便带上了一种《选》体诗的平叙风味。这样做，尽管较符合绝句所谓“一篇全在尾句”(宋姜夔《白石道人诗说》)、“多以第三句为主,而第四句发之”(元杨载《诗法家数》)的常法,但将使全篇的旨意由言愁转化为言幽。所以,作者在首句就着以“冻”字的巉刻,这本身就映现了作者无意掩遮(甚至可说是有意强调)自己冷峭的心情。

诗人在此后不久还写过一首《秋夜长》,中有句云:“秋夜长,秋夜长,夜未曙。投我以百忧,煎我以百虑。夜长夜长谁与度。”同样写“愁人知夜长”,这首《寒夜》的含蓄不露,就使人觉得风韵摇曳,回味隽永得多。 **(史良昭)**

王冕

墨梅

我家洗砚池头树，　　朵朵花开淡墨痕。
不要人夸颜色好，　　只留清气满乾坤。

王冕从一个替人家放牛的牧童，在牛背上勤奋学习，成为一位领一代风骚的诗人和著名画家。特别是他画的墨梅，神韵秀逸，世称神品。明代刘伯温有诗赞之曰："能画梅花称奇绝。"画中题诗，相得益彰。上面这首《墨梅》诗，是脍炙人口的名篇。

这首题于他为良佐所画《梅花图》上的七言绝句，是王冕画梅生涯和自我性情的写照。这位一生热爱梅花的诗人、画家，青年时代曾专心研究孙吴兵法，学习击剑，有澄清天下之志，但屡试进士不第，使他看清了元朝的腐朽统治，遂放旷江海，绝意仕途。他隐居在山明水秀的诸暨九里山，躬耕读书，并植梅花千树，自号梅花屋主。"梅花解作忘机友，雪天月夜长相逢。"他生活在梅花中间，爱梅，画梅，"豪来写遍罗浮雪千树，脱巾大呼成花颠"（元末蒲庵禅师复见心《梅花歌》）。他一生最爱画不着色的淡墨梅花，画出来的梅花，朵朵朴素淡雅。

"我家洗砚池头树，朵朵花开淡墨痕。"读着这样的诗句，恍惚使人进入一种淡墨溢香的境界，这是画境，也是诗人的实际生活。相传会稽山下有王羲之的洗砚池，由于日日洗涤笔砚，把池水都染黑了。王冕颇以有这样一位同姓的前贤自豪，今天自己不也是过着“洗砚池头”的翰墨生涯么！“我家”二字，亲切之中自有一种洒脱自豪的韵味。“朵朵花开淡墨痕”，说自己与王羲之各有擅长，王羲之日日“洗砚池头”，为了练就一手好字，而自己“洗砚池头”，却是为了用墨笔描画梅花。自己苦苦练画，池水因洗砚而变黑，池边的梅树吸吮了池中的墨水，竟然“朵朵花开淡墨痕”了。这一句同时又是点题之笔，紧扣“题画”，说明这是一幅墨梅图。

画梅花，为什么不用丹青彩笔涂抹，偏要用淡墨点染呢？诗人回答道：“不要人夸颜色好，只留清气满乾坤。”王冕为良佐画的这幅《梅花图》今天还可看到，这是一幅横幅，只见一枝梅花横斜在画幅的中间，枝干一笔拉到几尺长，挺秀有劲。枝的梢头，露出了笔的尖锋，突出了梅的清拔气质，看去风神绰约，奕奕有致。再看那枝头十数朵洁白的花朵，含苞欲放，仿佛正在吐出阵阵清雅的芳馨。而那疏枝缀玉，冷蕊幽香，又显示出寒梅不同于春花的冰容霜姿。画梅须同梅性情，画梅须具梅气骨，这枝生在山野清绝之地的野梅，疏旷放逸，梅干劲直，尽自然之本性，绝无一点“官梅”“园梅”矫揉造作的媚态，而有似竹之清，似松之秀，似空谷幽兰之散发清芬。她把人引向一种清幽的意境，使人感受到一种冰清玉洁的品格，一种不与世俗同流合污的天地间的清气。的确，正如题画诗所说，画家并不以艳丽的颜色争姿斗妍，而只求给人间留下梅花那极其可贵的清气。

这首诗将咏梅花同抒发诗人自己的情怀不着痕迹地结合在一起，梅花同人的情操、理想互为表里，融为一体，抒写了王冕高尚的情趣，表示了他不向世俗献媚的坚贞、纯洁的操守。墨梅诗，一幅有声画；墨梅画，一首无声诗，它们所表现的诗情画意是完全相同的。

王冕毕生精力都倾注在诗画之中，他的画和诗都是元代第一流的。他深谙写诗作画的个中三昧，他说："写梅作诗，其来一也。名之虽异，意趣实同。"又说："凡欲作画，须寄心物外，意在笔先，正所谓有诸内必形于外矣。"(《梅谱》)正因为王冕长期与梅花为友，对梅花的形态、习性有极深的体验，并体悟到梅花有一种内在的精神之美，即一种不同凡俗的清新高雅的气质。他又把这种高尚的梅格和自己的身世、人格结合起来了，自己孤芳自赏的一生不正像那高洁幽芳的梅花吗！梅花即我，我即梅花，对王冕来说，人与梅合二为一了。因此，他把自己的生命和感情全部献给了梅花，画梅花，实质上也就是自我写照。因此，他笔下的梅花都显示着一种人的精神和品格。"不要人夸颜色好，只留清气满乾坤"，多么美好的诗句，它显示了一个冰清玉洁的人生，它是诗之魂，是画之魂，是梅之魂，是作者灵魂闪光啊！　　　　**(高　原)**

庐山瀑布谣

银河忽如瓠子决[①]，泻诸五老之峰前。我疑天仙织素练，素练脱轴垂青天。便欲手把并州剪，剪取一幅玻璃烟。相逢云石子，有似捉月仙。

酒喉无耐夜渴甚，骑鲸吸海枯桑田。居然化作千万丈，玉虹倒挂清冷渊。

〔注〕 ① 瓠子：古地名，在今河南濮阳南。黄河曾在此决堤。汉武帝曾亲临巡察治水，作《瓠子歌》二首。

唐代诗人李白、杜甫、李贺，分别被人称为诗仙、诗圣、诗鬼，元代末年，又出了一位“文妖”，这就是以“铁崖体”风靡一时的杨维桢。钱谦益《列朝诗集》云：“古乐府其所自负，以为前无古人，征诸句曲，良非夸大。”杨维桢生平最爱作乐府诗，现在就让我们来读他这首《庐山瀑布谣》。

提起庐山瀑布，人们往往想到李白“飞流直下三千尺，疑是银河落九天”的名句。像李白这样的浪漫诗人也只是说庐山瀑布“疑是银河”，而当杨维桢看到庐山瀑布时，立即狂呼大叫起来；天上银河忽然像黄河决口啦，看那悬流飞瀑倾泻下来了，直泻到庐山五老峰前了！杨维桢一开头便以突兀之笔，表现庐山瀑布的雄伟，险峻，使你仿佛看到它那奔腾咆哮之势，仿佛听到它那飞流溅沫之声，使你感受到一种惊心动魄的狂飚！

在这样的描写之后，诗人转而发以美丽的遐想：这洁白透明的瀑布啊，大概是天上织女星织成的白色丝绸吧？谁不当心，把它弄脱了机轴，垂挂在天空中了！让我拿起锋利的并州剪刀，剪取它那迷人的烟笼雾锁的画图来……

这首诗前面有一小序云："甲申秋，八月十八夜，予梦与酸斋仙客游庐山，各赋诗。酸斋赋《彭郎词》，予赋《庐山瀑布谣》。"原来这是记梦之作，酸斋是当时著名散曲家贯云石。此人风流倜傥，才调绝伦，其《彭郎词》云：

相逢渔子问二姑，大姑不如小姑好。
小姑昨夜巧装束，新月半痕玉梳小。
彭郎欲娶无良媒，飞向庐山寻五老。
五老颓然不肯起，彭郎怒踢香炉倒。

这首诗写彭郎要娶小姑，五老不肯做媒的故事，实际上也是游山玩水的游戏之作。原来诗中大姑、小姑，是嶷然独立于江水中的大小孤山，彭郎乃江侧一石矶，五老、香炉皆庐山高峰。贯云石巧于构思，把它们通统拟人化了。大概杨维桢很欣赏这首诗，梦中还记着，并为此作《庐山瀑布谣》。杨维桢在《庐山瀑布谣》中接下来就写他这位朋友贯云石了："相逢云石子，有似捉月仙。酒喉无耐夜渴甚，骑鲸吸海枯桑田。"这位云石子呀，其脱略形骸，不拘流俗，大有李白之风呢！他醉饮狂歌，夜来渴甚，便骑着鲸鱼去吸东海之水，一下子就把海水喝干了，沧海变成桑田。哎呀呀，云石子喝了那么多的水，肚皮怎装得下呀？谁料他满肚皮酒水"居然化作千万丈”,竟然都化为千万丈飞流直下的瀑布,像一道白色长虹高高地挂在清凉的深渊之上。

上面读贯云石《彭郎词》已感到其滑稽谑浪,构思新颖;现在再读杨维桢《庐山瀑布谣》,更感到奇思妙想,出人意表,其想象之荒诞奇诡,为古今诗人所罕见。诗中更有一种奇崛之气,纵横排奡,雄豪瑰丽,气势酣畅,这大概就是杨维桢所特有的“铁崖体”风采吧?

自南宋严羽《沧浪诗话》批评宋诗议论化,提倡“诗有别趣”以来,宋末“四灵”已有摆脱窠臼、力求清新的趋向,但他们宗祧贾岛姚合一派,沉溺五律,“争工于句字间”,因而境界局狭,诗思窘枯。当时刘克庄即发出“欲息唐律,专造古体”的要求。元代虞、揭等人诗风萎疲,也与形式上因袭有关。杨维桢乘弊而起,倡“古乐府”,创“铁崖体”,应顺了时代需要,为诗歌带来了新的生机。

当然,所谓“铁崖体”不仅是形式问题,更有内容上新的突破。研究明清诗歌的章培恒教授说:“在元末明初的文学作品里,对自我的肯定,或者说对束缚个性的反拨,达到了一个前所未有的高度。当时最有成就的诗人是杨维桢和高启。”(《明代的文学与哲学》)就以杨维桢这首《庐山瀑布谣》来说,杨维桢把自己和贯云石都描绘成宇宙间无所不能的巨人,可以“骑鲸吸海枯桑田”,可以“手把并州剪”,剪下天仙所织“脱轴垂青天”的素练,这种超现实的自我形象不是太虚妄了吗?但透过这层虚幻的雾,不难看出一个企图挣脱一切枷锁的灵魂。时人已发现杨维桢的“异端”色彩,如王彝就骂他是“以淫辞怪语,裂仁义,反名实,浊乱先圣之道”的“文妖”。于此可见“文妖”含义不单指“铁崖体”“奇诡”的诗风了。

(高　原)

萨都剌

上京即事五首

大野连山沙作堆，　　白沙平处见楼台。
行人禁地避芳草，　　尽向曲栏斜路来。

祭天马酒洒平野，　　沙际风来草亦香。
白马如云向西北，　　紫驼银瓮赐诸王。

牛羊散漫落日下，　　野草生香乳酪甜。
卷地朔风沙似雪，　　家家行帐下毡帘。

紫塞风高弓力强，　　王孙走马猎沙场。
呼鹰腰箭归来晚，　　马上倒悬双白狼。

五更寒袭紫毛衫，　　睡起东窗酒尚酣。
门外日高晴不得，　　满城湿露似江南。

元朝统一全国后，定今北京市为大都，以在今内蒙古正蓝旗的开平府为上都，每年夏天移驾上都。萨都剌在元顺帝元统元年赴上都公干，即目所见，写下了这组优美清新的诗篇。

萨都剌的这组诗是道地的边塞诗。提起边塞诗，人们总会想到唐代，想到边塞诗派的代表高适和岑参。唐代的边塞诗，主要写战争，抒发战死沙场、保家卫国的壮志，或批判穷兵黩武、"一将功成万骨枯"的悲惨与不合理；描写边塞奇特的风光与少数民族的风俗习惯。然而，"世事如棋局局新"，到了元代，边塞的涵义起了巨大的变化。昔日的边塞，今日已成了接近首都的畿辅腹地；昔日边塞诗中与之浴血争战的敌人，今日已经成了全中国人民的主宰。于是，边塞诗的主旋律已经不是写战争、离别哀怨，而转向写和平，写沙漠风光、草原春色，写这片辽阔的土地上奇特美丽的自然与人民的习俗。这一切，与历来写江南秀丽风光的诗篇在主题上等同起来，使得以擅长写情、诗笔以流丽清婉著称的萨都剌写出了不少浑和秀美、令人流连陶醉的边塞诗来，这里选的是最著名的一组组诗。

第一首诗写的是上都的外景。广阔的沙漠，与远远的山峰相衔，一座雄伟的城堡巍然矗立。在宫殿里，楼台曲栏相连，宫殿前那一片绿草，欣欣向荣，令人分外瞩目。据《草木子》载，元世祖思创业艰难，移沙漠莎草于丹墀，示子孙不要忘记祖宗发祥之地，称为誓俭草。诗后二句即指此。这首诗把上都城堡与宫殿置放在一个绝大的背景中，取镜独特；在大镜头中又摄取誓俭草作局部的特写，这样，全景与局部相结合，一座沙漠都城便形象地凸显出来。

第二首写祭天典礼结束了，成袋的马奶子酒洒在无边的平野上，一阵阵风从沙漠上吹来，拂过草原，带来一股浓郁的酒香。祭天后的赛会开始，赛马场上，成群的白马，犹如一片白云，向西北方移去。活动结束，皇帝颁下赏赐，一匹匹紫色骆驼，负着盛满酒的银色酒瓮，走向各部落王公贵族的帐篷。全诗由一个个画面组成，从祭天写到赛会，又写到活动结束。每个过程都抓住最精彩的部分，祭天则写风带酒香，赛会则写赛马，比赛结束则写颁赐，余下情景，都让读者自己去想象。诗又充分注意着色：黄沙、青草、白马、蓝天、紫驼、银瓮，和谐地搭配在一起；而节日的五彩旌旗，绚丽服饰，豪华帐篷等又隐在诗外，使人自然能感受到。短短四句，包蕴着十分丰富的诱惑力，一下子把读者吸引到那新奇热闹的场景中去，深深地陶醉在诗境中。

第三首写草原的暮色与瞬息多变的气候。黄昏降临，一轮红日缓缓地向地平线坠落。东一群西一群散乱无序的牛羊，回向帐篷附近的畜栏里。无边的野草，散发着沁人肺腑的芳香，牧民们吃着奶酪，打发走了这劳动的一天。忽然，劲冽的北风从沙漠吹来，夹带着漫天沙子，一片白茫茫地，犹如下雪一般。家家帐篷都放下了厚实的毡帘，抵挡着风沙。这首诗组织了两个草原特有的景色，合成了一通黄昏交响曲。前半安定静穆、祥和多趣，后半萧瑟凄迷，震耳撼心。这样鲜明的比照，使人对边塞多变的气候、景色留下了难以磨灭的印象。

第四首写狩猎的情况。秋风劲吹，牧草枯黄，逐围打猎的季节到了。王孙贵族带着劲弓，骑着骏马，驰骋在浩瀚无垠的草原上。晚上，吆喝着鹰儿归来，马上悬挂着猎获的野兽。狩猎是边塞诗的主题之一，这首诗采取了平铺直叙的手法，不写打猎所注重的斩获、追逐等热点，只是淡淡说去，令人自然感受到那刀响弓鸣、马蹄飞扬的热闹场面。

第五首诗写上都晨景。五更醒来，尚留着昨夜的余醉；晨风料峭，毛衣不暖，太阳早早地升起，外面雾气蒸腾，霜露满地，犹如江南。这首诗捕捉的仍是塞外草原沙漠中城市特有的景象，在那儿，气候温差大，日照长，所以太阳出的早，水气弥漫。这样的状况，非身临其境者难以体会。

这五首诗，呈现在我们面前的虽然还是唐人诗下的边塞景色，沙漠依旧，朔风仍然；但唐人于景色外所表现的凄怆哀婉的胡笳军乐，剑拔弩张的战争气氛，豪气干云的英勇斗志，缠绵不尽的乡思别愁，在这里换成了平静的、亲切的，而又使人神往的世界。在这里处处跳跃着一种欢快的音符，没有忧愁，没有杀戮，更没有离思别绪，沙漠和草原的主人在自己的土地上依自己所喜爱的、祖辈遗传相袭的生活方式生活着。读了这组诗，自己的胸怀似乎也宽阔起来。整个诗是积极的、向上的、充满真情实感的。

边塞诗中和平代替了战争，欢乐代替了哀怨，这是大一统的、强大的国家中才能出现的现象。萨都剌歌颂赞美这样的生活，为之感到欣喜和骄傲；他在内心又深深地祝愿这样和平的生活能永远持续下去。在《过居庸关》中，他希望“男耕女织天下平，千古万古无战争”；在《题画马图》中，他向往“要令四海无战争，千古万古歌太平”。遗憾的是，愿望与现实差距太大，元代的和平只维持了短短几十年，天下又大乱，战争频仍；明代自建立以来，边塞的烽火始终没有熄灭过。于是，边塞诗又回到唐宋人的老路上去了。

（李梦生）

张以宁

题米元晖山水

高堂晓起山水入，　　古色惨淡神灵集①。
望中冥冥云气深，　　只恐春衣坐来湿。
江风吹雨百花飞，　　早晚持竿吾得归。
身在江南图画里，　　令人却忆米元晖②。

〔注〕 ① 惨淡：这里指画面颜色浅淡迷离。 ② 米元晖：即米友仁(1086—1165)，元晖其字，米芾长子，善书画。世号“小米”。官至兵部侍郎，敷文阁直学士。

这是一首题画诗。张以宁于诗主“清虚趣胜”，所谓“白云瑶草红尘外，终胜黄莺绿柳多”(《论诗》)，这当然与当时讲求沉涵心性的理学风气有关，但是，他的这一诗歌趣味的追求，根本内涵是“适兴”与“悟”。

我们知道，米家父子的绘画旨趣是以“平淡天真”的“适兴”之作来反对当时风行的那种“金碧辉煌，格法谨严”的院体画，他们认为，“山水心匠，自得处高也”，故作画时，“每静室僧趺，忘怀万虑，与碧虚寥廓同其流荡”(米芾《跋自画云山图》)。也就是说，他们的绘画主要是自然流露出他们在观赏山水风景时所获得的悟性和兴致。

张以宁在这首诗中重新体验了一下米友仁所欲表现的某种感悟，他的题咏或许仍是使用老的格套，但感受不能不说是清新飘逸。作者采用顺述的形式,由晨起步入厅堂、迎面一幅山水挂轴映入眼帘写起,古色古香的画面上烟山云水朦胧迷离,若有若无,却显得神意飞动,如历真境。很快这种神意飞动使得接下来对画面的描述融入想象的空间,似乎此画的鉴赏者和作画者(也即山水风景的鉴赏者)的视角和经验合而为一,感受到从山深处或雾锁大江时的浩渺云气扑面而来,重重叠叠,卷舒自如;于是作者通过将视觉感受转化为其他感官的感受,显示出他们全身心地舒张来享受这一份大自然赐予的宁静、柔美的生命力以及自由自在。在中国古典文学中,山中白云一直是一个付之无心、随处流荡、超凡拔俗、与道共存的意象,因而作者在诗中所表现的意蕴远远超出了对自然现象或画面本身的描述。“春衣”点明了季节,这是一个万物生长、最显示出生命力的美好季节;“湿”是用皮肤来感受深重云气的丰润流动;“坐”则是表现鉴赏者以静体动的状态,表现出他恬淡安详、诚笃专一的心境,而“只恐”恰恰是用来加重表现这一种状态和心境的语气。“江风吹雨百花飞”一句,是对上面两句作者所想象的画境和季节的补充,依然能够使人感受到浓烈的温润、飞动之感及其背后的生命力,而这一切描述最终由“早晚持竿吾得归”这样一句说白点出主旨:面对如此永恒无碍、充满生机的自然世界,现实生活中所有的羁绊、挂牵还有什么不可以释怀的呢?还有什么比归隐垂钓的恬然自乐更能用来安身立命呢?

问题归结到传统的中国文人士大夫固有的入世与出世的矛盾及其平衡这种心理冲突的探索,张以宁和“小米”一样,把清虚恬漠的自然真性作为一条出路,个体心智悠游于云意缥缈之中。

这是他由米友仁的山水画中悟得的，也是他对米友仁心境的一种理解，所以他感慨，置身于如画的江南风景之中，我终于感觉到了米元晖的心脉，他的心境实在令人向往啊！ **（陈广宏）**

袁　凯

客中除夕

今夕为何夕，　他乡说故乡。
看人儿女大，　为客岁年长。
戎马无休歇，　关山正渺茫。
一杯柏叶酒，　未敌泪千行。

《红楼梦》第四十八回里，有一段评王维“大漠孤烟直，长河落日圆”的议论道：“这‘直’字似无理，‘圆’字似太俗。合上书一想，倒像是见了这景。若说再找两个字换这两个，竟再找不出两个字来。”袁凯这首《客中除夕》，虽不是写景诗，但其中佳处，与王维这两句诗也有同样的妙味。

这首诗说的是袁凯旅居在外的一个除夕夜的思乡念家之情。首句“今夕为何夕”，是化用了《诗经·唐风·绸缪》“今夕何夕”句。次句“他乡说故乡”，点题“客中”，用了两个“乡”字，自是为了与上句相对，不过微觉有些纤巧。其颈联“戎马无休歇，关山正渺茫”，是说元末战乱频仍，道路梗阻，诗人客居在外，归计渺茫。尾联“一杯柏叶酒，未敌泪千行”，柏叶酒是古代一种用柏树叶浸成的酒，取“松柏后凋”之意，专在过年祝寿时饮用。这一联点题“除夕”，又道出诗人的满腹苦泪之深，决非一杯苦酒所能浇却的。以上各句，下语不可谓不准确，表达不可谓不明晰，诗意的起、转、合也很恰当，不过，这样的诗句出现在元末，虽有一些反映社会的现实意义，其技巧却算不得新鲜有趣了。今笔者所深赏的，唯在颔联“看人儿女大，为客岁年长”二句，这才是诗人的感受独到之处，道出了一个旅居者的真正伤心处，大可深味。过年了，旅居者谁不思念妻儿、盼望团圆？但诗人此刻，只能眼睁睁看着别人的儿女长大了、又增了一岁，却无从知晓自己骨肉的景况，真是眼前跳荡着别家的欢，心里翻腾着自家的悲，不是滋味。非但如此，他再进而一想，人家儿女长大之时，不就是自己客乡羁留之日吗？这，自己早该想到了，如何这般麻木，直待到了除夕，猛然见到人家儿女长大如许，才惕然惊悟到客居岁月的漫长?！这两句，言浅，意深，表面上不动声色，纯然以客观的态度在说，其实包含了许多辛酸、许多叹息。一个“看”字，似乎用得冷静，是冷眼旁观，其实是充满了压抑感。但两句中最可称道的，则无疑应是“大”“长”二字。乍一看，这二字有些“无理”，更不免“太俗”、太常见了，似是不假思索就落笔的，无足赏玩。但读者如果肯像欣赏王维诗一般，“合上书一想”，就会感受到，这二字貌似钝重，其中却有极大的包含，力量异常浑厚，它无心作细碎的具体说明、形容，只给人一个最笼统、最直接、却是最易于感觉的印象，如此遣词，最能显现诗人此刻满腹悲哀的所具特征——厚重、深沉、闷塞、难以名状、也不暇名状。这两字，用得其实是再恰当不过，也是“竟再找不出两个字来”。若换上纤巧字眼，则诗意将随之变得纤轻，读者将只留意佳词佳句而忽略了诗的主旨，又岂能符合诗人创作的本意？所以，诗人不肯在此瞎卖气力，而是大巧若拙，自然感人，这正是他功夫老到的地方！一句诗，若能达到其语虽浅而无得易之，始是炉火纯青的境界。看来，袁凯对于诗的以本色动人，也是深有领悟的，一首新巧的《白燕》诗，并不足以显示他的所有才能。

词家有“重、拙、大”之说，虽是讲作词要领，但诗、词也尽有相通之处，若本诗，真可当得起此三字——力重、语拙、所言者大。

（沈维藩）

袁　凯

白燕

故国飘零事已非，　旧时王谢见应稀。
月明汉水初无影，　雪满梁园尚未归。
柳絮池塘香入梦，　梨花庭院冷侵衣。
赵家姐妹多相忌，　莫向昭阳殿里飞。

唐代诗人郑谷由于写了一首鹧鸪诗，名噪一时，被人称为郑鹧鸪。无独有偶，明代诗人袁凯作了一首《白燕》诗，被人称作“袁白燕”。相传袁凯写此诗还有一个故事，据都穆《南濠诗话》说，时袁凯尚未出仕，一天与友人去拜会当时诗坛领袖杨维桢，见茶几上有时太初的一首《白燕》诗，诗曰：

春社年年带雪归，海棠庭院月争辉。
珠帘十二中间卷，玉剪一双高下飞。
天下公侯夸紫领，国中俦侣尚乌衣。
江湖多少闲鸥鹭，宜与同盟伴钓矶。

袁凯读后说：“此诗写白燕尚未尽体物之妙。”杨维桢不以为然。袁凯回家后，连夜步其韵亦作《白燕》诗，次日呈杨维桢，杨见诗叹赏不已，连书数纸，尽散坐客。袁凯一举成名，一时呼为“袁白燕”。袁凯《白燕》比时太初《白燕》好在哪里呢？

袁凯一开始就用了一个著名的“燕”的典故。“故国飘零事已非,旧时王谢见应稀”,化用刘禹锡《乌衣巷》“旧时王谢堂前燕,飞入寻常百姓家”诗句,说江山如故,人物已非,秋去春来的燕子又飞回到当年王谢居住的繁华地来了。借王谢旧事点明所咏为燕,同时诗人又作一个补充说明:这次飞回来的燕子已不是旧时王谢堂前常见的乌燕,而是另一种较少见的全白色的。再用“见应稀”三字进一步点出“白燕”这个题目。

接着,诗人展开想象,极写白燕之白。“月明汉水初无影,雪满梁园尚未归。”看,那高高飞翔的白燕啊,在三五之夜飞越汉水的时候,月光如水银般洒向江面,千里一白。它那星星点点闪光的白色羽翼也溶入这片广袤的银色世界里去了,连影子都见不着了!还有在那严冬季节“雪满梁园”之时,如果白燕飞入这银装素裹的北国大地,它那雪白的身影也是难以辨认出来的,不过此时白燕不会飞来,它正滞留在南方呢。诗人用汉代梁孝王与文士梁园赋雪故事,但不是写雪,而是以雪比燕之白,故云“未归”。

人们写燕子,总离不了写它“度帘幕中间”“还相雕梁藻井”,袁凯避开了这类俗套,别出心裁地专为白燕设计了活动的新天地——“柳絮池塘香入梦,梨花院落冷侵衣。”白燕飞集遨游在一幅幅诗情画意的境界里,春水池塘,柳絮飘飞满地,在月光下,白燕似是飞花,飞花似是白燕,恍如进入美丽的梦境。白燕又活跃在重门深掩的梨花院落,春风料峭,梨花从树上纷纷飘下,白燕在花丛上下翻飞,白燕与落英齐飞,白羽同梨花一色。生机勃勃的白燕啊,你难道不怕春寒的侵袭么?诗人以柳絮、梨花等洁白的景色造成典型意境,衬托白燕,唤起人们的联想,字面上无一“燕”

字，而白燕自然从景中浮现。“柳絮池塘”“梨花庭院”二句，化用晏殊《寓意》“梨花院落溶溶月，柳絮池塘淡淡风”诗句，展现在人们面前的似乎是两幅画屏，而且您似感觉到画面一角有玉剪飞舞的燕影呢。

袁凯用空灵蕴藉的笔法，为白燕传神写照，写出了白燕特有的精神气质，诗人把白燕想象成无比的纯洁、灵巧、美丽，在他的笔下，简直就像是冰清玉洁的姑射仙子的化身了。所以诗人于诗的末尾倾注了无限珍爱、怜惜的感情，叮咛白燕说：“赵家姐妹多相妒，莫向昭阳殿里飞。”说汉成帝宫中的赵飞燕姐妹生性多妒，你千万不要飞进帝王家呀！最后用赵飞燕这位汉宫美人的名字，关合题面的“燕”字，也颇有妙趣。

回过头来读时太初的《白燕》诗，就感到作者没有把白燕的体态风神写足，“珠帘十二中间卷”，是燕子共有的习性，非特白燕。又如“玉剪一双高下飞”，以“玉剪”比喻白燕也太实了，而没有传白燕之神。袁凯就聪明了，全篇都紧扣白燕来写，驰骋想象，避实就虚，用类似国画家写意的手法，构造意境来烘托白燕特有的风采，脱略形骸，传其神韵，确要比时太初高出一筹了。

相传袁凯白燕诗一出，一时学习此种诗体者不少，著名诗人高启作《梅花》诗，就用袁诗格调，诗云：“琼姿只合在瑶台，谁向江南处处栽？雪满山中高士卧，月明林下美人来。寒依疏影萧萧竹，春掩残香漠漠苔。自去何郎无好咏，东风愁寂几回开！”从其风流绮丽的风调是不难看到袁诗的影响的。　　（铁　明）

杨 基

长江万里图

我家岷山[①]更西住，　正见岷江发源处。
三巴[②]春霁雪初消，　百折千回向东去。
江水东流万里长，　人今漂泊尚他乡。
烟波草色时牵恨，　风雨[③]猿声欲断肠。

〔注〕 ① 岷山：在四川省西北部。岷江、嘉陵江的发源地，长江、黄河的分水岭。② 三巴：古地域名，在今嘉陵江、綦江流域以东。《华阳国志》："建安六年，璋乃改永宁为巴郡，以固陵为巴东，徙庞羲为巴西太守，是为三巴。" ③ "风雨"句：郦道元《水经注》："渔者歌曰：'巴东三峡巫峡长，猿啼三声泪沾裳'。"

这是一首题画诗，于讴歌浩荡奔腾的大江中，表达了漂泊他乡的诗人对故乡的无限怀念之情。

"我家岷山更西住，正见岷江发源处"，起首两句点明故乡的地理位置，诗人原籍蜀中嘉州(今四川乐山)，祖仕江左，遂定居吴中。看到画卷上的万里长江，诗人联想起了位于长江上游的岷山和岷江，不由得倍感亲切，思乡之情油然而生。这两句诗自然流出，看似平淡，却有丰富的内涵，很禁得起咀嚼。两个"岷"字在同一位置上重复出现，构成特殊的音响效果，宛如一位疲惫的游子正喋喋不休地向人诉说故乡的琐事，为主题的发展起了烘托气氛的作用。

"三巴春霁雪初消，百折千回向东去"，三、四两句诗人紧扣画面内容，展开了丰富的联想，江南三月，莺飞草长，但位于岷山脚下的故乡，开春时，该是另有一番景象吧？冬天过去了，皑皑白雪在阳光下开始融化，因严寒而变得沉默的长江也顿时恢复了活力，水势猛涨，滚滚东流，景色何等壮观！

"江水东流万里长，人今漂泊尚他乡"，第三联起换韵，渐渐切入正题。如果说在前四句里，诗人还陶醉在故乡的融融春光之中，那么，在这一联里，却似乎从梦中突然惊醒，回到了痛苦的现实。诗人由江水东流而联想起自身的飘零，衔接得好，也转换得好。江水奔流万里，人亦飘泊万里，故乡的梦从反面衬出游子的悲哀，东去的江水，又从正面映出游子的无奈，一反一正，说尽了诗人对故乡的无限思念。

"烟波草色时牵恨，风雨猿声欲断肠"，到结尾两句，诗人的乡愁愈益浓烈了，浩浩烟波，青青草色，给诗人带来的只是满腔愁思；画本无声，诗人却从中听出了三峡的风声、雨声、猿啼声，正可谓"触目皆断肠"。发人深思的是，事实上，诗人生于吴县（今江苏苏州），长于吴县，即使中途回过四川，也不可能有太深的印象，那么，为什么在这首诗中他对四川会流露出如此强烈的思念之情呢？无疑，这是一种移情现象。杨基少负诗名，本人也自视甚高，但一生经历却颇为坎坷，官场的黑暗，仕途的波折，给他带来很大压力，他精神上需要有所寄托。同时，杨基的家族之所以离开蜀中移居江南，是由于大父出仕为官。因此，远在万里之外的蜀中，对杨基来说，便有了特殊的符号意义，与仕途生涯相对立，成了不受官场约束的理想的世外桃源。从这个意义上看，诗人的乡愁，实质上是他对仕途感到厌倦的曲折反映，他追求宁静的田园生活，却又无法挣脱名利的束缚，宦海飘泊，欲罢不能，最终只能通过对故乡的思念来宣泄内心的痛苦，从而获得心理上的平衡。也许，这才是这首思乡曲的真正诠释。 **（黄锦章）**

登金陵雨花台望大江

大江来从万山中，山势尽与江流东。钟山如龙独西上，欲破巨浪乘长风。江山相雄不相让，形胜争夸天下壮。秦皇空此瘗黄金，佳气葱葱至今王。我怀郁郁何由开，酒酣走上城南台。坐觉苍茫万古意，远自荒烟落日之中来。石头城下涛声怒，武骑千群谁敢渡？黄旗入洛竟何祥？铁锁横江未为固。前三国，后六朝，草生宫阙何萧萧！英雄来时务割据，几度战血流寒潮。我今幸逢圣人起南国，祸乱初平事休息。从今四海永为家，不用长江限南北。

清赵翼说：将高启的七古，“置之青莲(李白)集中，虽明眼者亦难别择。”“盖二人实皆有出尘之才，故相契在神识间耳。”(《瓯北诗话》卷八)这首以七言为主的杂言古诗，无论在风骨、情采、声色、熔裁诸方面，都与太白的七古有着十分神似的地方。难怪明代的大诗人、大诗评家如李东阳、杨升庵、王世贞、王世懋、顾起纶、俞弁等，无不对他推崇备至，誉为开国诗人的“冠冕”。此诗才气超迈，音节响亮，一种高逸之致，见于楮墨之外，胎息青莲，而又能自出新意，论者推为开国诗人第一，绝不是溢美之辞。

《登金陵雨花台望大江》作于洪武二年(1369)，这时诗人应征参加《元史》的修撰工作。明代开国未久，一切呈现着蓬勃的朝气；诗人年华正茂，心中憧憬着无限美好的未来。所以落笔便有一种博大昌明的气象，从心底、腕底、笔底自然流露出来，给读者一种阳刚、崇高、雄健、横逸的美感享受。篇中每四句一换韵，字响韵响，句圆意圆。在整齐的七言句中，杂以三言、九言，更加显得气宇轩昂，错落有致。巨刃摩天，金鸡擘海，气象固自不同。"大江来从万山中"四句，写目之所见。浩浩的长江，从万山千壑中奔流而东，绵亘两岸的山势，也随之而宛转东向，只有那龙盘虎踞的钟山，挺然屹立在西边，好像要乘长风，破巨浪，挽大江而西向似的。大江要东流，钟山要西上，这就赋予了它们以人格的力量，赋予了它们以浩然的正气，一个要冲向大海作波涛，一个要屹立西天作砥柱；一个能惊涛拍岸，卷起千堆雪，一个不随波逐流，独立千仞表。于是在诗人的笔下，大江和钟山都成了自己的化身，气势之雄伟，器宇之轩昂，是江山的传神，也是诗人的写照，真是物我一体，密合无垠，非大手笔莫办。"江山相雄不相让"四句，分承"大江"与"钟山"两联。"相雄不相让"，正是对以上四句的高度概括；"形胜争夸"，则是对下文的有力开拓。诗人的眼光从眼前的现实，一下转向深邃的历史。金陵的形胜，虽然依山带河，固若金汤；金陵的王气，虽然郁郁葱葱，至今不衰。然而守天下在德不在险，在于得人心而不在于什么"压之"之术。据说"秦并天下，望气者言，江东有天子气"，"秦皇因埋金玉杂宝以压之"，可是秦只二世而亡，而这个"江南佳丽地，金陵帝王州"（谢朓《鼓吹曲》），却依旧"佳气葱葱"，这就为"我怀郁塞何由开"以下四句作了很好的铺垫。汉方全盛，而贾谊以为天下事可为痛哭者多；明方开国，而高启便有“我怀郁塞”之感，这是远谋深虑者能够居安以思危、见患于未形的表现。诗人在酒酣耳热之际，登上雨花台，蓦然在“荒烟落日之中”，萌发了“念天地之悠悠，独怆然而涕下”的感情，重现了“金陵昔时何壮哉？席卷英雄天下来”的景象，不禁陷入了对现实和历史的沉思：那建都在这里的六代帝王，演出一幕一幕的悲剧，都在他的脑海里翻腾。“石头城下涛声怒”四句，就是艺术地概括了在他脑海里重演的历史悲剧。南朝陈后主和三国吴孙皓的悲惨结局，正是诗人“我怀郁塞何由开”的导线。当贺若弼、韩擒虎率领数十万雄师准备渡江的时候，佞臣孔范却对陈后主说：“长江天堑，古来限隔，虏军岂能飞渡？”陈后主笑以为然，遂不设防，结果陈的君主做了隋军的俘虏，事见《南史·孔范传》。这就是“武骑千群谁敢渡”的艺术概括。吴主孙皓听信“黄旗紫盖见于东南，终有天下者，荆、扬之君乎”的谣传，便以为天命攸归，于是率母妻儿女及后宫数千人乘青盖入洛阳，以顺天命，途遇大雪，兵士“寒冻殆死”，扬言“若遇敌，便当倒戈耳”，孙皓只得丧气而返，事见《三国志·吴志·三嗣主传》引《江表传》。这就是“黄旗入洛竟何祥”的历史笑柄。孙皓又“于江险碛要害之处，并以铁锁横截之，又作铁锥长丈余，暗置江东，以逆距船。”王濬乃“作大筏数十，缚草为人，被甲持杖，令善水者以筏先行，筏遇铁锥，锥即着筏去。又作火炬，长十余丈，大数十围，灌以麻油，在船前，遇锁，燃炬烧之，须臾，融液断绝，于是船无所碍”。孙皓只得在王濬军前“肉袒面缚，衔璧牵羊”，“奉所佩玺绶，委质请命”。事见《晋书·王濬传》。这就是“铁锁横江未为固”的具体史实。“前三国，后六朝”四句，是诗人进一步对六代历史的探索和反思。如果说前四句是“点”，那么后四句就是“面”；前四句是典型的悲剧，后四句便是历史的普遍规律；前四句是铺陈史实，后四句便是深化主题。诗人认为不管是“前三国”也好，“后六朝”也好，它们“俱往矣”，成了历史的匆匆过客，当时那些“飞碧流丹”的豪华宫阙，如今也已埋没在荒烟蔓草之中。那些务于“割据”的“英雄”们，曾经是“争城以战，杀人盈城；争地以战，杀人盈野”。他们所建立起来的王朝，是无数老百姓的白骨垒起来的。“几度战血流寒潮”，不就是“兴，百姓苦；亡，百姓苦”的深沉感叹么？这就是三国、六朝的历史，这就是供诗人凭吊、供渔樵闲话的千秋历史。新建起来的明代，能不能改变历史的规律呢？诗人不敢想，也不敢说，然而这正是诗人“我怀郁塞何由开”的真正原因。诗人狡猾地把笔锋一转，从历史的深沉反思中跳到对现实的赞美歌颂，而把那一段潜台词轻轻地抹掉，让读者去思索，去补充。“我今幸逢圣人起南国”四句，与其说是诗人对现实的歌颂，毋宁说是诗人对国家的期望：他希望从此铸甲兵，为农器，卖宝刀，买耕牛，真正与民休息，让老百姓在和平的环境中愉快地生活着；他希望从此四海一家，再不要凭险割据，南北对峙，教老百姓在战火中流离失所。声调是欢快的，但欢快中带有一丝沉郁的感情；心境是爽朗的，但爽朗中蒙上了一层历史的阴影。既有豪放伟岸之气，又有沉郁顿挫之致，真可谓“发感慨于性情之正，存忧患于忠厚之言”。清赵翼说：“李青莲诗，从未有能学之者，惟青丘（高启）与之相上下，不惟形似，而且神似。”（《瓯北诗话》卷八）从这首诗的气势豪放，音韵铿锵、舒卷自如，纵横随意来看，确实与太白的七古是有些神似的。李调元说：“明诗一洗宋、元纤腐之习，逼近唐人。高、杨、张、徐四杰始开其风，而季迪究为有明冠冕。”（《雨村诗话》卷下）从高诗那磅礴的气势，壮阔的局面，大起大落的笔力来看，说它神似太白，逼近唐人，是恰切的，公允的。 **（羊春秋）**

得郑二宣[①]海南[②]手札

番禺[③]天外古交州[④]，　念子南行恋旧游。
故国又经花落后，　远书翻[⑤]寄雁来秋。
梅边野饭逢人少，　海上青山对客愁。
为报罗浮[⑥]云影道，　早随明月引归舟。

〔注〕 ① 郑二宣：即郑定，字孟宣，闽县人。明洪武末征授延平训导，历齐府纪善、国子助教。 ② 海南：即今之海南省。 ③ 番禺：县名，治所即今广州市，民国后移治今番禺县。 ④ 交州：汉置，治所在龙编县（今属越南），唐废。海南古属交州。 ⑤ 翻：反。 ⑥ 罗浮：山名，在今广州市增城区东，道教称"第七洞天"。

本诗是诗人高棅收到故友郑定从海南托人带至的信札后写下的一首七律应答诗，表达了思念友人，欲招彼远归，共叙友情的拳拳之忱。全诗属对工稳，技法娴熟，格调之清雅近于钱刘，颇有大历唐韵之遗风。

在诗的首联，诗人说：在番禺以外更南处古属交州的海南，有我的故友栖居；我可以想象你虽已南行却仍在怀念往昔我们吟啸烟霞、诗酒风流的交游；而我自然对此也是念念不忘，非常留恋。首句中"天外"二字，见出空间距离的遥远；次句中"恋"字，见出彼此对友谊的珍惜。而次句既可理解为：我念子南行，我念子恋旧游；也可理解为：我念子南行，我恋旧游。这种在同一层次上出现的意义的多元——复义，使诗味更浓。

接着颔联中，诗人感叹、疑惑：光阴荏苒，家乡故园又是春去花落，而我徒怀期待，却不见你自远方返回，与我一起把盏吟诗，共赏春景；在群雁都已南归的深秋，你反倒不能归来，只能遥遥北寄一纸书信叙叙离愁别绪，你究竟有什么不得已的隐情？起、对句一我一彼，互相照应，法度严谨，"又""翻"二虚字更是下得妙极。宋晏殊《浣溪沙》词云："满目山河空念远，落花风雨更伤春，不如怜取眼前人"，而高棅却是空念远行友，眼前无故人，更多些怅惘之情。隋薛道衡《人日思归》诗云："人归落雁后，思发在花前"，而郑定乃是雁归人犹不得归，欲写归思书已迟，却寄深秋花尽时，暗示了羁縻之无奈。

颈联接颔联的对句，转入对郑定处境的悬想，诗人眼中出现这样的一幕：幽寂的林中人迹稀少，一株老梅树旁，郑定燃起篝火准备野餐，盘中不过是几棵山蔬，锅中不过是两把糙米，瓶中千珍万惜，倒还留着三五口劣酒；连海边的青山都在为他这远方游子发愁，他这种艰苦的生活怎能忍受？"梅边"见出郑定的清高，唯其清高，才弄到自炊"野饭"；而"青山"的形象，多少蕴涵着诗人自己的影子，表现出诗人对朋友的担忧。

最后，在尾联中，诗人说：我将我的一番心意报知罗浮山的白云，让它帮忙劝说你早日在皎洁的月光下驾船渡海归来。"云影""明月"的意象表现出感情的真挚纯洁。后者更是与思乡有不解之缘，李白、杜甫的诗句："举头望明月，低头思故乡""露从今夜白，月是故乡明"便是绝好证明。

据钱谦益《历朝诗集小传》说，郑定元末曾被福建割据者陈友定辟为记室，友定被朱元璋击败后，郑定亡走交、广间，高诗当作于此时。 （庞　坚）

于　谦

石灰吟

千锤万击出深山，　　烈火焚烧若等闲。
粉骨碎身全不怕，　　要留清白在人间。

“日月双悬于氏墓,乾坤半壁岳家祠”(张煌言诗),于谦是一位与岳飞齐名的民族英雄,又是一位廉洁、正直的清官,可与包拯、海瑞同垂青史。他十七岁时写了一首石灰的赞歌:《石灰吟》,通过对石灰制作过程的拟人化的描绘,表达了他不怕艰险、勇于牺牲的大无畏精神和为人清白正直的崇高志向。

“千锤万击出深山,烈火焚烧若等闲”。石灰是由石灰岩烧制而成。第一句写石灰岩的开采,要经过石工们“千锤万击”,将整块整块的岩石凿开击碎,然后将它们运出云封雾锁、险峻陡峭的深山。石灰岩之“出深山”,要经受“千锤万击”,说明这种山石具有何等坚硬的质地!当然,“出深山”还仅仅是开始,一个主要制作过程是:石灰岩要投入石灰窑中煅烧,而且要用高达九百多度的“烈火”才能煅烧成坚硬的生石灰。如果石灰岩有知,遭受如此折磨,又将作何感想?“只等闲”三字则是以拟人化的笔法,写出其面临一切严酷考验时镇定自若的神态,无论“千锤万击”也好,“烈火焚烧”也好,它都感到根本算不得什么,可见其何等顽强、坚贞!

石灰岩经过了火的洗礼,还得经过水的考验。生石灰被投入水中，坚硬的生石灰块经过一阵爆裂，逐渐解体，最终溶化成粉末状的熟石灰，供人们粉刷墙壁，于是在人间出现了一座粉妆玉琢的白色宫殿。“粉骨碎身全不怕，要留清白在人间。”仿佛听到石灰在说话了：“将我粉身碎骨，最后化成石灰浆水，我也全然不怕，我的心愿就是要把清白的本色长留人间呀！”诗人是借石灰之口，表示自己不怕牺牲的精神和执着热烈的追求。

这首诗通篇运用借喻的手法，借物喻人，咏物言志。表面上是写石灰，实际上是写人，写自己，表达自己要以石灰为榜样，能经得起任何严酷的考验，不怕千难万苦，做一个无比坚强的人，清白正直的人。诗人把石灰拟人化，并注入自己的感情，达到了物我合二为一的境界。

于谦青年时代写的这首充满豪气的诗，果然成了他一生的座右铭。其《小像自赞》云：“所宝者名节，所重者君亲，居弗求安逸，衣弗择故新。”一生廉洁奉公，正直不阿。明英宗时，宦官当政，政治黑暗，贪赃枉法，贿赂公行。英宗手下有个大太监王振，飞扬跋扈，权倾朝野。朝中大臣要想见他，要缴纳白银百两，如巴望他留住款待，就得纳银千两。招权纳贿而至于公开议价，在历史上还是不多见的。就在这种极其污浊的空气中，有一次，于谦要入京奏事，有人当面向他提出了送礼的建议，说即使拿不出金子银两去巴结上官，送点合芗（线香）、干菌（蘑菇）之类的土产品也是好的。于谦笑笑，举起两袖说：“吾唯有清风而已。”并赋诗曰：“手帕蘑菇与线香，本资民用反为殃。清风两袖朝天去，免得闾阎话短长。”于谦后来官至兵部尚书，他身先士卒，挥军抗击瓦剌军入侵，保卫明朝江山立下不朽功勋。但他终不见容于昏君奸臣，被以莫须有罪名杀害了。被害抄家时,查抄者发现他“家无余资,萧然仅书籍耳”。独有一间正室封锁严密,查抄者认为一定藏着金银珠宝,结果打开一看,珍藏的原来是景帝赐予的“蟒衣剑器”等。“粉骨碎身全不怕,要留清白在人间”,这不正是这位一代伟人的自我写照吗?

（铁　明）

徐有贞

鹧鸪图

烟雨萧萧苦竹秋，　　感人常自叫钩辀。
披图无限江南思，　　不必闻声也自愁。

这是一首题画诗。诗人托画寄意，抒发了深深的思乡浓情和绵绵的怀归愁思。诗的前二句点明画面，使人如见其画；后二句画外见意，托物以兴，由画中之景生出心中之情。全诗既再现并拓展了画境，又蕴蓄并酿足了诗境，深衷浅貌，短语长情，具有高度的艺术表现力和摇人心魂的抒情效果。

鹧鸪和苦竹是经常出现在古人诗画中的两个意象。鹧鸪分布于我国南部，栖息于生有灌丛和疏树的山地，鸣声响亮，"鹧鸪"之名即因其鸣声而得。晋崔豹《古今注》云："南山有鸟，名鹧鸪，自呼其名。""钩辀"是古人认为鹧鸪的叫声，如唐韩愈《杏花》诗"鹧鸪钩辀猿叫歇"，但据鸟类工作者考察，其鸣声略似"xi—xi—xi—ga—ga"（《中国动物志》）。而古人则以为鹧鸪的鸣声凄婉动人，似在呼唤"行不得也哥哥"，一说好像在叫"不如归去"。苦竹是竹的一种，四、五月间开绿色或淡紫色花，其笋味苦。以是古人便常用鹧鸪与苦竹的意象来表现游子乡思之愁和羁旅之苦。像"游子乍闻征袖湿，……苦竹丛深春日西"（郑谷《鹧鸪》），"楚客天南行渐远，山山村里鹧鸪啼"（张籍《玉山馆》），"画中曾见曲中闻，不是伤情即断魂"（张咏《闻鹧鸪》），"愁凝苦竹淡烟横"（宋无《题郑所南推篷竹卷》),“日暮西风吹苦竹,……万恨千愁啼未足”(李东阳《鹧鸪图》)……此类诗句不胜枚举。徐有贞题诗的《鹧鸪图》画卷人们早已看不到了,但画中景物和意境却可以借这首诗而大致想见。“烟雨萧萧苦竹秋,感人常自叫钩辀”,诗笔不仅状写展现了画面所绘之形——茫茫的烟雨,萧瑟的竹丛,飞啼的鹧鸪,乃至清凉的秋意,而且摹拟传达出“萧萧”的雨声和“钩辀”的鸟鸣,从而着意渲染出一种凄清寂寥的色调氛围与哀怨凄切的情韵。

眷念故土,怀乡思亲,是过去时代羁宦的知识分子之共通的情怀。鸟恋旧林,鱼思故渊,胡马依北风,狐死必首丘。人一旦离开乡土,就会有一种乡土之梦永远地追随着他。无论辽阔的空间,悠邈的时间,都不会使这种桑梓之情褪色,相反,离得愈远愈久,愈令人魂牵梦萦,愁肠百结。封建社会官场黑暗,仕途艰危,祸机四伏,那些失意的甚或暂时得意的士大夫,对此中情味体会尤深。尽管徐有贞生当盛明,且一度仕途通达,官至兵部尚书、华盖殿大学士,封武功伯,但作为一位正直的知识分子,细腻而敏感的诗人,他对现实应该有比较清醒的认识。“披图无限江南思,不必闻声也自愁”,作者是江南人,面对描绘故乡景物的《鹧鸪图》卷,一股无尽的思乡愁怀和莫名的身世之感油然生出。道是“不必闻声”,实则在诗人耳畔早已响彻了“行不得也哥哥”“不如归去”那一声声令人肠断的悲啼。我们可以想见当时诗人披图伤怀,百脉沸涌,两眼发酸,低回欷歔不已的情形,感受到诗中沉郁苍凉、缠绵凄楚的情致。诗人晚年境遇坎坷,“下狱,编成金齿,三年赦还”,“晚遭屏废,放情弦管泉石之间,好作长短句,以抒写其抑塞激昂感慨”(钱谦益《列朝诗集小传·乙集》)。莫非徐公于《鹧鸪图》题诗之时,已然对平生遭际有了某种预感不成?

(尹芳林)

渡 江

扬子江头几问津，　　风波如旧客愁新。
西飞白日忙于我，　　南去青山冷笑人。
孤枕不胜乡国梦，　　敝裘犹带帝京尘。
交游落落俱星散，　　吟对沙鸥一怆神。

这首诗是作者在镇江金山的题作，全篇即景抒怀，表达在奔波愁劳之后，孤寂一人，无所托寄的怅惘心情。

想来，作者的怅惘心情是郁结很久且十分深重的，所以诗歌一开首，“客愁”两字已赫然在目。扬子江渡头，几回回经由，江上风波依旧，而旅人已添了新愁。底下两句，铺衍旅人奔波愁劳之状。太阳天天东升，天天西落，自是无止无息，且不知起讫，然作者竟有“忙于我”之想，显是极无理之语，不过，由此无理语，其感叹自已天涯奔走、东西飘泊的情致，由浅转深。与此出句相对应，对句言向南蜿蜒伸展的青山显得格外清冷，不近人情，一点也不理解旅人客愁之深，反而像在冷冷地嘲笑人，实借青山的整暇和凝重，来反衬人因有所求而离乡背井、抛妻别子是多么的无谓。想到这一层，作者不免有一种怅然和失落无所依的感觉，由此虽然刚从京师来，衣衫上还沾染着那里的灰尘，但故国之思已频频入梦，搅得人无法安睡了。这里，“敝裘犹带帝京尘”一句，是用晋诗人陆机《为顾彦先赠妇》“京洛多风尘，素衣化为缁”典，读者想及陆诗,当会对作者在京师的那番劳苦,有更深入的了解的。尾联承此意,由己及人,作者想到自己那些志同道合的朋友,如今也正和自己一样,天涯作客,四方糊口,山长水阔,欲再携手欢会、谈古论今而不可得,不由得神情悄怆,黯然至于悲怀难抑。"吟对沙鸥"可能是实景实写,即作者午夜梦回,辗转床铺,再难入睡,所以披衣出户,江头散步,见鸥鸟而起意;也可能是虚景虚写,作者既不得安睡,于是重捻灯火,调弄笔墨,赋诗寄慨,也许他想到了杜甫"飘飘何所似,天地一沙鸥"的吟唱,借来入诗。人生本是尘世寄迹,居无定所也属当然,正像这高翔天地间的沙鸥,东止西栖,所以,"沙鸥"在此成了一种孤单飘泊、无所着落的象征。一经吟出,全诗的愁情愁绪,得以上升到一个新的、具有普遍意义的境界,读者的思绪,也由此脱开去,浮想联翩,去体会诗人的孤苦,寻觅自己的感怀。

反映羁旅行役之愁,是中国古典诗歌的一个常见主题,自《诗经》开始,不绝于史籍。旅途的劳顿,寄居他乡的陌生感,以及无所归依的空寂无聊,很容易被诗人捕捉,并且,他们常将这种羁旅之孤单,上升为对整个人生孤独感的体验,由此,诗的内涵得到充实,诗的境界也变得阔大。作者的这首《渡江》,用素朴清老的语言,表达的正是这样一种体验。而对仗之工稳,措辞之精警,更使此诗获得普遍的好评。据董其昌《画禅室随笔》记载:"张弼题诗金山'西飞白日忙于我,南去青山冷笑人',有一名公见而物色之曰:'此当为海内名士。'"可谓善于窥一斑而想全豹。

(汪涌豪　彭　牧)

题　画

嫩黄杨柳未藏鸦，　隔岸红桃半著花。
开眼阑干接平楚[①]，　夹洲亭馆跂[②]长沙。
悠悠鱼泳知人乐，　故故[③]鸥飞照鬓华。
如此风光真入画，　自然吾亦爱吾家。

〔注〕 ① 平楚：楚，树丛。登高远望，见树梢齐平，故称平楚。 ② 跂(qǐ)：垂足而立，脚跟不着地。 ③ 故故：象声词，形容沙鸥的叫声。

一流画家常具有超越常人的艺术感觉，这不仅表现在他们本行内的对色彩、构图等的敏锐反应上，也表现在他们时而因"通感"突发奇想，由色彩、画面联想到声音、思想等非画面所直接表现的内容。沈周，就是这样的一位一流画家。

沈周写过许多题画诗，这些诗形象地展示了他那超越常人的"通感"。例如上面这一首，我们虽然不知道它题于一帧怎样的画上，但凭借作者生机盎然的诗句，却能很容易地在脑海里重现那自然的美妙景色。

杨柳嫩黄，桃花浅红，诗的开首便凸显给读者一份明朗的彩色。这明朗的彩色又不是静止的，它给人联想，杨柳嫩得还没有鸦雀来树上筑巢；它使人看到鲜活的生命，桃树上的花朵正在将开未开之际。面对如此丰富的色彩，作者的心绪自是十分畅快，于是凭栏放眼，望见的是与栏杆平行相接的一带平林；再瞧一瞧河洲之间，亭台馆阁像一位悠闲的隐者，垂足坐在长长的水边沙地上。这里一个“跂”字十分传神，它将亭馆拟人化，由此使第二联跟第一联气息相接，都富于生趣。

因为写到了河水、沙洲，于是诗里自然也出现了鱼鸟的身影。但作者的写法很不俗，他没有从自身的角度去描绘鱼鸟，而是以鱼鸟为基点来反观人生。“悠悠鱼泳知人乐，故故鸥飞照鬓华。”前一句用为人熟知的《庄子》典故，去表现与水中悠悠游动的鱼儿有同样欢乐意趣的人的心情；后一句则借沙鸥白色与人鬓边白发相映照的景象，写出了阅历丰富的智者面对自然的闲静意绪。其间还夹有几声鸥鸣，更使人的闲适与鸟的悠闲相映成趣。

尾联是抒发作者的感慨，平白似口语。奇的是题在画上的诗，诗人还特意要强调“如此风光真入画”，仿佛有些多余；可紧接着他说“自然吾亦爱吾家”，才使我们恍然大悟，原来这真堪入画的美景，在诗人看来就像是自己可爱的家，或者说，作者已将这自然的胜境当作了自己魂牵梦萦的家。循着这诘语我们再回溯上去，由作者“通感”而来的每一联活生生的诗句，便都有了一层崭新的含义。这正如王国维先生所云，一切景语都是情语。唯其如此，这首《题画》诗才那么引人遐想，给人以美感。 **（陈　翔）**

九日渡江

秋风江口听鸣榔，　远客归心正渺茫。
万里乾坤此江水，　百年风日几重阳。
烟中树色浮瓜步，　城上山形绕建康。
直过真州更东下，　夜深灯火宿维扬。

成化十六年(1480)，李东阳被派为应天(今江苏南京)乡试考官。放榜后，由南京渡江往扬州北上，时逢重阳，思亲之感油然而生，遂赋此诗。

诗依渡江顺序展开。九日重阳，天高气清，诗人在飒爽的秋风中来到了渡口。船将开了，艄公敲起了船帮，催动着旅人。一句点出了时间、地点、行为，开局严密。鸣榔是船民敲击船帮，有人以为是以声音吸引鱼以便捞捕，实际上旧时渡船常击船帮以表示将开船，犹如现在鸣笛，如解释为捕鱼而鸣榔，与全诗便无关涉了。对句承上，船儿催促行人，而行人想到自己做客在外，全家都在京城，归途遥远，思绪翩翩，行动更为迟缓。

首联已由景入情，次联便即景抒情。江水滔滔，使人感到世界的宽广，而人生百年，又有几个重阳节呢。句中“此”字与“几”字是关键。“此江水”，用“此”限位，便自然由江水的磅礴气势、连天巨浪，联想到乾坤的浩渺，自己漂泊其中，是何等渺小不足道，功名富贵，何必孜孜追求呢？“几重阳”一个“几”字，则更突出佳节难遇，别易会难，增添了无限愁思。这样一作波折，照足了首联的“归心”，诗人急于归家的心情便坦陈而出了。

以上是将渡未渡或初上渡船的所见所思，主要是写“九日”，下半首开始入“渡江”。船在江中行驶，离开了南京。近处，江面弥漫着烟雾，那江边六合县的瓜步镇犹如漂浮在水面，隐隐可见村落人家；远处，那重重叠叠的山峰冈峦，缭绕着雄伟的南京城。这两句气象开阔宏朗，把长江两岸的形势尽收诗中，并为下联预设地步：船就在这样的江景中，飞快航行，过了仪征，夜里在繁灯辉映中，便可到达目的地扬州了。这四句通过一连串地名：瓜步、建康、真州、维扬，流转飞动，细微地表现出船在沿江东下，造语犹如杜甫《闻官军收河南河北》“即从巴峡穿巫峡，便下襄阳向洛阳”句。但杜甫表现的是喜悦之情，李东阳表现的是离愁乡思。船再快，虽然是离家越来越近，但毕竟还是孤独地度过这重阳佳节。

这首诗的颔联是名句，以虚字运用灵妙而脍炙人口。律诗中的虚字很难设置得当，稍乏笔力，便成文语，粘滞空泛，所以诗家素来以为厉禁。至杜甫的一些拗体诗，始时嵌虚字，以作斡旋，如《愁》“盘涡鹭浴底心性，独树花发自分明”，为后人称道。宋江西诗派学杜，为求盘空生硬，有意模仿，如汪彦章《次韵向君受感秋》：“何时盛之青琐闼，妙语付以乌丝阑。”又如吕居仁《张祎秀才乞诗》：“风尘表物自无意，神仙中人聊与游。”皆烹化浑融。李东阳论诗主张兼唐并宋，学杜而不废江西，于虚字的运用特别注意。谢榛《诗家直说》卷一说李东阳认为诗用实字易，用虚字难；虚字用得好，诗便能开合呼唤，悠扬委曲，否则柔弱缓散，不复不振。谢榛说李东阳最善用虚字，并引夏正夫语，盛赞此诗颔联。（**李梦生**）

桃花庵歌

桃花坞里桃花庵，桃花庵里桃花仙；桃花仙人种桃树，又摘桃花换酒钱。酒醒只在花前坐，酒醉还来花下眠；半醉半醒日复日，花落花开年复年。但愿老死花酒间，不愿鞠躬车马前；车尘马足富者趣，酒盏花枝贫者缘。若将富贵比贫者，一在平地一在天；若将贫贱比车马，他得驱驰我得闲。别人笑我忒风颠，我笑他人看不穿；不见五陵豪杰墓，无花无酒锄作田！

唐寅在科举失败以后，与家人失和，迁居于桃花坞。他的《姑苏八咏》中《桃花坞》一篇，是这样写的："花开烂漫满村坞，风烟酷似桃源古；千林映日莺乱啼，万树围春双燕舞……"桃花本自鲜丽，一枝二枝，掩映于山石林莽，已有一种媚趣；千树万树地开作一片，更是灿若云霞，令人如痴如狂，欲歌欲舞了。

但是，正因为桃花是如此鲜丽娇艳，容易逗引情绪跃动，所以它并不是高人雅士喜欢的花。他们讲究清高素洁，不同凡俗，而桃花却是太热闹、太俗气了。在中国古诗里，写桃花虽然不算少，但很少同作者的人生追求联系起来。花儿中，兰、菊、梅、莲等，都常常用来象征某种品行，桃花却不行，虽然它是南方最常见的漂亮的花。

唐寅却特别喜欢桃花，甚至拿桃花作为自己的人生象征。他住在桃花坞，在这里所建的一所别业，叫作“桃花庵”，又自称“桃花仙人”。他常在这里召请朋友，开怀痛饮，醉后各自歪歪斜斜，颓然花树下。《桃花庵歌》便是这种生活的写照。

诗的后半部分所说的意思，在古诗里也见得多了。所谓“不愿鞠躬车马前”，无非是陶渊明“不愿为五斗米折腰”的另一种说法；结束两句，也就是李贺诗所说“酒不到刘伶墓上土”的意思。但这里仍然有些不同的。中国士大夫文化，历来把甘于贫贱、不慕荣华当作一种美德。因而论及贫贱之士，不管是真是假，大都首先从德行上加以肯定，认为这是一种高尚的表现，是为了追求更高的人生精神，才不肯混同于浊流。唐寅却并没有以高尚其志的隐者自居，他认为“贫贱”与“富贵”，只是各得其所；与其富贵而奔忙不暇，不如贫贱而悠闲，得赏花饮酒之趣。这是很实际的利益计较，是重视人生真正的快乐。在《把酒对月歌》中，这意思说得更明白：

我也不登天子船，我也不上长安眠，
姑苏城外一茅屋，万树桃花月满天。

杜甫《饮中八仙歌》夸李白“长安市上酒家眠，天子呼来不上船”，唐寅在这里表示：桃花庵的生活美好无比，比做官还舒服，所以不用像李白那样，既要到长安去求官，又要做出一副傲世的派头。他也是傲视富贵，但跟前人以高洁之德为骄傲不同，他以平凡的生活、自由的乐趣傲对官僚阶级。

再看前半部分，日复一日，年复一年，流连醉酒于开开落落的桃树之下，其实也不全是写实，主要是借此表示对人间美好生活的占有。就像《默坐自省歌》所说的："头插花枝手把杯，听罢歌童看舞女。食色性也古人言，今人乃以之为耻。""食色性也"，语出《孟子》。孟子又说过："饮食男女，人之大欲存焉。"在唐寅看来，爱好享受，爱好女色，本来是人的本性，用不着像假惺惺的伪道学那样，引以为耻。只要大节不亏，不要存"害人谋"、说"欺心语"，尽可快快乐乐地过日子。所以，他说的"贫贱"也只是相对于做官的"富贵"而言，并不是穷得清清光光。要不然，怎么个"听罢歌童看舞女"？至于钱的来处，诗中也说了："又摘桃花换酒钱。"意思是画桃花卖钱。

由此可知，唐寅是个什么样的"桃花仙人"。他既不羡慕富贵，也不自命清高，他要的是自由自在、尽情享乐，饮食男女无所忌讳。这是个世俗的神仙，兰的幽雅、竹的清拔、莲的出俗、梅的高格，都配不上的，正好配个热热闹闹、红红艳艳的桃花，做个"桃花仙人"。

这诗在当时是一种新格。它语言浅显，差不多完全是白话，音节流畅，首节更有衔连不绝、一气流注的效果，读起来非常爽快。它正好表现诗人真诚坦率的感情和诗中歌颂现世快乐的情调。

唐寅的诗文散失很多。据王世贞《跋伯虎画》说，他曾藏有唐寅手书《桃花庵歌》八首，并评价说："语肤(浅)而意隽，似怨似适，令人情醉，而书笔亦自流畅可喜。"又说，他从李士牧处见到唐伯虎的一幅图，"深红浅红与浓绿相间，渔舟茅屋，天趣满即，宛然桃花庵景物"。可惜另外七首《桃花庵歌》与桃花庵图都不能见到了。

(骆玉明)

秋望

黄河水绕汉宫墙，　　河上秋风雁几行。
客子过壕追野马，　　将军弢箭射天狼。
黄尘古渡迷飞挽，　　白月横空冷战场。
闻道朔方多勇略，　　只今谁是郭汾阳。

这首诗的题目，钱谦益《列朝诗集》作《出使云中》，汪端《明三十家诗选》作《出塞》，此据邓云霄、潘之恒搜校本《空同集》。诗人在宋孝宗弘治十三年（公元1500年）为户部主事时，曾奉命犒榆林军，七律《榆林城》与此诗即作于此次出塞犒军时。《秋望》诗描写战云密布下的塞上风光，抒发对于扶危定倾、安边卫国的良将的向往，风力遒劲，慷慨悲凉，是李梦阳边塞诗的杰出代表。

全诗紧扣诗题“秋望”二字落笔。诗中之景，无非“望”中所见，无不透出凄清肃杀的秋的气息。首句中的“汉宫墙”，一作“汉边墙”，指明代为防鞑靼入侵修筑的九边长城。榆林为九边之一，所筑边墙即今陕西边外之长城，东北起府谷县的黄甫川堡，西至定边县的盐场堡。从首联两句都写到黄河来判断，诗人登临眺望的地点，很可能是在黄甫川堡。这里，边墙在侧，地近黄河，故水绕边墙之景首先映入诗人的视野。次句写秋雁南飞，既点明了节令，也使诗的境界愈见空阔、苍凉。

颔联写备战中的士卒与将军。“客子”指远离家乡戍守边地的士卒。“追野马”与“射天狼”对举,不必作如实的理解。大意只是说,战士过壕越沟,纵马驰骋,其快若风,如追野马。将军则全副戎装,弯弓搭箭,满引待发。“弢”(tāo),弓袋。诗中以“弢箭”表示将军戎服带箭。“天狼”,星名,旧说以为天狼星出现必有外来侵略,故在古诗文中常以“射天狼”喻指出兵讨伐,以战争制止战争。这一联写出了训练场上将士们的活动,表现了他们情绪饱满、意气风发的精神风貌,还揭示出他们行为的思想基础——“射天狼”以保国安民的崇高理想。

颈联上句所写,是诗人视线从训练场移开后在黄河渡口见到的景象。这里,尘土飞扬,运输粮草的车队、船队一派繁忙。“飞挽”是飞刍(草)挽粟(粮)的省说。“迷飞挽”,意谓在滚滚黄尘中难以看清忙碌中的车队、船队。颈联下句所写,时、地都已转换。其时月亮升起来了,诗人的目光从熙来攘往的黄河渡口移到了洒满月光的阒无人声的清冷的古战场上。这是战争爆发前的沉寂,练兵场上的紧张与黄河渡口的繁忙预示着战争即将来临,诗人的心不觉收紧了。一个“冷”字虽是专用以描写古战场的清冷与寒冷,但也隐隐透出诗人心上的那份寒意。

尾联抒情,从前三联见到的望中景象中自然转出。诗人深知,战斗的成败,主帅起着决定性的作用。他想起经常听人说起的北方多有英勇善战而又富于谋略的将军,在唐代平定安史之乱、大破吐蕃的朔方节度使、封为汾阳郡王的郭子仪便是其中最为杰出的一个。诗人感慨当时统兵的将军中再也没有郭子仪那样的人物,不禁为战争的前途充满了忧虑和担心。明代边患严重,瓦剌、鞑靼先后构成明王朝西北和北方的主要威胁,榆林等明朝重要的军镇要地，经常受到袭扰。就在诗人这次犒军期间，所到之处也无不显出大战即将降临的景象。他在《榆林城》诗中说："旌干袅袅动城隅，十万连营只为胡。"又说："昨夜照天传炮火，过河新驻五单于。"李梦阳不希望见到劳师动众、师老兵疲、战火连绵的情况长此下去，对于朝廷用人不当、指挥失宜又多所不满，故而在《秋望》等诗中一再呼唤郭子仪式的人物再世。从《秋望》诗中，我们不仅看到了明代边地动乱的影子，而且还具体感受到了诗人忧国伤时的忠贞情怀。

（陈志明）

林良画两角鹰歌

百余年来画禽鸟，后有吕纪前边昭。二子工似不工意，吮笔决眦分毫毛。林良写鸟只用墨，开缣半扫风云黑。水禽陆禽各臻妙，挂出满堂皆动色。空山古林江怒涛，两鹰突出霜崖高。整骨刷羽意势动，四壁六月生秋飕。一鹰下视睛不转，已知两眼无秋毫。一鹰掉颈复欲下，渐觉飒飒开风毛。匹绡虽惨淡，杀气不可灭。戴角森森爪拳铁，迥如愁胡眦欲裂。朔风吹沙秋草黄，安得臂尔骑四驖①。草间妖鸟尽击死，万里晴空洒毛血。我闻宋徽宗，亦善貌此鹰。后来失天子，饿死五国城。乃知图写小人艺，工意工似皆虚名。校猎驰骋亦末事，外作禽荒古有经。今皇恭默罢游燕，讲经日御文华殿。南海西湖驰道荒，猎师虞长俱贫贱。吕纪白首金炉边，日暮还家无酒钱。从来上智不贵物，淫巧岂敢陈王前。良乎良乎，宁使尔画不直钱，无令后世好画兼好畋！

〔注〕 ①驖(tiě)：赤黑色的马。

李梦阳对绘画有很深的爱好，仅就题画诗而言，在现存作品中即有二十多首。《林良画两角鹰歌》是其中较为杰出的一篇，汪端誉此诗为“空同七古压卷”(《明三十家诗选》)。

起笔八句借叙画史，将明代百余年来禽鸟画的历史先以简笔概述一番，对吕纪、边昭二画师，化用杜甫《丹青引》“幹惟画肉不画骨”之句，言“二子工似不工意”，从而对比出林良的善于写意，并点出其着色简练、尤其擅长放笔水墨禽鸟的特色。接着，诗由“水禽陆禽各臻妙，挂出满堂皆动色”二句过渡，从题前之意渐入本题，由全面的概述转入画幅本身的描写。诗人的笔力集中于画面上的两只角鹰。“空山古林江怒涛，两鹰突出霜崖高”，先以奇妙的一笔描绘了苍鹰出现的特定场景，以空旷的山野、古老的树林、江河的怒涛作背景来烘托雄立在高高的山崖上的两只鹰，显示了它们的不凡气概。然后，诗从远眺鹰的全貌转入对鹰动态的细致描摹。先从鹰的整骨刷羽等细微动作来刻画两鹰的姿势神态，再以夸张手法写出这挂在墙上的虽然是画中之鹰，却能使满屋骤生狂风之感，诗笔从人们的观画感受中反写画之逼真传神。紧接着，诗人目光重又落到画面，摄取了两个特写镜头：“一鹰下视睛不转，已知两眼无秋毫。一鹰掉头复欲下，渐觉飒飒开风毛。”一鹰目不转睛俯视下界，从它的眼神就知道明察秋毫，没有一点点尘芥之物逃得过它那锐利的目光。画“龙”点睛的这一笔，使全鹰神采焕发，栩栩如生。画中的另一雄鹰作掉头欲下之状，似可隐隐听到它毛羽蓬松迎风飞动发出的飒飒声。在此，作者又巧用通感手法，将视觉、听觉打通，使画中之鹰更加逼近真实，更加生动传神。分写两鹰以后，又用“匹绡虽惨淡”等四句总说。林良在孝宗弘治(1488—1505)时拜工部营缮所丞，活动时间略早于李梦阳。李梦阳见到的双鹰图，是林良的一幅旧画，故以“惨淡”形容匹绡，并以“虽”字转折，以“惨淡”反跌出“不可灭”的“杀气”。

意思是画绢虽然陈旧了,画中双鹰的锐气却丝毫未减。“戴角森森爪拳铁,迥如愁胡眦欲裂”,即是对“杀气”的形象展示。角鹰是鹫的一种,头部后面的羽毛长而有白缘,看起来好像戴了一顶帽子,加上它那如铁的尖爪,样子十分阴森可怕。“愁胡”句化用了杜甫《画鹰》诗的“侧目似愁胡”。仇兆鳌注引孙楚《鹰赋》:“深目蛾眉,状如愁胡。”以拟人手法将角鹰喻作碧眼胡人,目光迥远,目眦欲裂,真是神气毕现,十分精妙。

以上是写画中之鹰,以下展开丰富联想,写鹰猎的场面和雄姿。“朔风吹沙秋草黄,安得臂尔骑四骥!草间妖鸟尽击死,万里晴空洒毛血。”“四骥”,即驷骥。《诗经·秦风·驷骥》传:“骥,骊。”“四骥”是说一车四马皆黑色。前二句想象自己有朝一日手臂上托着雄鹰,骑着骏马奔驰秋猎。后两句着力描绘角鹰捕杀猎物的英姿锐气。此处化用了杜甫《画鹰》诗的“何当击凡鸟,毛血洒平芜”。诗人希望画鹰化作真鹰,随作者出猎,振飞天宇,搏击凡鸟,将那些人世间的妖鸟一举歼灭,使它们的毛血洒落在广阔的原野上。诗人托物言志,借鹰之搏击寄寓自己锄奸除恶之雄心。

诗人在驰骋想象、“从画说到猎”(沈德潜《明诗别裁集》)以后,突然将笔一纵,又“从猎开出议论”(同上):“我闻宋徽宗,亦善貌此鹰。后来失天子,饿死五国城。”这几句状似离题,其实笔意较前又深了一层。写徽宗善画鹰而不写其画工技巧,却联想他的耽于逸乐,不恤国事,因而惨遭靖康之变,社稷不保,身死异国,对其可悲下场表示深深的感叹。“乃知图写小人艺,工意工似皆虚名。校猎驰骋亦末事,外作禽荒古有经。”诗笔愈转愈妙,寓意越议越深。借徽宗的遭遇,由暗讽到明说,提出了统治者不能沉溺于淫巧而玩物丧志。“禽荒”,沉迷于田猎;“古有经”,指《尚书》中的有关记载。《尚书·五子之歌》:“训有之:内作色荒,外作禽荒,甘酒嗜音,峻宇雕墙,有一于此,未或不亡。”诗人引经据典,目的是为了使自己的讽谏之意得以成立,且显得立论坚实,无可挑剔,从而进一步转出对“今皇”的讽谏:“今皇恭默罢游燕,讲经日御文华殿。南海西湖驰道荒,猎师虞长俱贫贱。”“今皇”,指明武宗或明世宗。“驰道”,古代专供帝王行驰车马的道路。“虞长”,掌管山泽、苑囿等的官员。“猎师虞长俱贫贱”,说明皇帝罢游燕(宴),这些与游乐有关的官吏不再受到重用。这一段诗文写得很奥妙,由感叹古代帝王的荒淫误国转到对“今皇”罢游宴、息畋猎的极力赞颂,表面是颂扬语言,骨子里是讥讽有名的逸游无度的浪子皇帝明武宗,也可能是借武宗的往事对新即位的明世宗进行讽谏。总之是明赞暗贬,正话反说,弦外有音,耐人寻味。诗的最后抒写自己的希望,由另一画家吕纪晚年的嗜酒(“金炉边”,指常在酒垆边饮酒)与穷困潦倒作过渡,说到林良。诗人表示宁肯林良的画不受人重视,也不要再出现像宋徽宗那样“好画又好畋”的玩物丧志、遭到国破身亡悲惨下场的君王。最后这几句“画猎双收”(沈德潜语),由议论仍回到林良的画上,与开头照应,浑然一体。

这首题画诗不仅以诗赞画,而且联想丰富,寄慨遥深。全诗融描写、抒情和议论于一炉,意到笔随,转折自然,气势奔放,议论纵横,很能体现李梦阳七言歌行豪宕的本色。诗中多处化用杜甫的诗句,这在李梦阳诗中并不少见;这虽不足为本诗的大疵,且古人论沿袭亦有偷语、偷意、偷势之分(《诗人玉屑》卷五),但无论如何,过多的因袭总是不值得赞许的。　　**(陈志明　谢丹月)**

徐祯卿

在武昌作

洞庭叶未下，　　潇湘秋欲生。
高斋今夜雨，　　独卧武昌城。
重以桑梓念，　　凄其江汉情。
不知天外雁，　　何事乐长征。

徐祯卿少与唐寅、祝允明、文徵明齐名，称“吴中四才子”。后与李梦阳并称“前七子”。读他上面这首五言律诗，使人联想起唐代诗人韦应物一首五言绝句《闻雁》：

故园眇何处？归思方悠哉。
淮南秋雨夜，高斋闻雁来。

二诗都写到高斋、夜雨、雁声及悲秋、思归之情，意境很相似，都有一种高古澹远的韵味。这种韵味哪里来？从韦诗看，作者有意识地运用了古体诗的句格、语言与表现方法，诗句之间意脉贯穿，语言朴质自然，一、二两句还杂以散文化的句式。徐诗又是怎样做的呢？首联“洞庭叶未下，潇湘秋欲生”，化用《楚辞·湘夫人》：“嫋嫋兮秋风，洞庭波兮木叶下”句意，说洞庭湖边木叶虽然尚未凋零飘落，而秋意似乎已先来到了诗人的心上，已感觉到凉秋的逼进了。用深一层写法，反映一个漂泊者对节候变化特有的敏感和一种极端寂寞的心态。妙在“洞庭”“潇湘”这两个地名充满了远古神话色彩,易使人产生幽思遐想,有一种令人悠然神往的境界和一种悠远、凄清、缥缈迷茫的韵味。

颔联“高斋今夜雨,独卧武昌城”是紧承首联“秋欲生”而来,季节变化的信号自然是风雨。在风雨催秋声中,诗人无奈,只好一个人在武昌城书斋中闷头睡大觉了。律诗中间两联必须对仗,而“高斋”“独卧”两句不对。徐祯卿为了造成一种高古的格调,特意改用了古体诗的句式,打破了律诗起承转合的成法。这比韦应物用散文句式写绝句,难度更大,需要更大的勇气和魄力。这两句写得很成功,以高韵胜,有蝉蜕轩举之风。

颈联“重以桑梓念,凄其江汉情”,又承颔联“独卧”而来。高斋独卧,冷雨敲窗,该是何等寂寞无聊,想自己独在江汉地区(武昌在长江和汉水汇合处)作客,不由产生凄凉之感,格外思念起故乡来了,而此时又天外传来雁声……全诗感情脉搏的发展极其自然,“秋欲生”,自然表现为“今夜雨”,因雨而“独卧”,由“独卧”而思家。联联相承,句句牵引,丝丝入扣。《明诗别裁》引李舒章云:“八句竟不可断。”如此全篇一气连贯,浑成自然,回环变化,大有李太白古体诗的韵味。无怪乎王士禛拍案叫绝,说此诗“非太白不能作!”(《池北偶谈》)

从这首五言律的写作,可以看到徐祯卿的艺术追求,极为重视诗的风神韵味。为了学习韦应物古澹的风调,除了在意境、造语、句式等方面下功夫外,还利用律诗较绝句有回旋余地的特点,在篇章结构上造成古体诗飘逸自然而又浑然一气的韵味,用语也较朴质。明中叶诗人学唐人律诗颇用功夫,但大多只是在格律、气势上模仿,而徐祯卿却能以一种富有创造性的学习,熔炼前人优长,学而能化,不拘一格,一任性情,形成他的诗熔炼精警、以格韵胜的特点。清汪端说:"昌穀诗尽洗芜词,故澹远清微,而色韵自古。"

更为难能可贵的是,生于吴中地区的徐祯卿,早年为诗沉酣六朝,风格华艳,登第后北上,与李梦阳、何景明游,同倡复古,改而趋汉魏盛唐,诗风一变。这很能说明他的成功是善于学习的成功。他还著有探讨诗歌理论的《谈艺录》一卷,论诗主情致,颇为后来的神韵派大师王士禛所推崇,赞叹他:"天马行空脱羁靮,更怜谈艺是吾师。"(《论诗绝句》)王士禛特别称赏徐祯卿天马行空的创造精神,这对我们正确认识明代"七子"的"拟古主义"是有启发的。

(高　原)

何景明

鲥鱼

五月鲥鱼已至燕，　荔支卢橘未能先。
赐鲜遍及中珰第[1]，　荐熟谁开寝庙筵[2]？
白日风尘驰驿骑[3]，　炎天冰雪护江船。
银鳞细骨堪怜汝，　玉箸金盘敢望传？

〔注〕 ① 中珰：指宦官。汉代宦者称中人、中官，以貂珰为其冠饰，故称。 ② 荐熟：以新鲜谷物或果品祭献祖宗神灵。寝庙：即宗庙。《礼记·月令》注："凡庙，前曰庙，后曰寝。"疏："庙是接神之处，其处尊，故在前。寝，衣冠所藏之处，对庙为卑，故在后。" ③ 驿骑：古时驿站供应的马，供执行公务的人或来往官员使用。

鲥鱼是一种味道鲜美的名贵鱼类，生活于我国沿海地带，春夏之交，进入南方的江河中产卵，初入江时体内脂肪肥厚，肉味最为鲜美，因此也就成为致养帝王口体的珍品。地方官吏在进贡这种珍品的过程中，不知做了多少扰民害民的事。而皇帝得到这种珍品以后，把它赏赐给什么人去分享，却可以观察到朝政的动向、得失。何景明的这首诗，就是反映以上情况而对之进行针砭的。

诗从鲥鱼以第一时间运至京师(北京)写起。"五月鲥鱼已至燕，荔支卢橘未能先。""五月"是鲥鱼刚上市的季节，已经运到燕地(指北京)，比荔支、卢橘还快，这说明了它的重要性在当时是无与伦比的。我们知道，荔支、卢橘也是南方食物的珍品，地方向皇帝进贡荔支、卢橘，或者皇帝向属国赠送这两种果品的事，史不绝书。例如:《西京杂记》载:“南越王尉佗献高祖鲛鱼、荔支,高祖报以蒲萄、锦四匹。”《东观汉记》载:“单于来朝,赐橙、橘、龙眼、荔支。”《异物志》载汉时在交趾设“橘官长”一人,“主岁贡御橘。”《梁书》载王僧辩献“嘉橘”给湘东王。如此等等。比较是突出对象的一个有效办法,诗人用荔支和卢橘这两种贡品来与鲥鱼比较,就收到了突出鲥鱼的重要性这一效果。

“赐鲜”两句,讽刺皇帝对鲥鱼处理的不当。他把这些时鲜的食品分赐给每一个宦官,却没有向祖宗的庙寝荐祭,这在古代来说,是违反礼制的,因而作者深致愤慨。宦官专政是明代政治一大祸害,英宗时期已开始突出。武宗正德初年,太监刘瑾、马永成、谷大用等“八党”用事,炙手可热,诗中所写,大概就是当时情况。这时作者在朝为中书舍人,后来他就是因为得罪刘瑾去职的;这种敢于与宦官作斗争的立场,值得肯定。

“白日”两句,作者回笔写鲥鱼运送的艰辛:运送者水陆兼程,有时骑马,有时乘船,飞速递送。因为天气炎热,为防鲥鱼变质,还要用冰雪来加以冷藏。这种劳民伤财的做法,作者也是深为反感的,在不动声色的淡淡两句描写中,寄寓着谴责的深意。这里我们很自然地会联想到杜牧的《过华清宫》和苏轼的《荔支叹》:“一骑红尘妃子笑,无人知是荔支来。”(《过华清宫》)“宫中美人一破颜,惊尘溅血流千载。”(《荔支叹》)同是对帝王贪图口腹而扰害人民进行批判,东坡的谴责是严厉的,牧之出以反讽,仲默则以平实见长,尽管不是那么剑拔弩张,态度还是很鲜明的。

最后两句,表面上好像因自己吃不到“银鳞细骨”的美味鲥鱼而生怨望,其实并非这样。要正确理解这两句诗的意思,必须与第三句对看。何景明中书舍人的官职虽小(从七品),毕竟是一位朝廷官员,与宦官之作为宫廷侍从者不能同日而语;如今朝廷官员得不到“玉箸金盘”(以食用鲥鱼的餐具代指鲥鱼)的恩赐,而宦官却得到了,这是一种不正常的现象。作者的用意不在于计较口腹的享受,而在于讽责皇帝做事的颠倒。沈德潜评这首诗说:“赐及中珰而寝庙未荐,则波及臣家,益无望矣。中含讽喻,不同寻常赋物。”(见《明诗别裁》)说得很对。

这首诗,通过“五月鲥鱼已至燕”这件事情生发出严肃的主题,可谓以小见大。诗的形象鲜明,对仗、平仄也很工稳。两处委婉的发问,给人启迪,发人深思,对突出主题起了很好作用。

(洪柏昭)

秋日怀弟

生涯怜汝自樵苏，　时序惊心尚道途。
别后几年儿女大，　望中千里弟兄孤。
秋天落木愁多少，　夜雨残灯梦有无。
遥想故园挥涕泪，　况闻寒雁下江湖。

谢榛中年后漫游北方，长期不在家，他有一个弟弟在家乡务农，分别数年之后，谢榛写了这首诗寄给他，抒发怀念之情。

诗写得质朴感人。首句从对方写起。“樵苏”按字面意义，为打柴割草之意。我们当然不应该机械地理解，以为谢榛的弟弟就是个打柴割草的农夫。封建时代能够有机会读书应举的家庭，起码略有恒产，家里也可以有童仆使唤，不必事事躬亲劳作；只是毕竟住在乡下，为了日常生计，所以也必须时常参加一些农业劳动，“樵苏”的含义，大约也是即此而已。不过，对这种“生涯”，诗中用了一个“怜”字，是符合作者怜念弟弟的心态的，因为相对在外游历而言，“樵苏”总是较为辛苦的，而作为兄长，不能助弟弟摆脱劳苦，当然也不免大生“怜”意。

然而，谢榛的生活也并不如意。他始终是个布衣，奔走四方，依人作客，岁月一天天地过去，年华也就逐渐地老去了。“时序惊心尚道途”，说的就是这种情况，充分反映出作者岁月蹉跎、一事无成的失意之感。一个“尚”字，大大地加重了“惊心”的程度，因为它具有递进的作用;虽然他已深感这条路走下去已没什么指望,可他还在半途上身不由主地奔波着,如此,他的失意感也加倍地显露了。另外,“尚道途”三字,还揭示了不能与弟弟聚首的原因——离家在外,从而紧扣了“怀弟”的主题。

颔联就眼前事发感慨。“别后几年儿女大”,一别数年,膝下的儿女都长大了,相应的一面就是自己的老去,与“时序惊心”互相呼应。“望中千里弟兄孤”,相隔千里,弟兄两人都各自孤零地生活着,这又与“尚道途”三字扣得很紧。

颈联则从眼前景出发,抒发对弟弟的怀念。“秋天落木愁多少,夜雨残灯梦有无。”秋天,草木凋零,“无边落木萧萧下”的时候,是很容易触动人的愁怀的。而秋雨淅沥,残灯明灭,更是叫人不能成寐的环境。“愁多少?”“梦有无?”不从正面说破而出以疑问的口吻,更显婉转含蓄,更加摇曳多姿。

末联又总述思乡、怀弟作结。“遥想故园挥涕泪”,思乡已经使得他涕泪满襟;“况闻寒雁下江湖”,“况”字更进一层,说因听到雁声而更增悲感。陆游《夜泊水村》诗说:“记取江湖泊船处,卧闻新雁落寒汀。”是此诗末句之本。作者这里是否实写?很难说。雁声哀怨,可以用来加强悲愁气氛,故虚设此景以托情,也有可能:这是就诗的情景关系说的。此外,这里似乎还有两层寓意:一是以“寒雁”自况,隐喻江湖作客之悲;二是根据传统意识,以雁行喻兄弟,故闻雁而想起兄弟,益增悲感。如此看来,这个结句实在有袅袅余音的妙趣。

这首诗,紧紧围绕着“怀弟”这个中心来写,从眼前事、眼前景出发,反复点燃感情的火花,确实是“至性至情流露之语”,深挚感人，与杜甫《月夜忆舍弟》等诗有相似之处。中间夹杂着道途流落的悲凉感，亦引人同情。全诗内容互相呼应，写景切合秋之特征，对仗工稳，音节谐协。钱谦益说："茂秦今体，工力深厚，句响而字稳。"（《列朝诗集小传》）用在这首诗上，也很合适。朱彝尊对谢榛少所赞许，但《静志居诗话》也称引了这首诗。（洪柏昭）

谢　榛

居庸关

控海幽燕地，　弯弓豪侠儿。
秋山牧马处，　朔塞用兵时。
岭断云飞迥，　关长鸟度迟。
当朝有魏尚，　复此驻旌旗。

居庸关又名蓟门关、军都关，是万里长城最重要的关塞之一，在今北京市昌平区西北，历来有“北门锁钥”之称。谢榛《居庸关》共有二首，这里选的是第二首。

首二句大处落墨，从总体上描绘出居庸关所处的地理环境和人文环境。居庸关背倚苍莽的燕山山脉，控制着临近渤海的广大的幽燕地区，地理位置十分重要。幽燕之地，自古以来多豪侠之士，正如曹植《白马篇》所描述的：“白马饰金羁，连翩西北驰。借问谁家子？幽并游侠儿。”作者于众多的人事中拈出“弯弓豪侠儿”一端，正是突出了居庸关所在的幽燕地区的人文特点。而盘马弯弓、纵横驰骋的健儿形象，对于居山临海、气象巍峨的关城形象，也是一种最好的映衬。

在某种意义上说，幽燕地区民风尚武，也和北方部族的入侵有关。北方部族常在秋高马肥之际，南下用兵，秦汉时代既已如此，而明代瓦剌、鞑靼诸部的侵扰为祸尤烈。嘉靖四十年(1561)，鞑靼俺答在攻扰宣府后，就曾进犯居庸关。因此“秋山”二句，既概括了秦汉以来悠悠千年的边疆征战史，具有深厚的历史感，又反映了明代北疆严重的边患，具有鲜明的现实针对性。这就在登临写景之作中融进了历史的、社会的内容，丰富了作品的内涵。

五、六两句进一步描绘居庸关的景色。悬崖峭壁，耸入云霄，浮云飞渡，显得格外高远；群山逶迤，关塞绵延，鸟儿的飞行也显得格外迟缓。这两句写景，从纵横两个方面延伸视线，融汇了视觉形象所引起的心理感受，并以活动的“云”“鸟”作为静止的“岭”“关”的衬托，愈加显示出“岭”“关”的高峻、挺拔，坚不可摧，笔力劲健，气势宏伟。

雄关险隘，是阻止强敌入侵的有力保障。但最重要的还是要有精兵良将，为我长城。像汉文帝时曾任云中(今山西大同)太守的魏尚，爱惜士卒，治军有方，使得匈奴不敢贸然进犯，千秋以下还为人民所怀念。而现在，又有魏尚一样的将军率军驻守在居庸关上了，这怎么能使诗人不感到欣慰呢？

谢榛平生曾长期游历燕赵，此诗正表现出他对边塞风光的特殊感受以及对边防的关切。诗中“魏尚”，可能是泛称，也可能有所指。隆庆年间戚继光曾任蓟镇总兵，居庸关即属于他的镇守范围。其时谢榛尚在世，诗中“魏尚”是否指戚继光，那就不得而知了。　　　　　　　　　　　　　　　　**(赵山林)**

李攀龙

和聂仪部明妃曲

天山雪后北风寒，　　抱得琵琶马上弹。
曲罢不知青海月，　　徘徊犹作汉宫看。

《明妃曲》为乐府《吟叹曲》名。《唐书·乐志》记载:“《明君》,汉曲也,汉人怜嫱(昭君名王嫱)远嫁,为作此歌。”这里,作者沿用乐府旧题,咏昭君和亲事,设想其远嫁塞外后,对汉宫依然无限眷恋,以致产生空间上的错觉。称昭君为明妃,是因晋人避司马昭讳,改“昭”为“明”。聂仪部,即聂静,嘉靖进士,历仕至仪部郎中,与作者交好,曾有《明妃曲》见赠,作者有以酬答,这便是本诗之缘起。昭君本是汉元帝宫女,竟宁元年(公元前 33 年),匈奴呼韩邪单于入朝求亲,她自请远嫁,被封为宁胡阏氏。千百年来,后人对这一历史往事念念不忘,对昭君的形象,尤其是昭君远嫁后的心理状态,历代诗词多有动人的描摹,留下不少传神之作。但尽管如此,本诗以其独特的运笔,仍能卓然自立于这个诗题的系列中,而无惭色。

诗的开始,粗线条地展示了边地的风光。铺天盖地的雪淹没了塞外绵亘不尽的群山,继雪而起的北风呼啸着,将大地可能有的一切吹伏在地……“天山雪后”一句,用笔简洁,唤出的图景却是无限的。就在这漫无边际的背景深处,一个坐在马背上拨弹琵琶的女子形象出现了。我们知道,琵琶作为一种乐器,可以弹奏出缓急高低不同，如珠玉落盘、流水幽咽般的曲调，为此，它曾使唐代那位谪居江州的司马为之泪湿青衫。那么，在本诗中，通过这个“抱得琵琶马上弹”的形象，作者要让我们感觉些什么呢？杜甫曾有“千载琵琶作胡语，分明怨恨曲中论”的猜测，王安石则以“含情歌说独无处，传于琵琶心自知”作为交代。这些诗句，都是极高妙、极为人称颂的，自有其不可磨灭的价值；不过，它们毕竟还有一个说不上是弱点、但总觉有些遗憾的特征——作了议论，下了判断。“怨语”也罢，“含情”也罢，都明明白白地点出了昭君弹曲时的心事。而在本诗，诗人却不提昭君弹琵琶时作何想，重点落在“曲罢”——一曲传达心志的琵琶弹毕，停弦驻马，昭君举目遥看，此际，青海头上的一轮明月，在她眼中变得朦胧了，变得与她在汉宫时所望见的月相似了，她徘徊在这样的月光下，流连难去……读者，切莫以为诗人在着力写这“月”，须记得“曲罢”二字——昭君的错觉，不是时时皆有的，而是在弹罢琵琶后这一特定的短暂时间内所有的；换言之，她的错觉，乃是由弹曲而生。然则她弹曲时是何心事，这不正是诗人欲令我们去思考的吗？但诗人虽令我们去思考，却不忙下一结论，这是他的含蓄处；而诗人虽不下结论，但他说昭君曲罢乃误以胡月为汉月，又暗示了他的结论，这是他的高妙处。至于他的结论究为何者，我们就不必去捅破了，一则说了便落实处，诗味不见；二则读者聪明，不难悟得，又何须赘说？只有一点，是我们须点明的：这样的运笔，比之“怨语”“含情”之说，虽缺乏下断语的胆力，却增长了“千古琵琶”的蕴含。

沈德潜论此诗云：“不著议论，而一切著议论者皆在其下，此诗品也。”(《明诗别裁集》卷八)沈氏是讲究“温柔敦厚”的,所以他看不惯“著议论”也很自然;不过,虽然老杜等“著议论者”未必“在其下”,但本诗是有“诗品”这一点,沈氏却道着了。至于是何诗品,虽然道破了不太含蓄,又不合沈氏的口味了,但为了便于读者理解,还是说上一句罢,其实也是一句老话而已:“不著一字,尽得风流。”

(汪涌豪　沈　价)

初春元美席上赠谢茂秦得关字[①]

凤城杨柳又堪攀[②]，　谢朓西园未拟还[③]。
客久高吟生白发，　春来归梦满青山。
明时抱病风尘下，　短褐论交天地间[④]。
闻道鹿门妻子在[⑤]，　祇今词赋且燕关。

〔注〕 ① 元美：王世贞的字。世贞为太仓人，嘉靖进士，官至南京刑部尚书。谢茂秦：谢榛，号四溟山人，临清人。 ② 凤城：指帝京。 ③ 谢朓：字玄晖，南齐阳夏人。历官宣城太守。著名诗人，尤长山水景物诗。西园：在邺都，曹操建。曹植等文学之士常宴游赋诗于此。 ④ 褐：粗布衣。 ⑤ 鹿门：山名，在今湖北襄阳。汉末隐士庞德公携妻隐于此。

这首诗是李攀龙与谢榛聚会于王世贞家中即席所作，"关"是分韵所得字。

诗从反面切入。京城送走了严冬，又迎来了春天，路边的杨柳抽出了长长的嫩条，正好供行人攀折话别，而谢榛却游宴歌咏于京师，还没有回乡的意思。古人有折杨柳送别的风俗，《三辅黄图》云："灞桥在长安东，跨水作桥，汉人送客至此桥，折柳赠别。"后诗词中多引为赠别语，如唐王之涣《送别》云："杨柳东门树，青青夹御河。近来攀折苦，应为离别多。"这首诗写的是聚会，却偏从离别的象征物杨柳写起，构思奇特，非才力大于凡人者难以做到。对句以谢朓比谢榛，即切合其姓，又符合他诗人的身份。而西园又是达官贵人府第的代称，并以文人游宴赋诗而著名，谢榛在京城与当朝大佬过从甚密，诗用西园典，与他的行事密切吻合。李攀龙论诗与“前七子”遥相呼应，力主“诗必盛唐”，特别心醉杜甫。杜甫的赠人诗以用典切合人的姓氏身份著称，如《送翰林张司马南海勒碑》“不知沧海上，天遣几时回”，用张骞泛槎事切其姓。又如《敬简王明府》首联：“叶县郎官宰，周南太史公。”以汉叶县令王乔比王明府，切其姓与身份。李攀龙此句正是他学杜甫的经意之作。

古时提倡清高，对隐逸之士往往推许褒扬，对曳裾侯门者往往多微词。所以首联说了谢榛滞留京师不归，出入权贵之门后，颔联立即拉回弥补。诗说谢榛年事已长，由于苦吟和久居他乡，暗换了青青发，每逢春天到来，魂梦不由得萦绕着故乡的青山。这就把谢榛不归说成了不得归，他出入朱门也就非其所愿，而是由于权贵们仰慕他的诗名。这样对谢榛出入人海的行止作解释，便达到了颂扬的目的。

颈联在谢榛的身份上大作文章，说他生当清明盛世，正是可以出仕为帝室效力的时候，他却托病不起，甘以布衣终其身，虽然无官无禄，清寒贫苦，却结交遍天下，声名籍籍。尾联则进一步说谢榛虽然目前游走京师，最终仍然要像著名隐士庞德公一样，偕妻子高隐故乡。这两联仍然是一纵一收，处处为谢榛转圜，把他描绘成高人与诗客的结合体，为他占尽身份。虽是颂扬，而颂扬得非常得体，不露谀媚之态，无论是受者、旁观者都能坦然接受。

读古诗时总感觉到写赠答诗犹如送礼，措手颇费斟酌，且碍于情面，很难写得实事求是，恰如其分，更难表达真实感情。李攀龙这首诗巧妙地化用典故，收放自如，以精湛的技巧弥补了感情的不足。（李梦生）

王世贞

登太白楼

昔闻李供奉，　长啸独登楼。
此地一垂顾，　高名百代留。
白云海色曙，　明月天门秋。
欲觅重来者，　潺湲济水流。

长期以来，明代“后七子”领袖王世贞一直被文学史家们视为复古摹拟派的代表而予以抨击，然而，细读他的诗，辨析他的文学思想，却感到世人未必真正理解他，对他的评价未必公允。且让我们来读他的这首《登太白楼》。

这首诗大约作于明嘉靖三十二年(1553)，此时王世贞在北京任刑部员外郎，借出差机会回太仓探亲，这年秋天，从运河乘船北上，途经济宁州(今山东济宁市)，登太白酒楼，因有此作。济宁太白楼是唐代大诗人李白当年客游山东的遗址之一。李白于天宝元年应召入京，待诏翰林供奉，不为权贵所容，天宝三载“赐金放还”，漫游山东、河南、河北一带，一度隐居任城(即济宁州)。他曾在济宁州南城上饮酒赋诗，这里遂被称为“太白酒楼”，成为后代骚人墨客登临游览的胜地。

此时王世贞与李攀龙主盟文坛，名重天下。今日登太白楼，追寻前朝天才诗人的足迹，心中有多少感想。所以，诗的一开头就写当年李白登楼情景：“昔闻李供奉，长啸独登楼。”不称“李太白”，而称“李供奉”，称李白刚刚去职的官衔，这就巧妙地交代了李白登楼的时间和背景，李白到山东任城，是在任翰林供奉之后，并说明他虽然被“赐金放还”，却满不在乎，照样地纵情诗酒，放浪山水之间。“长啸独登楼”，“长啸”是魏晋时代阮籍、嵇康的名士风度，撮口发出悠长清越的声音。这个细节描写，突出了李白的潇洒风神。一个“独”字，更写出其超逸不群和“眼高四海空无人”的气概。

“此地一垂顾，高名百代留。”山不在高，有仙则名，水不在深，有龙则灵。这座本来不为人注意的济宁南城小楼，一经大诗人“垂顾”，从此百代留名了。这里流露了王世贞景慕、缅怀李白之情，在无限景慕中，也隐隐蕴蓄着作者追踪比附之意。《明史·王世贞传》说：“世贞始与李攀龙狎主文盟，攀龙殁，独操柄二十年。才最高，地望最显，声华意气，笼盖海内。一时士大夫及山人词客衲子羽流，莫不奔走门下，片言褒赏，声价骤起。”俨然一代文宗的王世贞此时想的是：当年李太白垂顾此地，百代留名，我王世贞如今也来步他的后尘了。明里是颂扬前贤，暗里寄寓着个人的抱负，细心的读者自然心领意会。

“白云海色曙，明月天门秋。”王世贞写自己登楼望断天涯的情景。可是诗人笔下之景，并非全是济宁城楼即目所见，而更多的是作者心中想象的一种海阔天高的境界。此时登上太白楼的王世贞思接千载，多么想与才华盖世的李太白精神上千古相接。于是，他也像李白那样，运用充满神奇幻想的浪漫主义笔法表现自己对这位天才诗人的神往。李白《登太白峰》云：“太白与我语，为我开天关。愿乘泠风去，直出浮云间。”王世贞在登临凭吊之际，也似乎进入李白写的那种幻觉境界：仰望海天，明月当空，曙光朦胧，仿佛自己也听到诗仙李白的召唤，即将凌虚乘风而去，进入天界之门，去与他"相期邈云汉"了。

当他猛然从幻境中清醒过来时，又从天上跌落尘寰，不禁产生一种失落感。"昔人已乘黄鹤去，此地空余黄鹤楼。黄鹤一去不复返，白云千载空悠悠！"他感叹像李白这样的天才多少年才出一个，酒楼啊酒楼，自李白光临之后，还会有像他这样的人再来登临，使酒楼重新蓬荜生辉么？"欲觅重来者，潺湲济水流。"他心潮澎湃，望着东流入海的济水出神：那滔滔江水啊，洪波涌起，后浪逐前浪，一浪高一浪。"逝者如斯夫，不舍昼夜"，人类发展史，文学发展史，不也是这样么！他那无限感喟的神情中，大有"江山代有才人出，各领风骚几百年"之慨！

这首《登太白楼》写作上一个显著的特色，把李白当年登楼和自己今日登楼捏合到一起写，明写太白，暗写自己，写得极有才情，极富个性，表现了王世贞敢于与李白攀比的雄心、气魄。李贽称王世贞"少年跌宕，……气笼百代，意不可一世"(《藏书》卷二十六)。王世贞这种个性，在这首诗中表现得很突出。这首诗写得也像李白，海阔天空，气豪调古，颇得李白诗歌的神韵。

由此可见，对一个人，听其言，观其行，不能简单地肯定或否定。应该说，前后七子在明代文学史上是有贡献的，特别是他们反对唐宋以来的道统文学观，反对将文学作为政治、教化的工具，重视文学作为艺术创造的独立价值，表现了明代文学的新精神。但他们又片面地将古代某一时期的文学作为标准的文学范本，要求从严格的摹拟中求脱化，又束缚了诗的个性表现。作为这一文学流派后期的主要理论家王世贞已经认识到这一点。所以他提倡学古而不泥古,求“真”而去“似”。他反对死板的摹拟。“全取古文,小加裁剪”“割缀古语,用文已漏,痕迹宛然”,乃至“名为闰继,实则盗魁,外堪皮相,中乃肤立”等种种方法,他都认为是诗之大病。在这些地方,他已突破了李梦阳、李攀龙的论点。后来他更提出诗情说,主张写诗要“有才情”“见真情”,提出“有真我而后有真诗”等等,而上面这首《登太白楼》正是最好地体现了“有真我而后有真诗”的主张,成为王世贞最得意之作。像这样的文学家能说他是复古摹拟派的代表吗?　　　　　　　　(高　原)

马上作

南北驱驰报主情，　　江花边草笑平生。
一年三百六十日，　　都是横戈马上行。

戚继光是登州(今山东蓬莱)人，出身将门，世袭登州卫指挥佥事。后调浙江抵抗倭寇，在义乌建戚家军。屡次在台州、福建、广东等地击败倭寇，解除东南沿海边患。后又被调到北方，镇守蓟州(今北京一带)。他修筑墙堡，训练军队，使边防面貌为之一新。在蓟州驻守十六年，边寇不敢滋事侵扰。《马上作》一诗就真实地反映了作者转战南北，保卫国防的英姿雄风。

“南北驱驰报主情，江花边草笑平生。”从福建、广东到蓟州，可说一在天南，一在地北。“南北驱驰”四字，概尽戚继光一生大节。“报主情”与报效国家，在古代志士仁人，是同一回事。这三字表明作者并非不喜欢安定的生活，而是因为心怀天下，为了国家的安宁，不惜万里奔波。全句表现出一种崇高的襟怀。次句的“笑”字耐人回味，它有双重意义。一是自笑，虽说长年鞍马生活习以为常，不能栽花养草，只能以饱览“江花边草”来解嘲，这个“笑”字是很富于幽默感的。一是被“江花边草”所笑，这里的花草便有象征意味。志士的行动往往并不为世俗所理解，如马援的从弟马少游就对马援的慷慨多大志表示不理解，认为人生只要吃饱穿暖，无灾无病就好。所以“江花边草笑平生”一句意极浑含，而且点出“平生”二字，为后二句张目。

“一年三百六十日，都是横戈马上行。”这两句是“平生”“南北驱驰”的更具体的说明。一个身不离鞍马的保家卫国的英雄形象跃然纸上。这个人物形象是紧紧和战马与横戈连在一起的，不能须臾分离，就像苍鹰不能没有翅膀一样。“一年三百六十日”初读似乎是一个凑句，其实很有妙用。它出现在“都是横戈马上行”的点睛之笔的前面，起到了必要的渲染作用，使读者感到，一日横戈马上英勇奋战并不难，难的是三百六十天如一日。虽然诗中只说“一年”，联系“平生”一语，又可以推想到年年。同时，“一年三百六十日”，像有掐指计算的意态，使读者猜想这首诗不仅是“马上作”，而且可能是“新年作”。

更可玩味的是，诗中只从容道出“一年三百六十日，都是横戈马上行”这样一个事实，却没有明确表示情感态度，沈德潜评王昌龄《从军行》“黄沙百战穿金甲，不破楼兰终不还”道：“作豪语看亦可；作归期无日看，倍有意味。”原因也在于诗中“终不还”三字只表事实不露态度。细味戚继光此作，确是以抒发豪情为主，末二句大有“三十功名尘与土，八千里路云和月”（岳飞）的豪迈意味。但也未尝没有“匈奴未灭，何以家为”那种不得已而为之的感慨。唯其如此，才更显示出这英雄是人，不是神。　　　**（周啸天）**

王稺登

塘栖道中

水阔雨冥冥，　帆飞去不停。
人声两涯断，　鱼市一江腥。
云已辞吴白，　山初到越青。
侯芭数行泪，　千里吊《玄经》。

塘栖在今杭州市北。诗人从江苏到浙江凭吊师友，舟行水上，途经此地，写下了这首描写吴越江行的诗。

“水阔雨冥冥，帆飞去不停”，“冥冥”，晦暗。诗的起首开门见山，紧切题目的“道中”，落笔水上之行。“水阔”点出了塘栖这段水路的特点，“雨冥冥”指出在塘栖的天气特征。天气骤变，又在塘栖镇上，本应停船靠岸，以待雨过天晴，但诗人此行是去浙江吊唁亡故的师友，内心之急迫可想而知，因此诗人的船便冒雨满帆疾飞了。这两句描写中夹有叙事，词语平淡无奇，顺笔拈来，但落笔点很好，为下面的描写张目。

接着，诗人将镜头摇向两岸：“人声两涯断，鱼市一江腥。”涯，边，岸；鱼市，买卖水产品的集市。由于天气骤变，两岸集市上嘈杂的叫卖声、讨价还价声、呼三喝五声汇成的声浪顿然消失，鱼市上飘过来的腥味弥漫于江。“人声断”对第二句的“去不停”形成反衬。“一江腥”，不仅写腥味之广，也有味浓的意思。诗人舟行水上，自然不能对鱼市作精细的描绘，但诗人别出心裁，从声息、气味上着笔；而声息气味又不从市肆繁忙时正面描写，却是从雨时歇市这一角度生发，骤断的人声，满江的腥味，不是更有江南水乡的风味么？鱼市的兴隆已尽在不言之中。

五、六句诗人又转换了视角，写天空的白云和远处的青山。“云已辞吴白，山初到越青”，吴，指江苏苏南一带；越，指现在的浙江一带。雨过天晴，天空的白云特别洁净，远处的青山也更加清新滴翠，这种景象是常见之景，也是静态的景，诗人把“云白”“山青”拆开对偶，中间以动词“辞”“到”过渡，新颖奇巧，诗意别出。诗人舟中江行，仰望远观看到的仿佛不是自已的船在动，而是白云、青山在行走；再从“辞吴白”“到越青”看，诗人观望时的姿势一定是站在或坐在船头，面向前时所得之景，这样才会有白云随船而行的舒卷之态，青山扑面而来的迎迓之状。姿势表现一定的心理。诗人的这种姿势正是第二句“帆飞去不停”的继续，见出诗人急切的神态。由此看来，这两句不仅是造句新奇，也写出了行程中的实情实景。

最后两句，“侯芭数行泪，千里吊《玄经》”，侯芭，汉代人，曾跟扬雄学《太玄》和《法言》，扬雄死后，侯芭为他居丧三年，这里是诗人自比。《玄经》，指扬雄著的《太玄》，这里以《玄经》指代扬雄。这两句交待了诗人此行的目的是去凭吊师友。这位师友是谁，现已不可考知了。不过，死者必是诗人的至友无疑，不然，诗人决不会冒雨奔丧，千里奔波的。句中的“数行泪”，也与第一句的“雨冥冥”造成意念上的相似，使晦暗的雨意和“千行泪”的悲情互为渲染，情境也更加醇浓。

在这首诗中，有时空的转换，天气的阴晴，色彩的变异，以及诗人情绪的起伏，读来异象纷呈，目不暇接，而且诗人手法多变，或正面叙写，或侧面勾勒；取景角度也流转灵活，或状其貌、或传其声味、或绘其色，移步换形，形各传神。此外，这首诗的起首两句看似开得平平，但开得有纲有目；结句也优游不迫，显出了身份。 （孙之梅）

沈明臣

凯　歌

衔枚夜度五千兵，　　密领军符号令明。
狭巷短兵相接处，　　杀人如草不闻声。

明嘉靖中叶，倭寇大肆骚扰中国东南沿海地区，造成极大破坏。后胡宗宪任抗倭军务总督，苦战数年，兼用计谋，始将倭乱平息。胡氏喜招纳文士，许多诗人被引入总督幕府。沈明臣是其中之一。关于本篇，有一则记载说：在总督府于烂柯山举行的一次庆功宴上，酒酣乐作，沈氏当场作《凯歌》十首。至“狭巷短兵”二句，胡宗宪起座捋其须曰：“何物沈郎，雄快如此！”即命人将此诗刻石置山上，以为纪念。

诗描述了一场夜袭战斗，其特点便是胡宗宪所说的“雄快”。

首句便造成强大的气势。“衔枚”，原是古代行军时，为防止士兵喧哗，令他们在口中衔一支如筷子状的木条，这里形容军队行动时悄然无声。“度”是一个没有形迹、没有声响感觉的动词，常用于鸟飞。“五千兵”，作为一支偷袭的军队，规模是很大的。“衔枚夜度五千兵”，如一股黑色的涌流，无声无息，却格外给人以力量感。第二句“密领军符号令明”，对首句加以补充说明。因为这场战斗是一次绝密行动，因为军纪严明，所以才有首句所说的情状。从事件本身的次序上说，应是第二句在前，第一句在后。但如按这个次序来写诗，节奏就显得平缓，诗失去力度。倒过来说，不仅起笔便有强大的气势，而且因第二句的补足说明，形成一个停顿，如同洪流受阻，反而蓄势愈强。

三、四句直接转入战斗场面。“狭巷”是战斗发生的场所。这带有写实性，当时有好几场战斗是在城市中进行的。从诗的角度来说，“狭巷”毫无回旋余地，一支强大的军队投入到这样一个战场中，必然发生殊死的搏杀，更增强了阅读心理上的紧张。“短兵相接”，说明这是一场近身肉搏战，点出夜袭的特点，气氛极为激烈。这个句子与一般七言诗句式不同。它不取通常的上四下三的节奏，而用上二下五的配合，在语意上，“短兵相接处”必须连读而不能停顿，因而显得更快。而且，这个句子不能单独成立，“短兵相接处”如何？留下了问题，使得它和末句的连接也更紧密，又进一步强化了“快”的感觉。“杀人如草不闻声”，紧扣夜袭的特点，赞颂我方将士的主动、迅捷、勇敢，在敌人尚未来得及作出充分的反应时，已将他们全部歼灭。这真是一场快战。

七言绝句的形式是固定的。但是，如何调动各种手段，表达特定的内容，造成特殊的效果，则大有讲究。这首诗不仅通过事件的描述来表现我方在夜袭战斗中的快速与强有力，而且叙述的次序、语言的节奏也与之相配合，具有相当的感染力。誉为“雄快”，当之无愧。 **（骆玉明）**

读《牡丹亭》绝句

冷雨幽窗不可听，　挑灯闲看《牡丹亭》。
人间亦有痴于我，　岂独伤心是小青。

晚明西泠女诗人冯小青，小名玄玄，相传是武林名士冯千秋从镇、扬携回杭州的一个小妾，其时她才十六岁。上面这首诗描绘出了她来杭州之后的处境和心情。

传说她到冯家后为大妇所不容，被迫幽居在孤山脚边一所旧屋里。明朝时候的孤山，几乎四周皆水，陆路难通，那个妒妇既不让小青出来，又不让冯千秋去探望她。每到夜晚，她孤身一人，青灯一盏，形影相吊。“冷雨幽窗不可听”，是这种寂寞凄凉的环境的写照，也是这位红颜薄命女子心境的写照。《红楼梦》中黛玉《葬花吟》有句云：“青灯照壁人初睡，冷雨敲窗被未温”，描写的颇类小青此时此刻的情怀。“幽窗”外自然界淅淅沥沥的“冷雨”，一声声敲打在她的心坎上，这不正象征着她经历的一场人生的凄风苦雨吗？如今她成了被遗忘的人，陪伴她的只有这幽窗冷雨，而这凄凉的雨声更勾引起她多少身世之感！“已觉秋窗秋不尽，那堪风雨助凄凉”！所以，她不想去听，不愿去听，可那无情的冷雨啊，一任阶前点滴到天明！

怎样消磨这百无聊赖的漫漫长夜？于是小青“挑灯闲看《牡丹亭》”了。所谓“闲看”，本来只是为打发时光、消闲解闷而已，谁会想到“借酒浇愁愁更愁”，《牡丹亭》——这部明代大戏剧家汤显祖的杰作更加触动了她的心弦。小青像世上其他女子一样，渴望美满的爱情和婚姻生活，可是旧时代男人可以纳妾的封建婚姻制度，铸成了这位可怜的贫家女的悲剧。她幽居孤山，过着与世隔绝的生活。左近有一所观音庵，可怜的女子只好向菩萨求救，她常常痴痴望着佛的庄严妙相，俯首合十，以诗向佛祈祷说：“稽首慈云大士前，不生西土不望天。愿祈一滴杨枝水，遍洒人间并蒂莲。”她多少渴望爱情的幸福啊！可是现实却是这样的冷酷无情。有时，只有冯千秋的瓜葛亲杨进士夫人泛舟来看她。杨夫人十分怜爱她，同情她，劝她另配佳偶，莫辜负青春年华。小青说，人生辛酸，一嫁足矣，“宁作霜中兰，不作风中絮”。她哀叹自己的命运，认为自己是世上最痴情的女子，因而也是世上最痛苦的人儿。现在出乎意外的是，她在《牡丹亭》中看到了自己的影子，找到了一个相同的“我”，她情不自禁地写道：

人间亦有痴于我，岂独伤心是小青。

原来《牡丹亭》写的是美丽多情的少女杜丽娘在游园时梦中和书生柳梦梅相爱，醒后感伤致死。三年后，柳书生偶然发现丽娘自画像，深为爱慕，丽娘又感而复生。小青感佩不已：丽娘啊丽娘，你执着追求理想的爱情，生可以死，死可以生，比我小青还要痴情呢！

冯小青《读牡丹亭绝句》曾被后人编成一折昆剧，剧名《题曲》。剧中有小青几句独白，颇能道出她在诗中所表现的凄怆感情。剧中小青说:“丽娘姐姐,你不过做了一个梦,何至于对梦中人如此眷恋以致病到如此地步……”,接着又说:“啊,小青呀小青,人家还有过一个梦,你……你连梦也未曾有一个啊!”上一句可说是“人间亦有痴于我”的最好注脚,下一句则是伤心人别有怀抱了。虽说杜丽娘为心爱的人伤心致死,但她毕竟还做过一个绮丽温馨的梦,而自己心爱的人,明知自己幽闭孤山,却不见他人影儿,连魂魄也不曾来相会,自己的命运比丽娘还可悲呢!

事实也是如此,杜丽娘在历经艰辛后,最后还有一个大团圆的结局,可是小青就更可悲了。实在不堪大妇的折磨和虐待,终以诗诀别杨夫人,含恨而终,时仅一十八岁。等杨夫人闻讯赶来时,小青的遗作已被侍候她的老妪付之一炬,只剩下一些糊窗户的残稿了。所以后人将其辑为一集,名曰《焚余集》。小青死后葬于孤山北麓玛瑙坡。清初女诗人张惠题诗吊祭云:“重到孤山拜阿青,荒荆茅棘一沙汀……劝君更礼慈云侧,莫堕轮回作小星。”

小青这首《读牡丹亭绝句》很有名,相传《牡丹亭》问世后,先有娄江俞二娘为之断肠而死,后有杭州女伶商小玲在演此剧时当场恸绝于舞台上。冯小青夜读《牡丹亭》的故事,更成为戏曲创作的热门题材。南社诗人柳亚子把冯小青作为一个被封建制度迫害致死的典型,将有关她的材料辑成《小青遗事》一书,由京剧名伶冯子和搬上舞台,轰动杭州。后冯子和将演剧所得,重修小青墓,柳亚子书其墓碑曰:“明诗人小青女史之墓”。墓修成后数年,诗僧苏曼殊故世后,亦择葬于冯墓之侧,成为湖上又一千古胜迹。“文革”中,此一女一僧亦未能幸免于难,并附近苏小小之墓均不存焉。

(之 江 铁 明)

陈子龙

小车行

小车班班黄尘晚，夫为推，妇为挽。出门茫然何所之？青青者榆疗我饥。愿得乐土共哺糜。

风吹黄蒿，望见垣堵，中有主人当饲汝。叩门无人室无釜，踯躅空巷泪如雨。

明代崇祯十年(1637)六月，京城北京一带大旱。七月，山东遭受蝗灾，民不聊生。诗人目击哀鸿遍野的悲惨情景，怀着深切的同情心写下了这首《小车行》。

全诗分三个层次。第一层次是“小车班班黄尘晚，夫为推，妇为挽”，写所见所闻，是实写。第二层次“出门茫然何所之”等三句，是悬想之词，为虚写。第三层次自“风吹”句至篇末，虚实结合，以实写为主，以虚写作为补笔。三个层次按时间的先后顺次展开，以小车主人公的行动贯穿全篇。

第一层次紧扣篇题，由车及人。诗的开头摄取的是一幅全景：日近黄昏，铺满黄尘的道路上出现一辆独轮手推车，发出班班的声响。“晚”字有两层含义：一是天色将晚，一是班班的小车已经推了很久。第二句将镜头推近，将聚光点移到人物身上，丈夫推着小车，妻子拉着车绳，缓缓前行，犹如列宾的名画《伏尔加河上的纤夫》中的人物，在命运的重压下奋力前进。构图鲜明、生动，给人以动态的感觉。首句为七字句，句中有韵(“班”“晚”同韵)，和谐动听；后二句换成三字句，语句中间的停顿使我们的内视觉似乎也感受到了这对逃难夫妻一推一拉的艰难步履。夫妻推挽着小车要到什么地方去呢？有待第二层次作出回答。

第二层次："出门茫然何所之？青青者榆疗我饥。愿得乐土共哺糜。"人称由第三人称过渡到第一人称，韵脚由上声转为平声，响韵换成哑韵。"出门"句承上启下。所谓"茫然"，一是空间上的茫然，不知此行何去，一是心理上的茫然，空间上的茫然归根结底是心理上的茫然引起的。小车究竟要到什么地方去，连推车人和拉车人的心中都没个准，可见人物内心深处有何等的悲哀了。接着两句说，夫妇眼前急迫的目的便是用青青的榆树叶子来充饥；进一步的卑微理想是希望找到一块安乐的地方，全家都能喝上口稀粥。读到这里，才明白那辆逃荒的小车上无非堆着些锅碗和破烂的衣物，全无可充饥之物。"乐土"在哪里呢？这毕竟只是一种愿望，这愿望能否成为现实，又引出与此相关的第三层次。

第三层次从"风吹黄蒿"到结尾，不仅换韵，人物的心理活动及事件的发展也更委婉曲折，跌宕不平。推车的灾民从早到晚已疲惫不堪，这时多么希望找到人家，充饥歇脚。当他们看见风吹动枯黄的蒿草，露出低矮的墙壁时，希望在心头升起。夫妻互相安慰：料想里面的主人会给他们饭吃。通过对人物心理的虚写，通过猜想，全诗在凄楚的基调上隐隐透出一点慰藉，似乎希望就要实现。"叩门无人室无釜"一句突转，使全诗形成一个大跌宕。去敲门，没有人应声；推门进去，室中空空，连锅子都没有。两个"无"字造成句中的均衡与对称，极其精炼地道尽了萧条破败的农村景象。天色已晚，又饿又累，又该往何处去呢？依然是茫然不知所之。于是，夫妻徘徊空巷，相对垂泪。结尾处展示的是一个特写镜头，两眼涌出的泪水在流淌。无声的眼泪取代了交织着悲哀的班班车声，绝望吞没了似乎顾盼之间就会成为现实的希望。

读罢全诗，一幅和着血泪的灾民逃荒图触目惊心地展现在我们眼前。画面以黄尘、黄蒿等黄褐色作底色，以动态的推挽小车的人物造型为主体，将色彩、构图与小车的声响交织在一起，傍晚的时间与破败无人的村落空间熔铸为一体。诗的题目是“小车行”，中心则是叙事写人，写人又舍去其他侧面，只紧紧抓住一个字——“饥”。由“饥”引出“榆”“糜”“饲”“釜”等与充饥、吃饭有关的字眼，而后者又多半都是理想和愿望，是虚的东西，唯有“饥”才是实实在在的，正无情地咬噬着逃荒夫妇的心。

从艺术上看，《小车行》明显地受到汉乐府民歌的影响。饥者歌其食、劳者歌其事的传统，早在《诗经》时代就已确立，至汉代乐府民歌中更加发扬光大。《小车行》在反映民生疾苦这一点上，与汉乐府民歌《十五从军征》《孤儿行》《东门行》等正是一脉相承的。汉乐府民歌还有一个很重要的特色——叙事性，《小车行》也正是以叙事性取胜。《小车行》风格古朴，运用口语，采用汉代以后古诗中很少用的四字句（“风吹黄蒿，望见垣堵”），个别用词如“哺糜”，更直接来自《东门行》，这些都令人联想起它与汉乐府民歌的继承关系。但《小车行》又并非亦步亦趋。从题材上来看，汉代乐府民歌中并没有专写逃荒的诗篇。至唐代，有专写逃荒的，如薛能的《题逃户》。“几界事农桑，凶年竟失乡。朽关生湿菌，倾屋照斜阳。雨水淹残臼，葵花压倒墙。明时岂致此，应自负苍苍。”所写的景象确是够凄惨的了，但只是“题逃户”，对于写逃荒来说，属于侧笔。《小车行》则是正面写逃荒，在题材上有了新的突破、开拓。所以，吟哦《小车行》，我们不仅感受到了作者陈子龙悲天悯人的仁慈胸怀，而且还可以约略窥见他作为一位杰出诗人继往开来所做出的贡献。 **（陈志明　常文昌）**

陈子龙

易水歌

赵北燕南之古道，水流汤汤沙浩浩。送君迢递西入秦，天风萧条吹白草。车骑衣冠满路旁，《骊驹》一唱心茫茫。手持玉觞不能饮，羽声飒沓飞清霜。白虹照天光未灭，七尺屏风袖将绝。督亢图中不杀人，咸阳殿上空流血。可怜六合归一家，美人钟鼓如云霞。庆卿成尘渐离死，异日还逢博浪沙！

《易水歌》本送别歌题，此诗则拓展古意而成哀悼诗声。王昶《陈忠裕公全集》后注："或云为左萝石奉使求成而作。"左萝石，名懋第，福王弘光右佥都御史，清军入关，自告奋勇北上议和，被扣遇害。诗借荆轲刺秦悼左萝石出师未成身先亡，颂其救明壮举。

全诗可分四节。"赵北燕南"以下四句为第一节，写送荆轲时、地。易水河畔原为古老航道，背燕面赵，襟带二邦，河水浩荡，两岸白沙无垠，足为送别开拓寥廓宏大背景。"送君"句点明送谁去何处。荆轲当年为燕太子丹刺秦王，"太子宾客知其事者，皆白衣冠以送之至易水之上"(《史记·刺客列传》)。"迢递"一词既写征途之遥，复含任重而道远深意。

时值天风萧瑟、草木零落暮秋季节，北国天空尤为高远幽旷，浩浩江水，茫茫白沙，飒飒天风，萧萧草木，这大自然奇特景观为全诗铺垫了慷慨悲壮基调。

“车骑衣冠”以下四句为第二节。写送别壮观场面。《骊驹》，送别之歌，传为《诗经》逸诗。据《史记·刺客列传》载，“高渐离击筑，荆轲和而歌，为变徵之声，士皆垂泪涕泣”，“复为羽声慷慨，士尽瞋目，发尽上指冠。”渲染悲壮场面，既为赞古代英雄荆轲，更为颂现实生活左懋第北上议和壮举。

“白虹照天”以下四句为第三节，写刺秦王经过。传说荆轲精诚感天，天垂白虹贯日之象。轲正以上合天意、下顺民情而闯入秦宫。“七尺”句写荆轲左手把秦王袖，右手以剑击之。秦王诈言祈听一曲而死，姬鼓琴，歌“八尺屏风，可超而越”，秦王遂得启示，奋袖超屏风而逃，行刺未成。诗作“七尺”，似误。太子丹派荆轲入秦，假托献督亢之地以求和，藏匕首于地图中谋刺功败。诗借荆轲悲剧重演，以痛悼左懋第遇害。

末节“可怜六合”以下四句写秦王一匡诸侯统一中国，天下宝物都集秦宫，美女钟鼓繁若云霞。邪恶战胜正义，如同清朝灭我大明。但荆轲、高渐离虽亡，而博浪沙椎击秦王的张良终将再度出世。篇终“浩茫”之思，幽深婉曲地传达出陈子龙救亡图存的坚定决心。

此诗构制宏伟，用思深沉，风格慷慨悲凉，为陈诗中精品。作者融合写景、叙事、议论于一体，浑化无迹。写景在于创造情感氛围，叙事在于抒发情感，全诗叙事都隐隐荡漾着郁勃的情思。篇终的议论又将这种情感推向高潮。故其写景、叙事、议论都统一在总体的情感节奏中。此诗立意深沉含蓄，通篇借咏荆轲以感慨现实，气韵流荡，耐人咀嚼，从中不难窥见盛唐诗风影响。

（邓韶玉）

甲辰八月辞故里

国亡家破欲何之？　　西子湖头有我师。
日月双悬于氏墓，　　乾坤半壁岳家祠。
惭将赤手分三席，　　敢为丹心借一枝[①]。
他日素车[②]东浙路，　　怒涛岂必属鸱夷[③]！

〔注〕 ① 一枝：语出《庄子·逍遥游》："鹪鹩巢于深林，不过一枝。"喻栖身之所。② 素车：即白色灵车。枚乘《七发》形容江水逆流，海水上涨的波涛"如素车白马帷盖之张"。　③ 鸱夷：原为皮制口袋，诗中指伍子胥魂。《史记·伍子胥传》说子胥死后，吴王取其尸，"盛以鸱夷革，浮之江中。"《录异记》说子胥魂怒，驰水为钱塘江潮，"常乘素车白马，在潮头之中"。

张煌言是与郑成功齐名的南明抗清人物，鄞县(今宁波市鄞州区)人，崇祯举人。清兵南下，他偕人于浙东起兵抗清，奉鲁王监国，官至兵部尚书。他曾与郑成功一起率南明水师攻入长江，恢复大批州县，江南半壁为之震动。旋失败，郑退守台湾，张则在浙东山区和沿海地带坚持抗战。至康熙三年(1664)见大势已去，遂解散义师，隐居南田县悬嶴岛(今浙江象山南)，不久被官方侦获。上面这首七律是作者被捕后解送杭州，途中经过故乡鄞县时写下的。

张煌言作为南明抗清的最后一面旗帜，虽然已经失败，但在广大人民心里，永远是一面不倒的战旗，它象征着一种永不屈服的民族精神。所以，即使当他作为一名阶下囚解往杭州的时候，鄞县父老挥泪送行者几千人。据清全祖望《神道碑铭》记载：在押解张氏去杭州的船上，有个叫史丙的守卒，夜间在船头吟唱苏武曲，意在激励张氏保持民族气节。煌言对他说："吾志已定，尔无虑也！"上面这首绝笔诗实际上也是自述怀抱，给鄞县父老和史丙们的回报。

"国亡家破欲何之？西子湖头有我师。"诗一开始就提出自己关于生与死的抉择，如今国已亡，家已破，自己打算往哪里去呢？自己又还能往哪里去呢？言下之意，现在国家已不存在，我自然只有一死了。语气中含有不容置疑的坚定和决绝。接着向人们透露自己的意向：在杭州的西子湖畔，有我的老师，他们是我学习的榜样。话语带有暗示性质，具体所指还不够清楚，老师究竟是谁呢？于是作者于颔联两句点明："日月双悬于氏墓，乾坤半壁岳家祠。"我要学习的人就是安睡在西子湖畔两座高坟里的英雄。在西湖西南的三台山中，有明代于谦的墓，此公与张煌言一样，做过兵部尚书，当蒙古瓦刺兵入侵，英宗被俘的危急关头，他毅然拥立代宗，击败瓦刺，捍卫和保全了明朝江山。他的光辉业绩有如日月双悬，光照千秋啊！在西湖北面的栖霞岭上有宋朝岳飞的坟。岳飞一生英勇抗金，独撑南宋半壁江山，他的丰功伟绩更是人所共知的。

我张煌言如今作为一个被解送杭州的战俘，向二位英雄学习什么呢？又怎样学法呢？颈联作者婉曲地表达了自己的遗愿："惭将赤手分三席，敢为丹心借一枝。"今天对我这个囚徒来说，只有用自己的生命来效法前贤了。我深感惭愧的是，自己两手空空，没有于、岳二公那赫赫功勋，却也要在西子湖畔占一席之地，真使我愧与二位英雄的墓鼎足而三啊！我只敢凭自己一寸丹心，追随二公，英勇不屈地走向死亡，这或可稍慰忠魂，让我在二位墓前借取一席灵魂栖息之所吧！

这首诗是在“辞故里”时写的，作者在申述自己的遗愿后，又寄言破亡的故家旧国：“他日素车东浙路，怒涛岂必属鸱夷！”我虽葬身西子湖畔，但我抗清的精魂不会泯灭，必像伍子胥那样，化为钱塘江的怒潮。你们会看到素车白马，乘风破浪，震撼着我当年曾经鏖战过的浙东大地。

这首诗全篇都是写自己殉国之志，从国亡被俘，说到自己决心一死，再说到此去杭州，准备就在那里就义，希望葬在西子湖畔。最后告慰乡亲，说自己的灵魂，永远不会离开生我育我并曾经在那里战斗过的浙东故土。字字都是真情实感的吐露，可以看出张氏写这首诗时，有着极冷静的头脑，而又有着慷慨深沉的感情，使我们看到一个人自觉地走向死亡时的真实心态，看到一个真正的英雄，一个完美的人格，听到了一支人世间最壮美的歌。

张煌言不但是抗清的民族英雄，也是一位很有成就的诗人，他曾作绝句《忆西湖》云：“梦里相逢西子湖，谁知梦醒却模糊。高坟武穆连忠肃，参得新祠一座无？”可见他踵继于、岳，葬于西湖，是早已萦怀的宿愿。后张氏解抵杭州，果然拒绝了清廷种种威胁利诱，慷慨就义。他牺牲后，鄞、杭士人重金购其首级，遵其遗愿，营葬于西湖南屏山荔子峰下。绿水青山埋忠骨，西子湖边好墓田。这一座又一座高坟象征着中华民族之魂，它们为西湖山水增添了光彩。后人作诗云：“赖有岳于双少保，人间始觉重西湖。”有机会游西湖的朋友，切莫忘记去凭吊这些历史胜迹啊！　**(高　原)**

陆　娟

代父送人之新安

津亭杨柳碧毵毵，　　人立东风酒半酣。
万点落花舟一叶，　　载将春色过江南。

题中“代父”当指代父亲作送别诗，不是代父送客。“新安”是歙州（今安徽歙县）的别称。明万历年间于广东设新安县，那已是陆娟以后的事情。

这首诗设色鲜丽，如同画卷，颇有女性的特点。全诗用二幅画面组成。前二句一幅，为告别图，后二句一幅，为江上行舟图。

先说前二句。所写为江边一亭（“津”，江河），亭旁杨柳数行，条条缕缕（“毵毵”，细长貌），飘拂风中，新叶晶莹如碧玉。“碧”字特出光泽感，如画面上的亮色。树下站立着行者与送者，正在作最后的告别，彼此酒已半酣。著“东风”二字，关照上句的柳条，又由此似乎看到人物的衣带轻飏，衬托出酒后陶然之态。作者省略前后内容，单取一个视觉形象，同上句可以配成完整画面。另外，通常离别诗，多抒写悲苦之情，而作者对此显然不愿渲染，因为恐怕破坏她所描绘的美丽图景。

至第三句，已转入舟行江上。描写落花，暗借上句“东风”二字，呈现飞舞之态。“万点落花舟一叶”，映照得何等漂亮！似乎是漫天春色，环绕行人。这实在是一个画面的描摹。本来，即使夸张，也不可能有那许多落花飞到江面上去。但作为图画来看，因为在一个平面上,“万点落花”便可与“一叶舟”相衬托。结句借助联想,想象舟行江南,一路均是飞花,始终可以满载春色。这句利用诗歌表现不受时间和空间限制的长处,将眼前景象,作无限延展,使诗中情味更浓。同时亦有祝祷行人一路平安欢乐的意思。

此诗既为“代父”而作,当是在作者出嫁以前。按古时习惯,其年龄不会超过十七、八岁。所以在这首诗中,关于送别本身,着墨无多,离情别思,也虚淡若无。我们看到的,全是一个少女对美丽春光的无限欢欣。 **(骆玉明)**

别云间

三年羁旅客，　　今日又南冠。
无限河山泪，　　谁言天地宽？
已知泉路近，　　欲别故乡难。
毅魄归来日，　　灵旗空际看。

永历元年(1647)秋,夏完淳因倡议反清,上表鲁王事泄,终于在家乡被捕,时距陈子龙壮烈殉国不到二月。被捕时,诗人意气从容,慨然而呼:“天下岂有畏人避祸夏存古(诗人之字)哉!”“我得归骨于高皇帝孝陵,千载无恨。”此诗就是在他拜别故乡(松江古称“云间”)、押解上路时吟成的。

全诗在抚今追昔的深沉慨叹中开篇。自1645年南京陷落,诗人以十五之龄投入反清复明事业,算来已经“三年”。而今,复国大业未竟,自身反成了“南冠而絷”的楚囚,诗人能不为之悲慨?开篇两句抒写自己的被执,结合着“羁旅”三年的难忘经历叙来,诗面上虽未展示具体往事,诗行间则隐隐摇曳着诗人颠沛于戎马倥偬之途、出入于义师幕府之中的轩昂身影。可以想见,当松江起兵的猎猎旌旗,“长白荡”之战的如云帆樯,交汇着惊天动地的鼓音和呐喊,伴随“三年羁旅客”的深情追忆,重又浮现在诗人耳目之际时,将激得他怎样心血翻涌!想到自身从此被系,再不能为国效力,诗人又该怎样哀愤,“今日又南冠”,一个“又”字,传达了诗人心中,此刻正激荡着多少不甘垂翼之情!

令诗人哀愤的,当然不只是个人的被执。家国沦亡,志士拭泪。三年来的反清斗争虽曾风起云涌,毕竟大多遭遇了挫败。嘉定、松江、杭州、福建,义师旗旌相继倒偃;侯峒曾、吴昜、黄道周、陈子龙,多少抗清志士淹没于血泊之中!放眼风光无限的山河,此刻似乎全都神色黯然,在默默无语中堕泪;这高天大地,旦暮间竟变得如此狭窄,何有志士伸背举足之处?“无限山河泪,谁言天地宽”?这两句怆然问叹,吐露了诗人在暮色中环顾四野、俯仰天地时的多少悲哀。

在家国沦亡的伤心时刻离别故乡,本已教人不胜痛苦的了,何况又是在这样的被系之中!作为爱国志士夏允彝的后人,夏完淳从参加反清活动的第一天起,就已将生死置之度外。“人生孰无死?贵得死所耳。父得为忠臣,子得为孝子。含笑归太虚,了我分内事”(《土室余论》)。这掷地可作金石声听的话语,虽写于诗人绝命前夜,却是他平生之夙志。所以,“已知泉路近”——死,对于诗人来说,非但不惧,而且甘之如饴。但故乡尚存白发之母(母亲、岳母),室中还有怀孕之妻。“嫡母慈惠,千古所难。大恩未酬,令人痛绝”(《狱中上母书》);夫人“青年丧偶,才及二九之期”,“茕茕一人,生理尽矣”(《遗夫人书》)!我们从诗人后来所留的遗书中,可以真切地感受到,当其诀别亲人、离开故乡之际,是怎样“欲书则一字俱无,欲言则万般难吐”了。但这一切酸楚悲苦,在诗中只以“欲别故乡难”一语叙及,即又收止——诗人实在不肯在敌人面前示弱,纵有万般痛苦,也要强自抑制的呵!理解了这一点,则此两句看似吐语平平,读来更令人欷歔泪集了。

但诗人并没有在哀伤中低回多久。在诗之结尾,他又昂然抬起了不屈的头颅:“毅魄归来日,灵旗空际看!”此去虽已抱必死之心,但反清复国之志,却是死亦难泯的。倘若真如迷信者所说,死去还有魂魄游离于天地之间;那么,我就是去到九泉,也还要高举着征伐之旗回返家园。当万里空中云雷翻腾之日,那就是我灵旗招展横扫敌寇之时!这充满豪情的悲壮之思,正如震开江雾的朝日,刹那间升腾直上,将《别云间》全诗照耀了。一位少年志士,正是怀着这种“今生已矣,来世为期。万岁千秋,不销义魄;九天八表,永厉英魂”的不泯之志,踏上了壮烈殉国之路。“双慈善保玉体,无以淳为念。二十年后,淳且与先文忠(父亲夏允彝)为北塞之举矣!勿悲勿悲!”——数月后诗人“长笑就刑”时写下的铮铮之语,正可作为上述悲壮结语的隆隆回应,一起震荡于故乡云间的上空!

南朝江淹名作《别赋》,曾以欷歔凄怆之词,抒写过母子、官宦、刺客、夫妇、男女、使者、道士的种种别离之悲。并称“有别必怨,有怨必盈,使人意夺神骇,心折骨惊。”可惜他没有触及爱国志士慨然赴死前的别乡之怀,冒然作出了“有别必怨”的断言。夏完淳这首《别云间》,以“三年羁旅”之客,写“南冠”离乡之情;将山河沦丧的悲愤,寓于拜别妻、母的哀痛之中。“别”而无“怨”,“悲”而能壮。令人读之,有抆泪扼腕、怫然奋起的报国赴死之思,又岂是寻常琐屑之“别”所可同日而语!如此说来,《别云间》一诗,正可与文天祥《正气歌》、张煌言《甲辰八月辞故里》等一起,作为“烈士之别”,填补《别赋》之空白,而照耀千秋诗坛的了! **(潘啸龙)**

后秋兴之十三

海角崖山一线斜，　　从今也不属中华。
更无鱼腹捐躯地，　　况有龙涎泛海槎。
望断关河非汉帜，　　吹残日月是胡笳。
嫦娥老大无归处，　　独倚银轮哭桂花。

这首七律作者自注曰:“自壬寅七月至癸卯五月,讹言繁兴,鼠忧泣血,感恸而作,犹冀其言之或诬也。”此注道出诗之写作缘起。“壬寅”即康熙元年(1662),前一年南明桂王被吴三桂杀害于缅甸(一说昆明)。这年七月至次年“癸卯”即康熙二年(1663)五月期间,作者于家乡常熟听到关于桂王朱由榔之死的种种传言;闻而忧思泣血,并把满腔悲愤泄之于诗。

首联“海角崖山一线斜,从今也不属中华”,虽然笔触较平淡,但内蕴一股悲凉感伤之意。“崖山”,又名崖门山,在今广东江门市新会区南大海中,地势险要,为扼守南海的门户。南宋末,陆秀夫与张世杰奉赵昺为帝坚守于此,作为抗元的最后据点,后被元军攻陷,陆秀夫背负赵昺沉海而死,南宋彻底灭亡。钱氏选用此典实,是因为明之亡于异族与宋之亡于异族相似,因此借宋之亡象征南明的最后覆灭。“一线斜”似写崖山之状态,但亦有其为偏远的弹丸之地的含义。但“从今也不属中华”。这也是极其严酷的现实,诗人写此句时心情是十分沉重悲哀的。在福王、鲁王失败后，桂王朝一度被作者视为抗清复明的希望，称之为“依然南斗是中华”（《后秋兴之一》）。但今日听到它也沦亡颠覆的噩耗，怎能不“鼠忧泣血”呢？

颔联乃承首联之意而展开具体的抒写：“更无鱼腹捐躯地，况有龙涎泛海槎。”“鱼腹”反用《楚辞·渔父》典：屈原被流放时，行吟泽畔，对渔父说，他不愿以洁白之身“蒙世俗之尘埃”，而“宁赴湘流，葬于江鱼之腹中”。屈子乃楚人，他虽为正义而牺牲，但毕竟仍有楚地湘江之鱼腹可葬身，此乃他不幸中之“大幸”，就是宋末陆秀夫与赵昺亦“鱼腹葬君臣”（方回挽诗）。相比之下，今日忠臣志士连效屈子、陆秀夫“鱼腹捐躯”亦不可得，其悲尤超过古人。后句则痛恨清军已控制了原属朱明王朝的海域。据《星槎胜览》载：“龙涎屿望之独峙南巫里洋之中……每至春间群龙来集于上，交戏而遗涎沫，番人拿驾独木舟，登此屿，采取而归。”诗借番人驾“海槎”即独木舟之类来岛屿采取香料“龙涎”的故事，比喻清军海船于南海中掠夺、游弋。对此，诗人内心的悲愤激讦之情是不言而喻的。

如果说颔联诗意尚比较含蓄，颈联则直抒胸臆，大有“《离骚》之疾痛叫呼”（钱谦益《周元亮赖古堂合刻序》）之概。诗人比较直率地抒发出亡国之惨痛：“望断关河非汉帜，吹残日月是胡笳。”望尽大江南北之万里关山，处处是清军的旗帜，而不见“汉帜”即“汉赤帜”，江山易主，何其恨也！“汉帜”用《史记·淮阴侯列传》典实：汉将韩信引诱赵军出壁垒，又派奇兵“驰入赵壁，皆拔赵旗立汉赤帜二千”，赵军大乱，为汉兵所败。“汉帜”显然是汉族的象征，但此时已为清旗所代替，亦即“吹残日月是胡笳”。此句把愤激之火直喷向“胡笳”。“胡笳”象征清军的军事力量。“吹残日月”意谓灭掉明朝(包括南明桂王等),因“日月”相合正是“明”字。

既然君死国亡,诗人不能不想到自己的处境,故尾联云:“嫦娥老大无归处,独倚银轮哭桂花。”这两句以罗浮《咏月》“嫦娥老大应惆怅,倚泣苍苍桂一轮”化出,但寓意深刻得多。“嫦娥老大”乃作者自喻年纪已衰老(时逾八十岁),“无归处”以嫦娥的奔月不得复归,喻诗人此时走投无路的心情:一是南明桂王朝已灭亡,他欲效忠而不可得;二是弟子郑成功亦于同年殁于台湾,不能再相通;至于再事清廷更是不可能,他已“嫦娥应悔偷灵药,碧海青天夜夜心”(李商隐《嫦娥》),为当年之降清悔恨尚且不及呢!作者觉得走投无路,百感交集,现在只能“独倚银轮哭桂花”了。“银轮”代月,据《淮南子》:“月中有桂树。”又,段成式《酉阳杂俎·天咫》:“月桂高五百丈,下有一人常斫之,树创随合。”嫦娥“哭桂花”之被斫,正是诗人哭“桂王”之被杀也。月桂“树创随合”,但桂王则死而不复生,诗人之悲尤甚于“嫦娥”。一“独”字写出亡国亡君的孤寂无主之感,而“哭”即所谓“泣血”也,此中有真诚,有悲愤,是钱谦益此际心情的真实反映。

此诗以抒写真诚、悲愤的忠君爱国之情为主旨,又处处辅以学问,广采经史、神话传说之故实,使诗风显得沉郁悲凉,含蓄不尽。杜甫的《秋兴八首》是他的后期力作,钱谦益此诗可谓得其神髓。

(王英志)

河间城外柳

日炙尘霾辙迹深，　马嘶羊触有谁禁？
剧怜春雨江潭后，　一曲清波半亩阴！

在中国，杨柳之倩美，实可与桃李之娇艳、松竹之劲节同称。

自从《诗经·小雅·采薇》借戍卒之口，咏成了“昔我往矣，杨柳依依”名句以后，这柳，便从此成了故乡亲情和美好青春的象征物，不断被辞人赋家所赞美咏叹。

特别是唐人李商隐，在客寓巴蜀之际，借柳抒怀，几成了寄寓身世漂泊之慨的一大门类。“柳映江潭底有情，望中频遣客心惊。巴雷隐隐千山外，更作章台走马声”，写不尽天涯羁旅的客中之愁；“巴江可惜柳，柳色绿侵江。好向金銮殿，移荫入绮窗”，叹不尽远隔京师的失意之情；“曾逐东风拂舞筵，乐游春苑断肠天。如何肯到清秋日，已带斜阳又带蝉”，更将己身的浮沉与春柳的秋瘁交汇相映，抒发了人生转折中的不尽伤怀。

钱谦益爱学义山诗，且又在家乡隐伏了多年，突然被召赴京补官，在饱经客旅颠沛之苦以后，忽睹“河间城外”的他乡之柳，便也如李商隐一样，引发了咏柳的极大意兴。但此诗的写法又与李商隐不同：它不仅有时节上的秋、春对比，更有空间上的大幅度改换，读来颇觉面目一新。

诗中出现了两幅画境。一幅是诗人目击的实景：在大河之北的古城外，在尘土飞扬的车马道边，一株高大的垂柳正被秋日烤炙得生气索然。加上重重尘埃的遮埋，更使它苍苍惶惶，失却了蓬勃的绿意。

何况还时时受到车马嘶鸣的骚扰，使它不能得到独对旷野的宁静；还常有头角峥嵘的羊儿，触磨得它的树干伤痕斑驳！

一股深切的悯伤之情，正随着这触目惊心的画境展示而汩汩涌出：你河间城外的秋日之柳呵，为什么偏要立身于这车马喧腾的官道之上，承受这“日炙尘霾”的忧苦呢？那“其角濈濈”的狠心之羊，难道还将你伤害得不够么？

循着这样的画意和诗情，接着涌向诗人笔端的，无疑应是殷殷的规劝，或寄意深长的慨叹了。然而此诗却不，它的后二句，竟是出人意料的又一幅画面转接：“剧怜春雨江潭后，一曲清波半亩阴”！

这是在时间和空间上的大幅度转换：黄尘飞扬的河间车道，刹那间为山清水秀的江南水乡所叠印；烈日炎炎的秋令，忽然化作了“春雨”如染的新霁——

景物似乎未变，还是一树如烟如梦的垂柳，然而它已不是作者目击的他乡之柳，而是带有了怎样的生机和怡情的故乡之柳！新雨方住，丽日在天，江潭（南国江畔）的清流似还在凝碧涨绿，恰似一曲伴着满野青禾、绿稻幽幽而奏的琴韵，在青天下缥缈、悠扬。

最为可爱而充满情意的，则是那株从岸边斜横而出的垂柳。它满树绿枝，婀娜纷披，带着春雨洒洗后的无限欣悦和快意，竟在清粼粼的波面上，投印下偌大“半亩”清荫！

清荫而以“半亩”之大加以形容，无疑是诗人情意激荡中的夸张笔墨。然而它却令你感觉不到夸饰之意，只觉得其间浮漾着的，有诗人那一片说不尽的忆念和爱怜之情——故乡的垂柳嘛，本就与众不同！它清新绿茂，简直与推涌接天的青禾、绿稻一样，是可以笼盖遍整个江南的呵！说它清荫“半亩”，还只是意犹未尽的小小点染呢。但也正因有了这一笔点染，那在刹那间从记忆深处，被唤回的故乡柳影，才更见得万缕千丝、摇曳不尽，带有了令诗人梦魂牵萦的无限清韵。

两幅不同遭际的柳影画境，就这样在虚实遥映之中，交替闪现、叠印在你的眼间。诗人对河间秋柳的伤悯，和对故乡（江潭）春柳的“怜”爱，就正在这画境的交替、叠印中，被表现得分外深切和动人。

那么这首诗究竟是想抒写什么呢？初看起来，它似乎只是在客中颠沛之际，忽为河间之柳所触动，而勾起了如本诗其二所说的那种“昨夜月明摇漾处，曾牵归梦到江南”的乡思之情。但仔细品味，诗中的寄寓似有更深的感慨。安居在“江潭”的故乡之柳，是那样怡然和自得；而出居于河间官路上的秋柳，却历尽烤炙和伤害——联系诗人的久隐故乡，而今却不得不奔波于仕宦途中，他是否对官场的险恶还颇怀疑惧，因而愈加恋怀着悠然畅情的退隐生涯呢？ **（潘啸龙）**

春日我闻室作呈牧翁

裁红晕碧泪漫漫，　南国春来正薄寒。
此去柳花如梦里，　向来烟月是愁端。
画堂消息何人晓？　翠帐容颜独自看。
珍重君家兰桂室，　东风取次一凭阑。

柳如是为晚明名妓，容色俏丽，才藻博洽，名噪一时。在经历了一段坎坷的生活后，在崇祯十三年十一月男装乘舟到常熟访钱牧斋于半野堂，从此，年岁、地位大相悬殊的钱牧斋和柳如是不顾世俗的偏见，结褵同居，因而传为文坛佳话。柳如是的《春日我闻室作呈牧翁》就是作者婚后同钱牧斋的唱和诗之一。此时，数度人生、几经飘零的柳如是，安居于钱牧斋特辟的我闻室中，诗酒唱和，感新怀旧，因而有作。开头两句感时伤事，凄婉深沉。“南国春来”既同诗题的“春日”呼应，更点明早春的料峭薄寒，而巧于装饰的作者却又长泪漫漫，伤感不已。诗作的遣词造语似乎是不经意的直叙，然而诗人的感情内蕴却已袒露无遗，而且也为下文的出现作了铺垫。三四两句“此去”对“向来”，“柳花梦里”对“烟月愁端”，堪称工整，自然而然地烘托出了一种愁绪如缕、前路缥缈的情思，而且是那样的沉重、那样的难以排遣、那样的难以捉摸。阴云笼罩下的月亮一向容易搅动不幸者的愁肠，嫩黄美好的柳花俨然是梦中景况。经过自己的选择而新嫁的柳如

是，虽然称不上已经获得了幸福，但确凿无疑的是她那生命的孤舟到底已经驶进了宁静的港湾。因此，当读者细细咀嚼的时候，便会品味出作者的复杂心态：身处新生活中的作者，一方面怀有对过去痛苦年月的辛酸，另一方面怀有对未来岁月的憧憬与不安。但此诗是"呈牧翁"的，对于其中所表达的感情，实在也是一种消息，钱牧斋是心领神会的，所以他的和诗题目就称："河东春日诗有梦里愁端之句，怜其作憔悴之语，聊广其意"，表示了宽慰之意。

诗的五六两句用了一个典故，即王昌事。据《天禄识余》载："唐崔颢、王维、李商隐诗中多用王昌，其事不可考。"按《襄阳耆旧传》，"王昌字公伯，为东平相、散骑常侍，早卒。妇任城王曹子文女。钱希言《桐薪》曰：'意其人为贵戚，出相东平，则姿仪俊美，为时所共赏可知。"查李商隐《代应》诗，有云："本来银汉是红墙，隔得卢家白玉堂。谁与王昌报消息，尽知三十六鸳鸯。"而李诗又化用古乐府旧事："黄金为君门，白玉为君堂。入门时左顾，但见双鸳鸯。鸳鸯七十二，罗列自成行。""河中之水向东流，洛阳女儿名莫愁。十五嫁为卢郎妇，十六生儿字阿侯。卢家兰室桂为梁，中有郁金苏合香。人生富贵何所望，恨不早嫁东家王。"盖钱牧斋在柳如是初访半野堂时，曾有"但似王昌消息好，履箱擎了便相从"之句，故柳如是结合感情上的困惑，再加生发，一以表达其惶恐犹疑之情，一以试探钱牧斋之诚意。

诗的结末两句"珍重君家兰桂室，东风取次一凭阑。"看似随意点染，实则紧扣作者的感情，兰桂之室自应珍重，春日来时亦可随意凭阑，然而，这都是"君家"的，以此进一步伸述了身入室中、心在室外的疑虑。

这首夫妻唱和诗不同于他人的作品，不含艳情，充满凄苦，这是柳如是的特殊身世和钱柳的独特结合决定的。 **（魏同贤）**

吴伟业

圆圆曲

鼎湖当日弃人间，破敌收京下玉关；恸哭六军俱缟素，冲冠一怒为红颜。红颜流落非吾恋，逆贼天亡自荒宴；电扫黄巾定黑山，哭罢君亲再相见。相见初经田窦家，侯门歌舞出如花；许将戚里箜篌伎，等取将军油壁车。家本姑苏浣花里，圆圆小字娇罗绮；梦向夫差苑里游，宫娥拥入君王起；前身合是采莲人，门前一片横塘水。横塘双桨去如飞，何处豪家强载归；此际岂知非薄命，此时只有泪沾衣。薰天意气连宫掖，明眸皓齿无人惜；夺归永巷闭良家，教就新声倾坐客。坐客飞觞红日暮，一曲哀弦向谁诉；白皙通侯最少年，拣取花枝屡回顾。早携娇鸟出樊笼，待得银河几时渡；恨杀军书底死催，苦留后约将人误。相约恩深相见难，一朝蚁贼满长安；可怜思妇楼头柳，认作天边粉絮看；遍索绿珠围内第，强呼绛树出雕栏。若非壮士全师胜，争得蛾眉匹马还。蛾眉马上传呼进，云鬟不整惊魂定；蜡炬迎来在战场，啼妆满面残红印。专征箫鼓向秦川，金牛道上车千乘；斜谷云深起画楼，散关月落开妆镜。

传来消息满江乡，乌桕红经十度霜；教曲妓师怜尚在，浣纱女伴忆同行；旧巢共是衔泥燕，飞上枝头变凤凰；长向尊前悲老大，有人夫婿擅侯王。

当时只受声名累，贵戚名豪竞延致；一斛珠连万

斛愁，关山漂泊腰肢细；错怨狂风飏落花，无边春色来天地。尝闻倾国与倾城，翻使周郎受重名；妻子岂应关大计，英雄无奈是多情；全家白骨成灰土，一代红妆照汗青。君不见，馆娃初起鸳鸯宿，越女如花看不足；香径尘生鸟自啼，屧廊人去苔空绿。换羽移宫万里愁，珠歌翠舞古梁州。为君别唱吴宫曲，汉水东南日夜流。

吴梅村的《圆圆曲》，以其特有的艺术魅力蜚声文苑，它是继白居易《长恨歌》以后最值得注意的歌行体长诗之一。

《圆圆曲》写的是明末清初著名妓女陈圆圆的事迹。史载：崇祯年间，田畹以重金购买了苏州名妓陈圆圆，献给皇帝解闷。但崇祯皇帝不感兴趣，田畹就娶她回家，自己享用，后来又赠给吴三桂为妾。当时，社会矛盾趋于激化，明朝、清兵、农民起义军三方对峙。指挥大军镇守山海关的明将吴三桂，是一支举足轻重的力量。吴三桂本来曾有归附李自成起义军的打算，但他得悉起义军攻入北京，陈圆圆被刘宗敏掠去，便立刻改变主意，转向清廷，演出了勾引清兵入关的一幕。在满、汉地主武装的联合攻击下，农民起义被镇压下去，但明朝江山也从此改变颜色。曾经为崇祯皇帝所倚重的吴三桂，成了清朝的开国功臣。

吴梅村是明朝的榜眼，当过翰林院编修。明亡时，他曾想上吊自杀，但被家人劝阻，苟且偷活，后来还不得不出仕清朝。这位著名诗人的思想十分矛盾。在特定的环境中，他不敢对清朝的统治说三道四；而作为明朝遗老，对故国故君则不能忘情。明朝的灭亡，和吴三桂变节有直接的联系。吴梅村憎恨吴三桂引狼入室，于是写了讽刺吴三桂的《圆圆曲》。但吴三桂是清朝新贵，投鼠忌器，诗人对他的鞭挞，只能化之为婉曲的冷嘲。因此，《圆圆曲》写得纵横捭阖，却又烟水迷离，读者需要仔细咀嚼，才能理解其中真意。

《圆圆曲》开始的四句是：

鼎湖当日弃人间，破敌收京下玉关；恸哭六军俱缟素，冲冠一怒为红颜。

吴梅村劈头就“掉书袋”，却不是卖弄才学。因为，他要说崇祯皇帝的死，可又不便明写，只好借用黄帝升天的故事。传说黄帝铸鼎于荆山，鼎成，黄帝便骑龙离开人间。后来因称黄帝升天为鼎湖。第二句，作者即写吴三桂打败了李自成。当时，吴三桂的胜利，靠的是满洲铁骑，不过作者绝不涉及人尽皆知的事实，这有意的回避，明眼人都懂得是怎么一回事。第三、四句，写得绝妙。诗人说：为了给崇祯报仇，六军恸哭，全师戴孝；而作为主帅的吴三桂，冲冠一怒，却是为了一个女子。自然，吴梅村把明朝士兵写成为对崇祯皇帝无限忠心的一群，实出于阶级偏见，如果群众拥护崇祯，何来农民起义？不过，作者夸大了士兵的“忠”，便孤立了为红颜而“怒”的吴三桂。一经对比，吴三桂的庐山面目立即暴露，这拉大旗作虎皮的主帅，原来是个只顾一己之私的小人。当然，吴三桂的降清，是由其阶级本性决定，绝不能仅仅归结到一个女子的得失上去。这是我们阅读《圆圆曲》时所要注意的，而吴梅村写作“冲冠一怒为红颜”，也是含有讽刺意味在内的。以上两句，是全诗的主旋律。下文“若非壮士全师胜，争得蛾眉匹马还”；“全家白骨成灰土，一代红妆照汗青”等句，就是主旋律的逐级递进，它们前后呼应，一步步深化主题。

更妙的是，吴梅村扯下了吴三桂的幌子，又赶紧给他穿上堂而皇之的衣服：

红颜流落非吾恋，逆贼天亡自荒宴；电扫黄巾定黑山，哭罢君亲再相见。

这几句话，以吴三桂的口吻道出。吴三桂谴责农民起义军荒唐宴乐，表示要为崇祯皇帝报仇，为被杀的父亲报仇，“哭罢君亲”，才见美人，气壮如牛，俨然是个忠孝两全的人物。实际情况又是如何呢，诗人一句不说，却转过笔去写吴三桂与陈圆圆最初相见的情景。

相见初经田窦家，侯门歌舞出如花；许将戚里箜篌伎，等取将军油壁车。

田窦，是汉代的田蚡和窦婴，他们是朝廷贵戚，这里借指崇祯皇帝的岳父田畹。吴三桂是在田畹家里见到陈圆圆的。那时，田畹宴请吴三桂，宴会间，姬妾们花明雪艳，歌舞翩跹，吴三桂一眼看中了陈圆圆。田畹为了笼络他，只好割爱，让这会弹箜篌的美人,等候吴大将军派出华美的车子来迎娶。

这一幕,倒叙吴、陈相见,引出了陈圆圆。诗人索性把读者的视线再拉后一点,来一个倒叙中的倒叙,介绍了陈圆圆未遇见吴三桂之前的生活。

家本姑苏浣花里,圆圆小字娇罗绮;梦向夫差苑里游,宫娥拥入君王起;前身合是采莲人,门前一片横塘水。

史载:陈圆圆原籍苏州;浣花里,则是唐朝名妓薛涛在成都居住的地方。作者把姑苏和浣花里牵合在一起,借以点出圆圆作为姑苏名妓的身份。陈圆圆曾经作过一个奇怪的梦,她梦见自己被一班宫娥拥进吴王夫差的宫苑里,好色的夫差色授魂与,禁不住起身迎接。"前身合是采莲人"一句,更坐实陈圆圆是西施转世。作者由陈圆圆出生于姑苏,联想到曾在姑苏建都的吴王夫差,虚构出一个梦境,这固然是赞美陈圆圆有像西施一样的容貌,更重要的是,把"荒宴"亡国的吴王夫差与平西王吴三桂扯到一块,又表现出对人物的评价。真是一石二鸟,出神入化。"门前一片横塘水"一句,似是闲笔,但它像现代电影的"空镜头"那样,颇能启发读者的遐想。

写了陈圆圆的身世,作者顺笔再写她的经历:

横塘双桨去如飞,何处豪家强载归;此际岂知非薄命,此时只有泪沾衣。

想当初,陈圆圆被田畹载走,侯门一入深如海,她只有暗自悲伤。岂知道,事情的发展很难预料:

> 薰天意气连宫掖,明眸皓齿无人惜;夺归永巷闭良家,教就新声倾坐客。

首先,吴梅村记述了陈圆圆碰上一连串不幸的遭遇。她被送入宫廷,不见天日,这已经够糟了,而皇帝对明眸皓齿的她不肯爱顾,她被接回"良家"去陪伴田畹老头子,则更加倒霉。不过,经过高手指点能歌善舞倾倒了吴三桂的陈圆圆,不久命运就改变了。

写长诗,讲究抑扬开阖,何况陈圆圆遭遇的本身也相当曲折。由于她曾经是"贡品",是田畹的"禁脔",作者虽然没有正面描绘她的容貌,但人们却可以想象出她的绰约丰姿。吴三桂为了她不顾一切鲜廉寡耻的原因,也不言而喻。另外,写陈圆圆接二连三的倒霉,也为她后来的飞黄腾达作蓄势。

> 坐客飞觞红日暮,一曲哀弦向谁诉;白皙通侯最少年,拣取花枝屡回顾。早携娇鸟出樊笼,待得银河几时渡;恨杀军书抵死催,苦留后约将人误。

这一段,是对上文"相见初经田窦家"的回应。作者细腻地敷写吴、陈初见的细节:在宴会上,坐客们飞觞醉月,开怀豪饮;陈圆圆轻弹一曲,楚楚可怜。少年将军吴三桂忘乎所以,和她眉目传情。"拣取花枝",是说他在群雌粥粥中选中了陈圆圆。据清代陆次云写的《圆圆传》说:“圆圆至席,吴语曰:‘卿乐甚!’圆圆小语曰:‘红拂尚不乐越公(隋朝的杨素),矧(况)不逮越公者耶!’吴颔之。”圆圆说自己的命运比不上私奔的红拂,用意非常明显,她是希望吴三桂把她携出“樊笼”,渡过“银河”,与意中人相聚的。当然,她如愿以偿了,只是军情紧急,吴三桂把她留在北京,匆匆奔赴战场。此一去,出了大问题。“苦留后约将人误”,这“人”,指的是谁?是陈圆圆?是吴三桂?是明朝君臣?是广大百姓?是作者自己?抑或包括上述的一切?作者没有指明,他故意含糊其辞,让读者自去揣测。这一来,下笔愈泛,也愈耐人寻味。

相约恩深相见难,一朝蚁贼满长安;可怜思妇楼头柳,认作天边粉絮看;遍索绿珠围内第,强呼绛树出雕栏。

“蚁贼”,是作者对起义群众的污蔑。李自成攻下北京,陈圆圆便成了“思妇”,楼头柳絮,纷纷扬扬,她会认作是山海关上的飞雪。就在这时候,陈圆圆为刘宗敏所获。绿珠,是晋代权贵石崇的爱妾;绛树,是三国时代善舞的美人,诗人把绿珠、绛树比喻陈圆圆,说刘宗敏包围吴府,把她架走。

若非壮士全师胜,争得蛾眉匹马还。

在吴三桂的追击下,农民起义军溃败,陈圆圆重归吴三桂的怀抱。在诗人看来,壮士们全师西指,餐刀饮箭,为的是陈圆圆的回归,这实在不值得称道。而作者不满之情,却又变个花样,以赞扬的口吻说出，似乎他在赞吴三桂的决心和魄力。这样的写法，显得笔势飞动，灵心四映。

蛾眉马上传呼进，云鬟不整惊魂定；蜡炬迎来在战场，啼妆满面残红印。

流落关山的陈圆圆，云鬟蓬松，惊魂甫定；她梳着“啼妆”（一种发式），残脂未褪。吴三桂高烧银烛，让她骑马进入军营，此情此景，自然十分隆重体面，可是，在尸骨纵横的战场上举行迎亲典礼，实也不伦不类，所谓“哭罢君亲再相见”云云，终于成了笑柄。

专征箫鼓向秦川，金牛道上车千乘；斜谷云深起画楼，散关月落开妆镜。

随后，诗歌转入写吴三桂陈圆圆相携入陕。一路上，大军吹吹打打，车马如龙，神气得很。到了四川，吴三桂在白云深处建起亭台楼阁，安置陈圆圆。每天，月牙儿落下，陈圆圆便对镜梳妆，开始了悠闲的生活，秦川、金牛道、斜谷和大散关，是川陕地名。这一带是军事要冲，比较荒凉。吴三桂于此营造金屋，安享温柔与尊荣，气氛很不协调。作者以不协调的色调互相反衬，与其说是赞美吴三桂对陈圆圆的宠爱，不如说是对他“荒宴”生活的感慨。

传来消息满江乡，乌桕红经十度霜；教曲妓师怜尚在，浣纱女伴忆同行;旧巢共是衔泥燕,飞上枝头变凤凰;长向尊前悲老大,有人夫婿擅侯王。

在云南,吴三桂当了平西王,陈圆圆也当了王妃。消息传到她的故乡,引起了种种反响,岁月悠悠,一切依旧,浣纱女伴,蹉跎白首,而陈圆圆则飞上高枝,人的命运,不同如此。这段话,诗人通过姑苏人的感叹,从侧面表现陈圆圆的遭遇。

当时只受声名累,贵戚名豪竞延致;一斛珠连万斛愁,关山漂泊腰肢细;错怨狂风飏落花,无边春色来天地。

在苏州,陈圆圆当然想不到会"飞上枝头",当初,她作妓女时,贵戚名豪,纷纷纳聘,搅得她不胜其烦。后来,又颠沛流离,关山漂泊,谁知道时代的狂风把她吹落地下,又把她送上青云,让她享受铺天盖地的春光。命运之难料,一至于此。很明显,上面几句,是诗人通过旁人对陈圆圆的回忆、叹息,记叙她的身世。由于吴梅村具有纯熟的创作技巧,能够不断地变换着记叙的手法,使读者感到诗歌的情节腾挪变化,摇曳多姿。

在写了旁人赞叹之后,作者直接站出来说话了。

尝闻倾国与倾城,翻使周郎受重名;妻子岂应关大计,英雄无奈是多情;全家白骨成灰土,一代红妆照汗青。

倾城倾国指美人,周郎即周瑜,这里借指吴三桂。"重名",说的却是反话。因为，按道理，为人臣者，应以家国为重，岂能以妻子影响大局，但“英雄”情多，那也无可奈何。这番话，诗人表面上是替吴三桂分辩，其实是不动声色地无情鞭挞。紧接着，作者索性挑明：陈圆圆成了历史的人物，吴三桂则全家毁灭，就是这桩风流韵事的代价。在这里，诗人连用两个对偶句，逐级推进，把怨恶之情引上高峰。

诗的末章，诗人放眼古今，一唱三叹，让感情的激流回旋而下：

君不见，馆娃初起鸳鸯宿，越女如花看不足；香径尘生鸟自啼，屧廊人去苔空绿。

所谓“卒章见其志”，写到最后，吴梅村回顾吴王夫差的下场，预示吴三桂绝没有好的结果。馆娃、越女、香径、屧廊等典故，都与夫差有关。历史上，夫差何尝不盛极一时，他建了“馆娃宫”，供越女西施居住，宫里有“采香径”，“响屧廊”，后来人去楼空，一切烟消云散。正在享受着无边春色的吴三桂将如之何，这是不言而喻的。

换羽移宫万里愁，珠歌翠舞古梁州。为君别唱吴宫曲，汉水东南日夜流。

这段是临去秋波，纯粹是愁怀抒发。换羽移宫，指奏乐。梁州，既是乐曲名，又是吴三桂驻地云南的别名，诗人说，奏起梁州一曲,引起无限愁绪,另唱一首新的吴宫曲,更使人愁似汉江之水,日夜奔流,无穷无尽。整首诗,就在低回的旋律和含蓄的意境中结束。

如上所述,《圆圆曲》通过叙述陈圆圆传奇式的遭遇,讽刺了不顾大义的吴三桂。当然,吴梅村把吴三桂的背叛,仅仅归结为好色,这远不能揭示出他的本质,同时,诗人也表现出对女性狭隘观念和对农民起义的反动观点。但是,吴三桂确是历史的罪人,他给人民带来了苦难,因此,诗人对他鞭挞揭露,也有积极的意义。根据诗中"有人夫婿擅侯王","乌桕红经十度霜"等句,我们可以大致推断《圆圆曲》作于顺治十年左右。那时,吴三桂尚是声威显赫,气焰熏天。吴梅村竟敢在太岁头上动土,这说明他颇具胆识。据说,吴三桂托人送去厚礼,要求吴梅村删去此诗,看来,《圆圆曲》诛心之论,使做贼心虚的吴三桂狼狈不堪。至于吴梅村后来顶不住清朝的压力,应诏出山,则是作者晚节不终的问题,与《圆圆曲》的创作无关。

在艺术上,《圆圆曲》有自己明显的特色。第一,它用典巧妙。吴梅村临终时说:"吾诗不足以传远,而是中之寄托良苦。后世读吾诗而知吾心,则吾不死矣!"可见,在特定的环境中,他不能不以用典转弯抹角地表达自己的难言之隐。当然,用典过多,会使诗意失诸晦涩,但若运用得当,也能推动读者的联想。《圆圆曲》反复运用有关夫差、西施的故实,在扑朔迷离中透露真意,就是成功的一例。其次,《圆圆曲》构思奇谲。它有叙事,有抒情,时而旁敲侧击,时而倒叙插议,整个作品的格局,变化莫测,适足表现阴晴不定的时代以及吴三桂反复无常的性格。作者甚至把事件发展的线索打乱，根据主题思想的需要，纵横捭阖地挥写。与此同时，巧妙地应用民歌的“顶真”格，像“冲冠一怒为红颜”，紧接是“红颜流落非吾恋”；“教就新声倾坐客”，紧接是“坐客飞觞红日暮”。这样，诗的各个片段便勾连起来，收到了变化错落而又气足神完的艺术效果。

（黄天骥）

吴伟业

采石矶

石壁千寻险，　江流一矢争。
曾闻飞将上，　落日吊开平。

这是一首吊古之作。采石矶，在今安徽省马鞍山市长江的东岸，原名牛渚矶，为牛渚山突出长江而成。三国时更名采石矶，其地江面较宽，形势险要，明代开国名将常遇春曾于此大破元军。《明史·常遇春传》："（明）兵薄牛渚矶，元兵阵矶上，舟距岸且三丈余，莫能登。遇春飞舸至，太祖麾之前，遇春应声奋戈直前，敌接其戈，乘势跃而上，大呼跳荡。元军披靡，诸将乘之，遂拔采石，进取太平。"诗的第三句，说的正是当年的这一段史实。

"石壁千寻险，江流一矢争"，这是诗人亲眼所见的采石矶的地理形势，也是当年常遇春做出英雄业绩的险恶环境。"寻"，古代以八尺为一寻；"千寻"，极言其高。"一矢争"，是说江流湍急，几乎可以与箭速比快慢。以箭比水，由来已久。《慎子》说："河之下龙门，其流驶如竹箭。"高适《金城北楼》诗说："湍上急流声若箭。"以上两句说石壁高险，水流湍急，同为写景之笔。第三句触景生情，引出对史事的联想。"曾闻飞将上"的"上"字，相当于《明史》本传中的"跃而上"，包括了跳过急流的那一跃与登上高而险的采石矶两个动作，这是元、明两军采石矶之战中最为惊心动魄的一幕，常遇春的形象即因此一"上"而于瞬息之间变得光彩照耀，壮美动人。句中的“飞将”，为“飞将军”的省说，西汉名将李广英勇善战，为右北平太守，“匈奴闻之，号曰‘汉之飞将军’”（《史记·李将军列传》）。后因以“飞将军”指矫健敏捷之将领。这里以“飞将”称常遇春，不仅言其勇武，且又关合他飞身跃上的动作，用旧若新，十分传神。末句于写景中结出凭吊之意。开平在今内蒙古正蓝旗东闪电河北岸，常遇春去世后追封为开平王。尽管常遇春早已作古，但他在采石矶头留下的业绩，尤其是振奋人心的那一跃，千秋如在。诗人的崇仰之情，不觉油然而生。这时落日的余晖正照到采石矶头。诗人猛然觉得，不仅自己正怀着吊意，而且在万里长江上游尽头的那一轮又圆又大的红日，似也怀着无限深情，在沉落之前正在凭吊英雄。说落日也在凭吊，这无疑是诗人主观感情的外化，是移情的作用。由移情而益见诗人感受之强烈，吊意之深沉。末句与电影中的“定格”相仿佛，那“落日”，似乎永远不会沉没。阔远的江面，高远的天宇，辉耀天地的红日，承受着夕照抚爱的矶头，组成了一幅极其壮美的具有纪念意义的永恒的画面。

此诗前两句写景，重在显示环境的险恶，用以映衬英雄行为的难能可贵；第三句在用笔上一荡，回顾史事，着力表现的是常遇春的勇武之美，在险山恶水的背景前愈显出英雄形象的光辉。末句将笔收回，情景双结，铸成雄深阔远的诗境，寄写深沉邈远的凭吊之意。

（陈志明）

又酬傅处士山次韵[1]

清切频吹越石笳[2]，　穷愁犹驾阮生车[3]。
时当汉腊遗臣祭[4]，　义激韩雠旧相家[5]。
陵阙生哀回夕照[6]，　河山垂泪发春花。
相将便是天涯侣[7]，　不用虚乘犯斗槎[8]。

〔注〕 ① 傅处士：傅山，字青主，山西阳曲人。明亡后着道士服，隐居土穴，以医为业。康熙中征举博学鸿词，不应。 ② 清切：形容乐声悲切凄凉。越石笳：晋刘琨字越石，据《晋书·刘琨传》中说，他曾在晋阳（今山西太原）被胡骑围困，城中窘迫，于是他中夜奏胡笳，贼又流涕歔欷，有怀土之切。向晓复吹之，贼并弃围而走。 ③ 阮生车：阮生指阮籍，字嗣宗，三国时魏人，司马氏篡魏后，他愤然抱不合作态度，常独自驾车出游，但不循路径，走到无路处即痛哭而返。 ④ 腊：岁终祭祀。据《后汉书·陈宠传》载，陈宠的祖父陈咸在汉成帝和哀帝时为官，王莽篡帝位后，他辞官归里，闭门不出，在家里仍用汉家祖腊。有人问他，他说："我先人岂知王氏腊乎！" ⑤"义激"句：张良祖上五世相韩，韩国被秦灭亡后，张良悉以家财求客刺秦王，为韩报仇。 ⑥ 陵阙：指明代帝王的陵园宫殿。 ⑦ 相将：相互扶持。 ⑧ 犯斗槎：张华《博物志》："近世有人居海渚者，年年八月，有浮槎去来不失期。人有奇志，乘槎而去，十余月，至一处，有城郭状，居舍甚严。遥望宫中多织妇，见一丈夫牵牛渚次饮之。问：此是何处？答曰：君还至蜀都问严君平。因还至蜀问君平。曰：某年某月日，有客星犯牵牛宿。记其年月，正是此人到天河时也。"

康熙元年（1662）秋，顾炎武由河北入山西，在太原结识了著名的诗人和书画家傅山，由于两人思想、学问上颇多共鸣之处，因此一见如故，成为知交。次年春天，顾氏外出回家，途中遇见傅山，傅山遂作了一首《晤言宁人先生还村途中叹息有诗》，其言曰：

“河山文物卷胡笳，落落黄尘载五车。方外不娴新世界，眼中偏认旧年家。乍惊白羽丹杨策，徐颔雕胡玉树花。诗咏十朋江万里，阁吾伧笔似枯槎。”顾炎武因此写了两首答诗，这是其中之一。

首联说傅山在明亡之后犹感念前朝，往往中夜啸歌，慷慨述志；驾车出游，穷途而返。这里用了刘琨和阮籍的典，虽是称赞朋友，然也隐然自况。颔联也用了两个典故，进一步说明傅山心中悲愁与不平的原因：就像王莽篡位后仍坚持用汉朝腊祭仪式的陈咸和韩亡以后毁家纾难、为韩复仇的张良一样，傅山也时时不忘前朝，愿为恢复朱明而奔走出力。颈联由述情而宕开笔去，勾勒出一派悲凉的景象：在夕阳的斜晖中陵阙显得一片凄凉，艳丽的春花像是由河山的泪水浇灌催发。这两句其实也是虚写，只是作者的拟想之辞。李白的《忆秦娥》词中有句：“西风残照，汉家陵阙。”“陵阙”句即由此化出，这里也暗指明朝皇帝的陵园与明朝的宫殿，表达了深沉的故国之思。“河山垂泪”一句则本于杜甫的“感时花溅泪”，然感情沉挚而自铸新词，可谓巧于变化。作者于此著一景语，不仅说明江山易主，时事日非的现实，而且通过“生哀”“垂泪”等语抒发了自己与傅山的遗民情绪。尾联谓只要相互扶持勉励，便如漫游天涯的同道之人一样，何必一定要去作乘槎渡海之行呢！这里顾氏谓朋友之间的勉励胜过远行遁世，似有委婉的劝告之意。

这首诗体现了顾炎武诗歌的艺术成就，这首先表现在用典的精到贴切。此诗的前四句连用四典，“陵阙”一联变化李、杜诗句而来，最后用张华《博物志》上的故事，真可以说无一字无来历，表现了顾氏对历代典籍的烂熟于心。而且用典极为切当，如首句用刘琨事，因此时作者正在太原，所以就首先用了有关太原的典。其次，语言的古雅凝练而富于形象也是本诗的特点。不少句子十分警策，如“时当”一联虽然纯以咏古出之，然一种不仕新朝的遗民忠节显然可见。“陵阙”一联熔铸前人诗句而不露痕迹，而且将自己的感情融入景中，形象与感情交织在一起。另外，此诗是次韵之作，即必须按照傅山原诗的韵脚用字来押韵，顾氏却能不受束缚而挥洒自如。有人说格律诗如戴着脚镣跳舞，那么此诗便是跳得十分成功的一例。

（王镇远）

舟中见猎犬有感

秋水芦花一片明，　难同鹰隼共功名。
樯边饭饱垂头睡，　也似英雄髀肉生。

清初，统治者对知识分子采用了两手政策，一手是大兴文字狱，血腥屠杀；另一手就是笼络利用。宋琬的这首诗借舟中猎犬的形象，揭示了清初被清廷羁縻的知识分子无用武之地的苦闷不平和他们志不获展的迟暮之感。

诗的第一句描写了一个极广阔的背景：浩浩秋水，茫茫芦丛，明月一片。“秋”字不仅是时间概念，且暗示了此时正是各种飞禽走兽膘满体壮之时，也正是猎犬鹰隼劲健有为之时。

“难同鹰隼共功名”，第二句诗意陡转，写舟中猎犬的可怜和可悲。一个“难”字，写出了猎犬的不平和怨愤，猎犬没有如鹰隼一样海阔天宽，乘时运势，建立功名，不是它“不能”，而是主人“不许”。也许猎犬也曾试图任性而为，施展才干，但等待它的是斧钺加身，囹圄囚禁，直到它噤若寒蝉，服服帖帖。

三四句写驯服后猎犬的状况：“樯边饭饱垂头睡，也似英雄髀肉生。”猎犬的活动场所本该是原野猎场，如今却是船角樯边；猎犬的本性和才能本应驰骋奔突，如今饭饱之后只能垂头酣睡。“垂头”二字极为形象地描写了猎犬无所事事和懒散委顿的现状。髀(bì)肉，大腿肉。汉末，刘备久住荆州刘表处，一次看到自己大腿肉生,慨然流涕,刘表惊问,刘备说:我过去身不离鞍马,大腿皆为健肌,如今久不驰骋,髀肉复生,日月逝去,老将至矣,而功业不成,故为此悲伤。诗人借用此典,是为猎犬悲哀叹惜,它终日饱餐无为,必定会腰圆臀肥,失去它追鹰逐兔的英雄本色,还要销蚀掉建功立业的意志和抱负。

这首诗通篇为咏物写法,但不是咏物诗,正如题目所言"观舟中猎犬有感",诗人是借舟中犬而发自己的感慨,这是对清廷羁縻政策的实质的体现:它不是要人才有所作为,而是要人才为我所用,清廷的豢养士人,就如渔人的舟中养犬一样,都是扼杀天性、才性的残酷摆布。宋琬的这种认识在封建社会是深刻的,而他借舟中犬道出这种认识,手法也是很巧妙的。 (孙之梅)

吴嘉纪

绝句

白头灶户低草房，　六月煎盐烈火旁。
走出门前炎日里，　偷闲一刻是乘凉。

入清以后，吴嘉纪绝意仕进，局处海滨。平日与他交往的，许多是以煮盐为生的穷灶户，他们受尽官吏与盐商的重重剥削，加上水灾军输，一直过着人间地狱的悲惨生活。而煮盐，又是一种十分辛苦的工作，再因条件简陋，所以，如果不是生计所迫，常人很难忍受。《如皋县志·盐法论》曾记载描述道："海滨壮丁，缚草堤坎，数尺容膝，寒风砭骨，烈日铄肤；藜藿粗粝，不得一饱，此居食之苦也。海沙渺漫，人畜窃践；欲守无人，不守无薪，此积薪之苦也。暑日流金，海水百沸，煎煮烧灼，垢面变形，此煎办之苦也。寒暑阴晴，日有程课；煎办缩额，鞭挞随之，此征盐之苦也。春贷秋偿，盐不抵息，权及母子，束手忧悸，此赔盐之苦也。秋潮忽来，飓风并作，田薪立槁，庐舍蓬飞，露处哀号，不识所在，此遇潮之苦也。逃亡则丁口飘零，住业则宅器荡尽。"这是全面的记述，吴嘉纪此诗，则截取了灶户煎盐的一个场景，从侧面反映了他们的痛苦遭遇。

"白头灶户低草房，六月煎盐烈火旁。"先交代环境，着意烘托出艰苦的氛围：六月，酷暑盛夏，要在熊熊烈火旁不停操作，又是在低矮的草房里。作者写人，用"白头"一词作借代，使读者体会到灶户因恶劣的工作条件和过度的劳累而未老先衰。一“煎”字，既是言熬盐，又暗示了灶户在经历着人生的煎熬。诗的后二句，进一步渲染出炎热的程度，语言触目惊心。“走出门前炎日里，偷闲一刻是乘凉。”灶户实在忍不住低矮草屋中的煎熬，到户外喘息片刻，此时天空仍是骄阳如火，但对灶户来说，这骄阳下已是百般阴凉，来到户外已算是惬意的“乘凉”了！这不是天方夜谭，不是灶户精神异常，这是炉火的烤人，要比毒晒的日头强上万倍！作者不言炉火如何，户内如何，却以“炎日”来比较之、反衬之，给人的感觉更强烈、使人的想象更深切，这真是极为老辣的手笔。

这首诗完全采用了白描的手法，题目也径用《绝句》，看似措辞平平，随手拈来，其实却是作者独具匠心的安排，由于是写下层人民的生活，作者也使用了一种质朴的笔法，使他所要反映的现实赤裸裸地凸显出来，更具有震撼人心的力量。因此，尽管这是一首七言小诗，但却因其内容与表现形式的高度统一，被许多评论家看作是吴嘉纪的代表之作。 （马卫中）

吴嘉纪

船中曲

侬是船中生，　　郎是船中长。
同心苦亦甘，　　弄篙复荡桨。

诗人吴嘉纪某次从家乡东淘去邵埭，途经邵伯湖，其地又有上河、下河，为水陆之汇，故拟舟人所唱的船歌，写下了十一首《船中曲》，这就是其中之一。

船歌往往是男女青年表达爱情的一种方式，古今中外都不乏其例。大概是因为行船生活的单调，水乡风光的美丽，遂令那些水上人家的少男少女们养成了爱对歌交友的习惯，歌声也便成了他们宣泄爱情的手段。另一方面，也许是那不尽的流水，易勾引起人们剪不断的相思，所以船歌的内容尤以抒写爱情为多。这首也是如此。

诗很短，也很明白，毋须多作诠释。“侬”就是女子的自称，全篇以她的口吻写出，她和意中人双双出生在船上，长在船上，可见是一对两小无猜的情侣。这里“侬是”二句用了所谓“互文”的手法，其实“船中生”与“船中长”是兼指“侬”与“郎”而言的。船夫的生活风里来、雨里去，辛苦异常，然女子说：只要你我心心相印，苦也变甜。这便是爱情的力量。“同心苦亦甘”五字将他们爱情的诚笃表现无遗。最后“弄篙复荡桨”之句是一个比兴，虽仅是驾船的两个普通动作，却也暗喻两人齐心协力，自可同舟共济，闯过各种生活的急流。一般诗的比兴用在开头，而此诗却用在结尾，令诗意回味无穷。

林昌彝的《海天琴思录》中说："乐有天籁、地籁、人籁，诗亦有天籁、地籁、人籁。近代国初诸老诗，吴野人，天籁也；屈翁山、顾亭林，地籁也；吴梅村、王阮亭、朱竹垞，人籁也。"所谓天籁，就是指其诗自然流露，不加雕饰，如此诗就纯似舟中人歌，直抒胸臆，感情强烈，语言质朴，如出水芙蓉，清新可爱，非亲身了解船夫生活、熟知船歌者不能道。　　（王镇远）

施闰章

舟中立秋

垂老畏闻秋，　年光逐水流。
阴云沈岸草，　急雨乱滩舟。
时事诗书拙，　军储临海愁。
洊饥今有岁，　倚棹望西畴。

秋天是草木凋零的季节。相对于人生来说，又象征着壮盛之期的逝去，垂老之年的到来。所以尽管秋光也很美，却很少有人能像唐人刘禹锡那样豪迈高唱："自古逢秋悲寂寥，我言秋日胜春朝。晴空一鹤排云上，便引诗情到碧霄。"（《秋词》）

康熙三、四年间，担任"江西参议"而分守"湖西道"的施闰章年交四十七八，正将进入老年之期。"顷年在官，引疾不许"，在这样的年龄遇上阴沉的"立秋"天气，自不免要悚然畏警了：回想当年来到临江府，正是东风骀荡的春日。倘说那时还曾满怀"春风骑马到江城，正值繁花照眼明"的由衷喜悦和勤于民事的几多热望的话；那么秋风数度，当诗人又在"萧水、章门三日路"的公务往返中迎来衰飒秋日的时候，却再没有多少令他欣慰的事了——岁月蹉跎，年光如流，壮盛有为的四年多，就这样"逐水"逝去。眼看就要临近老年，怎能不感到深深的怅惘？此诗开篇以"垂老"映对"秋"节，引出"年光"逝去的幽幽慨叹，正表现着许多仕人步入衰秋时共有的苦涩之情。

而且诗人又是在孤舟客宦之中。如果遇上的是“秋风兮嫋嫋”的晴和之日，则船行江河之间，鸥飞白帆之上，虽说也难免会感到“水阔孤帆影，秋归万叶声”的清寥，毕竟还有青峰黛峦可眺、麦气豆香可赏。现在却是“阴云”沉沉、“急雨”敲篷，诗人所见到的，便只有岸草的瑟瑟偃伏和滩舟的颠荡乱雨之景了。“阴云沈(沉)岸草，急雨乱滩舟”二句，即从眼前实景落笔，勾勒了一幅令人犯愁的动态画面。作为诗人孤清身影的黯淡背景，恰可有力地点示，诗人此刻的心境已变得怎样阴郁和纷乱！

施闰章是一位忧时悯乱之士，他的思绪，无疑要比寻常的羁旅之客深沉得多。这些年来，国家时局仍处在动荡不安之中：晚明桂王虽已被吴三桂征平，郑成功、张煌言领导的义师，却依然坚持着悲壮的抗清斗争。为了安靖东南，清政府调动重兵，屯驻江浙皖赣一带。康熙三年秋七月，还发动了“征台湾”之役。施闰章对动乱的时局颇为担忧，在《中秋对月》诗中，即发出了“好酌清尊满，休教恨白头。不知今夜月，几处战场秋”的叹息。但身为一介饱读“诗书”的文士，他对安定苍生又能有多大作为？“时事诗书拙，军储临海(临海府在今浙江东部)愁”——这一“拙”、一“愁”，正吐露着诗人面对时局动荡、苍生呻吟的现状，而感到回天乏术的多少无奈和忧思。

春生秋成。当“立秋”一过、金风送爽，满田的庄稼也该是刈获的时节了。偏偏这些年战祸频仍，水旱蝗灾连连不断。值此收获之秋，天下百姓又有多少成熟之稼可指望的呢？诗人仰对笼盖四野的阴雨，在动乱时局的忧思中，不免又多了一重对国计民生的担忧：“洊(jiàn，再次)饥今有(又)岁；倚棹望西畴(西边的田园)”！眼看又到岁暮，饥馑之荒却不见消退。家乡的父老们，此刻该处在怎样的忧急如焚之中？风声幽幽，雨声幽幽，鬓发斑白的诗人叹息幽幽！他只能倚橹而立，透过蒙蒙雨影，久久眺望着想象中的故乡“西畴”，而全然忘记了昏夕之降、雨衫之湿……

清人沈德潜评“南施北宋”，以为施闰章诗不像宋琬那样雄健磊落，却以“温柔敦厚”擅其胜场(《清诗别裁》)。施氏之作确实很少拔剑击柱式的壮奇，也不多“缥缈”、淑诡之思，而是如他自己所说，“譬作室者，瓴甓木石，一一俱就平地筑起”，显得敦厚和凝重。此诗从舟中“立秋”引出眼前之景，而后感怀时事、欷歔生民，格调沉郁而思致深切，正显示了这位忧时之士的一片温厚仁爱之心。

(徐旭文)

钱塘观潮

海色雨中开，　　涛飞江上台。
声驱千骑疾，　　气卷万山来。
绝岸愁倾覆，　　轻舟故溯洄。
鸱夷有遗恨，　　终古使人哀。

康熙七年(1668)秋,诗人因在家闲居无事,曾赴杭州一带旅游,这首五律即描写此行观钱塘江八月大潮所见所闻的雄壮声势。钱塘潮乃闻名天下的奇观,每逢农历八月十八前后,杭州湾钱塘江口涌潮袭来,波涛万丈,气势磅礴,令人惊心动魄。观潮以在浙江海宁所见最为壮观,故钱塘潮一名"海宁潮"。此诗所写即于海宁之所见。

诗人观潮时恰逢秋雨,故所见又别具壮采:"海色雨中开,涛飞江上台。""海",指东海;"台",指观潮台。首联写大海的景色在秋雨中显示,变得更加浩渺迷蒙,这是写壮阔的远景;江涛从海面卷来,直溅到观潮台上,又显得汹涌澎湃,这是写惊心的近景。首联把江"涛"与"海色"联系起来,交待出钱塘潮深远的背景;同时亦暗示诗人登台观潮之意。

那么,这从海上滚来的"涛飞"即潮头,到底是什么样的景象呢?颔联乃承首联"涛"意,以夸饰、比喻之法,尽力渲染、描摹:"声驱千骑疾,气卷万山来。"前句着眼于听觉角度:钱塘潮涛声犹如千匹骏马疾驰而来，使天地为之摇撼。后句着眼于视觉角度：钱塘潮气势仿佛卷裹着万座大山一起压来，使风云为之变色。这一联写钱塘潮之“声”与“气”皆充满千钧之力，足以令人“意夺神骇，心折骨惊”（江淹《别赋》），叹为观止！

颔联写钱塘潮本身之声势，属正面描写钱塘潮。颈联则转写在钱塘潮前人之心态，属侧面描写钱塘潮：“绝岸愁倾覆，轻舟故溯洄。”“溯洄”，逆流而上。前句写立在绝岸上的观潮人担心江岸会塌裂，有性命之险，故望潮而生畏，这就间接地写出了钱塘潮之伟力；后句则写弄潮儿之小船在江中故意溯洄而上，无所畏惧，显示出勇气与技艺。此句与潘阆所写“弄潮儿向涛头立，手把红旗旗不湿”（《酒泉子》）有异曲同工之妙；但后者点出人，诗意豁朗，前者以“轻舟”代人，语意较为含蓄。这“故溯洄”之“轻舟”，又为钱塘潮增添了豪壮的风采！颈联前后两句以对比的手法写人，从不同的方面进一步衬托出钱塘潮之声势。

在前一联充分实写景观之后，尾联乃以抒怀之虚写结束全诗。诗人借钱塘潮之典故寄寓了对世事的感慨，使诗意得以深化：“鸱夷有遗恨，终古使人哀。”这里用了伍子胥死后化为钱塘江潮神的传说。据《吴越春秋》《史记 · 伍子胥列传》等记载：春秋吴国大夫伍子胥因谏吴王夫差应防备越国的报复，吴王乃疏远之，最后赐剑命他自杀。伍子胥临死时，嘱其家人把他的眼睛挖出来（或曰把头颅砍下）悬挂在姑苏城南门上，好看来日越国的进攻、吴国的灭亡。吴王大怒，下令将他的尸体用鸱夷（皮袋）包裹，投入钱塘江。后伍子胥化为潮神，乘素车白马于潮头上，因此钱塘怒潮又被称为“子胥潮”。“鸱夷有遗恨”实指潮神伍子胥有遗恨——恨自己忠而被谤乃至被杀。这历史的悲剧则千古以来都使人哀痛。诗人观钱塘潮而想到潮神伍子胥的"遗恨"是十分自然的：诗人在一年前于江西分守湖西道时，竟被裁决归里，忠而见疑，有志难伸，心中岂会没有其"遗恨"？更何况这样的历史悲剧一直在重演！至此，诗不仅由写景转为抒怀，而且感情由豪壮而陷入悲慨，诗意因此变得沉郁深刻。

一首诗之风格往往决定于题材。施闰章诗虽以平淡素雅著称；但此诗题材奇特，当诗人面对拍天大潮时，客观景象与主观感受都不容他再平和冲淡。为生动准确地写出钱塘潮的雄壮声威与磅礴气势，诗风不能不随之而变得雄浑豪宕。由此诗亦可见诗人不止具一副笔墨，其笔下乃是"春兰秋菊，各有一时之秀"（袁枚《随园诗话》卷三）。　（王英志）

马草行

阴风萧萧边马鸣，健儿十万来空城。角声呜呜满街道，县官张灯征马草。阶前野老七十余，身上鞭朴无完肤。里胥扬扬出官署，未明已到田家去。横行叫骂呼盘飧，阑牢四顾搜鸡豚。归来输官仍不足，拥金夜就倡楼宿。

清王朝豢养了几十万铁骑军，马高士壮、旗盔鲜明，实在威风极了。只是，军将爱粱肉，铁骑好刍豆。这赳赳马兵所到之处，老百姓可就遭了殃：不仅要出饷供粮，还得为那些昂头扬鬣的畜生输送草料。这便在饱经战祸的江南，又演出了“当时碛北起蒲梢，今日江南输马草”的可怕闹剧。太仓诗人吴伟业，就曾激于江南百姓“推车挽上秦淮桥”“十家早破中人产”的惨景，对“辕门刍豆高如山”“忍令百姓愁饥寒”的冷酷当局，作过愤慨的揭露和抨击(《马草行》)。朱彝尊的这首同题之作，更以冷峻、辛辣的笔墨，勾勒了里胥爪牙在催逼马草中的丑恶嘴脸。

这一幕闹剧是在“阴风萧萧”的傍晚开场的。一座在战乱中本已疮痍满目的小县城，突然闯入了黑魆魆、闹哄哄的“十万”马兵！静寂的街道上，霎时间人喧马嘶；从未见过如此阵势的草民、市人，能不如见到凶神恶煞一般胆战惊心？分明是一班在“阴风”中降临的鬼蜮，诗中却着以“健儿”字样，明赞暗讽，读之顿觉有一股鄙夷之气升腾笔端。最妙的是“角声呜呜满街道”一句，描述马兵来入平民所居“空城”，竟还吹角“呜呜”如临大敌，更显得不伦不类——你们既有这么一股狠劲，大可到边关外去“御敌保国”；却煞有介事地闯到平民街巷上来发泄，不觉得可笑复可耻么？辛辣的嘲讽，借助于张扬其事的描摹，正强烈传达了诗人对马兵入城的无比憎恶。

然而，这对于“征马草”的闹剧来说，毕竟还只是开场。当马兵们在街头巷尾收金歇角、解马卸鞍的时候，另一批丑类便又上场了。首先惊动的当然是县太爷。这位平素日上三竿，还决定不了究竟先喝早茶还是先食燕窝的芝麻官，此刻却要不辞劳苦、连夜办公了！“县官张灯征马草”一句，传神处恰在“张灯”二字：大兵珍爱的畜生急需进餐，他县太爷还能不趋之若鹜？于是黑乎乎的官衙，里里外外灯火齐燃，堂上庭除役吏如林。征草严令早已传达四乡，竟还有那么个“七十余”岁的不知趣的“野老”，还想倚老卖老、为民请命、拒交马草？那就把他抓起来，“王法从事”，恰可收“杀鸡儆猴”之效！“阶前野老七十余，身上鞭朴无完肤”二句，即以欷歔堕泪之语，再现了鬼影幢幢的县衙前，所发生的逼征马草之惨象。

接着演出的是里胥(乡吏)“横行”乡里的丑剧。催征马草对于草民来说，无疑如平地炸惊雷一样，是做梦也想不到的飞来横祸；但对这批官府爪牙来说，恰是喜从天降的搜括良机！你看他喜气洋洋踏出“官署”，故作矜持的嘴角，掩不住浮上眉眼的笑意。恐怕连那施施而行的步武，也有些轻飘飘了吧？“未明已到田家去”：行动之神速表明，为了中饱私囊，他已怎样急不可耐。于是寂寂沉睡的农家村落，顿时响彻了一片立眉竖眼的喝骂之声。忠厚的读者也许以为，这里胥又是“横行”、又是“叫骂”，定是在卖力呼喝乡民速交“马草”罢？谁知诗中跳出的却是意想不到的三字：“呼盘飧”。诗人的运笔简直如锐利的刀锋，直透这位催草恶吏的心腑深处——马要吃草，人要吃饭，他大爷“未明”赶来“田家”，岂能不先谋它个鸡豚酒鸭的饕餮一饱？难怪他尚未在院里坐定，那一对贼亮的老鼠眼，早已向鸡棚猪圈搜索不停了。“阑牢四顾搜鸡豚”，就是对里胥那令人作呕的馋涎之相的入神写照。

这场闹剧的尾声已在次日傍晚。意气轩昂的里胥，押解着成车成船的马草来归县衙。车屁股后自然还哼哼着顺手牵带的鸡豚，衣兜里依稀可闻银子铜钱的振响。但车装船载的马草，竟然“仍不足”供应十万畜生之需。看来那县太爷还得彻夜“张灯”分派任务了。至于里胥，却是毫不慌张：大不了明天再到“田家”叫骂几声，再享受一番鸡豚酒鸭的“盘飧”，何乐而不为？只是此刻，大爷却要放松放松去了，那“倡楼”的娘们见了满兜的大钱，能不服服帖帖伺候大爷到天明？初看起来，“拥金夜就倡楼宿”的结句，似与“归来输官仍不足”不接，成了逸出正题的闲笔。然而也正是这闲逸的一笔，入木三分地揭示了：在这征收“马草”的闹剧中，与无数“田家”飞来横祸所伴随的，却是多少官家爪牙的大发横财！里胥的“拥金”宿倡，便是诗人描述中最辛辣，也是最意味深长的画龙点睛之笔。（潘啸龙）

云中至日

去岁山川缙云岭，　　今年雨雪白登台。
可怜至日长为客，　　何意天涯数举杯。
城晚角声通雁塞，　　关寒马色上龙堆。
故园望断江村里，　　愁说梅花细细开。

“抗迹怀古人，千载多豪贤！”在朱彝尊驱马出塞的路途中，那颗驿动的心似乎从未平静过：苍莽峻奇的塞外气象，令他心雄万夫；西风古道的关山胜迹，令他低回流连。不过在黄昏晨曦，当他透过霏霏的雨雪回首乡关时，一派浓浓的乡思，却又压过怀古觅胜的好奇，而蓬蓬勃勃地涌上了心头。

此刻的诗人就正如此：当他风尘仆仆来到云中古郡(治所在今山西大同)，恰逢朔风凛冽的“冬至”之日。在古代周历中，“冬至”正是新旧年岁的更替之节。时光如梭，一岁又过。当此新年伊始之日，诗人抚今追昔，不禁为飘泊的人生慨然叹息：去岁今日，我还在江南的缙云岭(在今浙江缙云县)，纵览清幽素美的山川胜境；现在却已在万里相隔的塞外，孤孤清清，独对这“白登台”(在今大同市东北白登山上)的纷纷雨雪了！开篇两句以“缙云岭”“白登台”的巨大空间跳跃，来展示诗人短短一年中塞北、江南的踪迹变化，便在刹那间造出了一种令人惊心的人生憾意。那飘飞于白登台上的茫茫“雨雪”，也因此如诗人的悲慨思绪，纷纷扬扬，再也撩拂不去了。

而况"冬至"之日，本是合家亲人的欢酌团聚之时。倘若诗人不是离乡客游，此刻便该是父母妻子围坐一堂，举杯把盏，共话人寿年丰的最欢乐时光了。那时候，夕阳沉彩、竹影摇窗，"引壶觞以自酌"，"悦亲戚之情话"：诗人的心间，该充溢怎样温煦的暖流！然而，这可忆可恋的往日欢乐，全化作梦幻般的碎影，消散在岁月的流逝中了。近些年来，诗人南逾云岭，北出漠塞。几多美好的"至日"，消磨在踪迹飘泊的客中；几多亲人欢聚之梦，幻灭成天涯孤身的邀月独饮。"可怜至日长为客，何意天涯数举杯"二句，即上承"去岁""今年"的生涯飘泊之悲，突而迸发为仰天而呼的哀恸之音。读者从"可怜""何意"的语气递进中，可以感受到诗人的天涯思乡之情，经由自叹、自怜的往复盘旋，已化为多猛烈的伤心荡怀之涛而沸涌笔端。

在这样的心绪中，诗人还能呆在舍中苦苦独饮么？当然不能。于是带几分醉意，驱一骑白马，幽幽踏向夜色苍苍的漠野。他当然不是更向北行，而是满怀愁绪踯躅在城南的旷漠上。由此往南，越过横亘晋东北的恒山山脉，便是"层冰如玉龙，万丈悬蜿蜒"的雁门塞了。从那里入关，虽不即是故乡，毕竟又距故乡近了四、五百里。可叹的是，"城晚角声通雁塞"，诗人却无法插翅御风，一夜飞越那阻隔乡路的险关！他只能披着一身雨雪，驱使同样凄寒的白马，登上形如卧龙的沙堆(龙堆，即白龙堆，沙漠名，在今新疆。本诗中借用其字面含义)，以望乡寄愁了。颈联二句在伤心痛怀中，化出幽幽的塞上夜景，运笔颇见张弛荡跌之妙。那令诗人碎心的乡思，至此似乎渐趋平和。但夜色中凄凄悲鸣的城堞“角声”，雪影下横卧荒漠的起伏“龙堆”，不又时时令你感受到一派塞外的孤寂和苍凉，而再次勾起你的浓烈乡愁？

“故园望断江村里，愁说梅花细细开”！全诗的收结之处，就正是这种乡愁在诗人心上再次袭来之时。受着“可怜至日长为客”的强烈伤情冲击的读者，或许以为这结句，定必又会化作向风而恸之音的吧？谁知诗人在“望断”乡关的愁苦中，所喃喃诉说的，竟是那“细细”绽放的“江村”梅花，真是匪夷所思！然而“忆梅下西洲，折梅寄江北”：冬日的梅花，正是江南故乡最堪忆念的物事！特别是当故乡的梅花，正带着缕缕馨香，于村头村尾“细细”开放的时候，你却身在万里之外的荒塞，对它只可悬想而不能亲近，则又是怎样令你凄绝的人生憾事！诗之结句，以故乡之梅绽放的美丽虚景，反衬诗人天涯望乡的断肠愁思，语不迫促而哀情深长。较之于直吐思乡的伤痛，更觉多几分涵咀不尽的余韵。清人沈德潜称叹此诗：“学北地高人杜陵，通首一气，能以大力负之而趋”(《清诗别裁》)。其实此诗的妙处，不在力“大”，而在起若涛涌、结若云舒，那“一气”全借张弛、顿跌流转，才显得如此悲惋动人。沈氏论诗每多卓见，然对此诗之评，未免有失揣摩了。

(徐旭文)

屈大均

读陈胜传

闾左称雄日[①]，　渔阳适戍人[②]。
王侯宁有种？　竿木足亡秦[③]。
大义呼豪杰，　先声仗鬼神。
驱除功第一[④]，　汉将可谁伦？

〔注〕 ① 闾左：居住在里巷之左的贫民。 ② 渔阳：古郡名，在今北京市密云县西南。适戍：被发遣防守边疆。 ③ 竿木：指起义，语本贾谊《过秦论》："斩木为兵，揭竿为旗。" ④ 驱除：指为汉高祖的成功扫清了道路。语本《史记·秦楚之际月表》："然王迹之兴，起于闾巷，合从讨伐，轶于三代，乡秦之禁，適足以资贤者，为驱除难耳。"

陈胜是中国历史上第一次大规模的农民起义的领袖，在专制统治者眼里，他自然只是一个贫贱的叛逆者，但伟大的史学家司马迁却在《史记》中列了《陈涉世家》，首先肯定了陈胜推翻暴秦的历史作用，并称赞了他不畏强权，敢于反抗的精神。对于投身抗清活动的诗人屈大均，在这篇史传中发现了与自己思想的共鸣之处，遂写下了这首五律。

陈胜只是一个出身贫苦的普通百姓，贾谊说他是"瓮牖绳枢之子，甿隶之人，而迁徙之徒"（《过秦论》），但他胸怀奇志，年轻时曾同一起耕地的雇工们说："如果富贵了，互相不要忘记。"人们嗤笑他，他却说："燕雀安知鸿鹄之志哉！"所以他后来敢于对抗强秦，成为波澜壮阔的农民起义军的首领。此诗的前四句就突出了他的这种精神，说他以一个闾左的平民而称雄天下，本来只是谪守边疆的戍卒，但起事时他说："王侯将相宁有种乎！"体现了他蔑视权威、主张平等的思想。正因为陈胜有这样的信念，所以他虽然手无寸铁，揭竿而起，却足以推翻强大的秦王朝。"大义呼豪杰"一句是指陈胜起义时托名公子扶苏和项燕的部队。因公子扶苏本来是王位的继承者，被秦二世所篡杀；项燕则是楚国的宿将，在楚国人心目中有很高的地位，所以用扶苏和项燕的名义是符合大义的。"先声仗鬼神"即指陈胜、吴广起事前曾假托鬼神取信于民。他们在帛上用朱砂写上"陈胜王"三字，然后放置在鱼肚子里，人们买鱼烹食，发现了鱼腹中的字，即以为是上天的预示；又使人学狐狸叫："大楚兴，陈胜王。"征戍的人听到后都以为陈胜是应合天命，得鬼神护佑的，这就是"仗鬼神"的内容。最后两句说陈胜的起义，为汉高祖刘邦的统一天下铺平了道路，其首事之功不可没，所以论功的话，陈胜当为第一，汉朝的那些开国功臣是无法与他相比的。其实诗人的这种观点也来自《史记》，司马迁在《陈涉世家》的最后写道："陈胜虽已死，其所置遣侯王将相竟亡秦，由涉首事也。"已隐约地肯定了他开启汉高祖帝业的功绩，而诗中"驱除"二句更加凝练而明晰地揭示出了这层意思。

屈大均的这首诗采用了以史述史的方式，就表面来看，完全是历史的复述，所谓无一字无来历，而诗人本身并没有多加评述和议论。但他突出了陈胜以普通平民而称雄天下以及不畏强暴的反抗精神。他的功盖汉将，名垂史册，都说明其事业的成功。倘若结合屈大均本人身处困厄而心系故国的处境来看，可知此诗的意图正是借古人自励,并表现了强烈的抗清意识。屈氏正希望有不畏强暴、奋起抗暴的志士出来恢复明朝江山,所以此诗的用意就超越了一般咏史的范围,具有更深刻的现实意义了。

(王镇远)

秦淮杂诗

年来肠断秣陵舟，　　梦绕秦淮水上楼。
十日雨丝风片里，　　浓春烟景似残秋。

清顺治十八年(1661)，王士禛在扬州任推官，有事往金陵，居秦淮之侧，作《秦淮杂诗》一组二十首，所咏皆秦淮之事。本诗为组诗的第一首，总写到秦淮河的感受。

首联突兀而起，写诗人在金陵秦淮河边的一种低回哀婉的情愫。“秣陵”，秦时改金陵邑为秣陵，即今之南京。诗人来到秦淮河，直述其“肠断”“梦绕”，把个人的情感赤裸裸地袒露出来。依之常理，没有牵肠挂肚的伤心事，不能“肠断”；日无所思，“梦绕”亦无从谈起。但诗人因何会“肠断秣陵舟”，又何以情牵梦绕于秦淮水上楼，诗中并不明示，下一联反转以写景衬托此情：“十日雨丝风片里，浓春烟景似残秋。”烟雨迷蒙，乃是江南春色的一大特征，但“十日雨丝”，是否又给人以“淫雨绵绵”之嫌呢？不同的心境，感受自然迥异。诗人的感受即十分奇警：原本给人以特殊美感的浓浓春景，此刻在他的眼里却如“残秋”一般让人倍感凄冷了。强烈的反差，愈加映衬出诗人在秦淮河畔情绪的低落凄哀，使得整首小诗韵致浓郁，愁肠千回。

诗人在秦淮河畔为什么会有这般心境？如果联系到整组诗中时见咏怀明代遗迹之语，诸如咏徐达宅第是“朱门草没大功坊”;咏南明皇家旧苑是“旧苑至今零蔓草,枉将遗事吊隋陈”;咏秦淮岸上旧院艺妓,则说“尊前白发谈天宝,零落人间脱十娘”;至莫愁湖更有“年来愁与春潮满,不信湖名尚莫愁”,均明显流露出对朝代更替、物换星移的咏叹和对前朝消亡的悲哀。如果再联系到诗人的生活阅历,是可以揣测本诗有伤悼明亡之意的。王士禛在明代度过了童年,他的祖父、父亲作为明遗民都入清不仕、隐居乡里。当他来到南明故都金陵,览旧朝之风物,感念秦淮水上楼昔日之繁华,萌生今不如昔的吊古怀旧之情亦属自然。虽然仅就本诗而言尚不能凿实这一点,但诗中所透出的伤感情绪,置之于清初明亡不久,明遗民甚众之际,它是极易勾起人们与吊明有关的联想和共鸣的。不着意将底蕴端出,而留给读者以丰富的遐想,恰可视为诗人的成功之处。

王士禛倡导的诗歌“神韵”说,主张诗要含蓄蕴藉,推重“羚羊挂角,无迹可求”的境界。让人颇有所感却又难以指实的本诗,乃是其实践自己诗论的力作之一。　　　　　　　　**(宫晓卫)**

王士禛

真州绝句五首(其三)

晓上江楼最上层，　　去帆婀娜意难胜。
白沙亭下潮千尺，　　直送离心到秣陵。

真州即今江苏仪征市，位于扬州西南，南临长江。这组绝句写于康熙元年(1662)。

这一首是描写诗人清晨登楼目送友人乘舟赴南京的情景，抒发诗人与友人分离后依依不舍的感情。

诗首句“晓上江楼最上层”，落笔即写清晨友人已乘船远去，诗人登上“江楼最上层”遥望的行动。诗省略了诗人与友人如何揖别，友人如何扬帆等过程，只是截取诗人上楼远望这一断面展开抒写，显得精炼而集中，有一以当十之功。诗人为何要上江楼“最上层”呢？盖因行舟渐远，唯有登最高处才能目送也。这一行动本身即饱含诗人对朋友的深情。诗人登上“江楼最上层”，终于看到了友人之“去帆”，那么是否因而得到慰藉了呢？没有，而是适得其反：“去帆婀娜意难胜”。诗人望到友人风帆轻盈飘去之身影以后，却激起对朋友更强的思念之情，而觉难以忍受此时内心孤独之痛苦。前两句写感情跌宕有致，亦颇细腻。友人“去帆”愈来愈远，终于“孤帆远影碧空尽，惟见长江天际流”(李白《送孟浩然之广陵》)。诗人心情却并未即此平静，思念之意益浓烈，其“离心”竟一直追随到秣陵：“白沙亭下潮千尺，直送离心到秣陵。”这两句情深意厚，构思别致。“白沙亭”在真州白沙洲上，当位于“江楼”之下；“秣陵”指南京。诗人不明讲自己的离别之思追随友人而去，而言长江千尺潮，“直送离心到秣陵”，变主动为被动，似乎其真情感动了江潮，而帮他把“离心”传达给远去的友人。千尺潮如此善解人意，当然是违反自然常理的。但“诗有别趣”，唯有这样移情于江潮，才增添了浓郁的诗味，才巧妙地抒发了诗人的感情。（王英志）

王士禛

真州绝句五首(其四)

江干多是钓人居，　柳陌菱塘一带疏。
好是日斜风定后，　半江红树卖鲈鱼。

上面这首诗是清代诗人王士禛最为脍炙人口的名作。宗梅岑《读阮亭先生真州绝句漫作》云:“板桥山色晚秋初,楚泽真州画不如。我爱新城诗句好,半江红树卖鲈鱼。”的确,人们有一个共同的感受,士禛真州诗,诗中有画,而且远胜于画,它有一种韵味是任何丹青妙手画不出来的。

就以上面这首小诗来说,四句诗都是描写真州一带长江边上的渔村晚景:柳陌、菱塘、渔家茅屋、夕阳下卖鱼的人……这些我们常见到的风景,而一到了王士禛笔下,立即变得富有神韵了。

“江干多是钓人居”,仿佛使我们看到江岸上那幢幢茅舍,袅袅炊烟和静泊岸边的小小渔舟。诗人称渔家为“钓人”,很有意思。笔者曾多次舟行长江,遥见岸边高张渔网,临江垂钓的情景,犹如看到了国画中充满闲适雅趣的垂钓图,油然而生欣羡向往之情,王士禛此时也是这种心情吧?

“柳陌菱塘一带疏”,诗人描绘渔村美丽的环境,也不只是画出柳陌菱塘等实景而已,而是使你像在欣赏一幅画,画上一幢幢渔家茅舍与一排排柳陌、一方方菱塘,都安排得疏落有致,显现出一种宁静、优美的境界,透出一种平淡悠闲的风致。这样的美景已经够令人神往了，其实，这不过是走马观花式的远远一瞥，如果你再走进江岸村边去看看，就会发现还有更动人的一幕呢！

“好是日斜风定后，半江红树卖鲈鱼。”渔村最令人陶醉的时刻，是当夕阳西下的时候，江上风平浪静，落日的余晖染红江畔的柳树，倒映在澄清的江水中，“半江瑟瑟半江红”。“钓人”打鱼归来，在“红树”下叫卖鲈鱼，夕阳也给渔人披上一身霞光。“半江红树”，是极美的想象，极有诗情画意的境界，生活其中该多好！何况这里不仅风景美，还有活蹦乱跳的鲈鱼可供下酒呢！这是极有神韵的一笔，真州江边小小渔村，鱼虾自然丰富，但未必常有鲈鱼。而诗人独独拈出鲈鱼，显然不是“有闻必录”式地写一般卖鱼情景了。晋代张翰，江苏吴县人，在洛阳做官，因秋风起，思念故乡菰菜、莼羹、鲈鱼脍，遂弃官回吴。白居易有“秋风一箸鲈鱼脍，张翰摇头唤不回”的名句，王士禛写“卖鲈鱼”，未必就没有一点“味外之味”吧？

王士禛一生模山范水，写下大量山水诗，他喜爱借助自然来感悟内心，以山水景物观照人生。他有诗表白说：“静坐岩户间，纷纭观物情。观物即观我，忘机自沉冥。”王士禛所处的时代是明清鼎革之后趋向稳定的过渡时期，汉族士大夫处于一种精神上的矛盾与失落感之中；更由于明代后期已经有了资本主义萌芽，一度出现新的思想和新的追求，到明末清初遭到了明显的挫折，使人感到精神上的压抑和窒息。处于这一特定时代的诗人王士禛，在创作上自然趋向与现实保持一定的距离。人们说他善于捕捉微妙的自然现象，擅长发现美的瞬间，表现自己的心灵感受，实际上他始终在追求着社会生活中已失去而在大自然中尚存的美好的生活理想。他承接司空图、严羽一派诗论,提倡神韵妙语,在静观山水中,与景物发生一种物我对应,借景言心,机锋不露,达到“羚羊挂角,无迹可求”“不着一字,尽得风流”的境界。就以上面这首真州绝句来说,他描绘渔村柳陌菱塘、江边日斜风定以及红树下卖鲈鱼的情景,整个画面呈现一派和谐、安宁和满足。诗人在眼前景物中发现了自己长久向往的生活,也为之感动和陶醉。“观物即观我”,他在审美过程中,把发现自然与寻找自我完全统一起来了。而这首诗最大的成功之处,就在于它既是客观景物的再现,也是诗人理想的再现,意在言外,情韵淡远,是最富有神韵的杰作。 (铁　明)

次韵答王司寇阮亭先生见赠

志异书成共笑之，　布袍萧索鬓如丝。
十年颇得黄州梦[①]，　冷雨寒灯夜话时。

〔注〕 ① 黄州梦：一作“黄州意”。

蒲松龄早岁即有文名，但屡试不第，为了谋生，到淄川西铺缙绅毕有际府中“坐馆”。教书之余，搜奇索异，写成《聊斋志异》。当时文坛领袖王士禛为父母迁葬事回故乡新城，顺道来毕家作客，得知此书，秉烛夜读，赞赏不已，在卷后题诗曰：

姑妄言之姑听之，豆棚瓜架雨如丝。
料应厌作人间语，爱听秋坟鬼唱时。

蒲松龄读诗后，深感王士禛是他一生中难得的知音，便和诗酬答。和诗，即作诗与别人相唱和，大致有不限定和韵与限定和韵两种方式。蒲松龄采用的是后者，即“次韵”，依照所和诗中的韵及其用韵的先后次序写的。王士禛上述题诗韵脚依次为“之”“丝”“时”三字，蒲松龄的和诗韵脚亦依次用这三个字。

王士禛头两句诗大意说，《聊斋志异》这部书是在瓜棚豆架之下谈狐说鬼，内容是“姑妄言之姑听之”的荒诞离奇的故事。蒲松龄和诗于是这样写道:“志异书成共笑之。”正因为《聊斋志异》写的都是荒诞不经的狐鬼故事,所以人们“共笑之”,以为仅是一部供人茶余酒后闲聊消遣的玩意儿,而觉得可笑。更为世人所“共笑”者,是写这种书的作者,大概吃饱饭闲得无聊吧?

在当时,蒲松龄写作《聊斋》,以正统自居的文人都嗤之以鼻,不屑一顾。就连好友张笃庆也不能理解他,认为他的这种创作是“谈空”“说鬼”,影响举业(科举)的上进,劝他终止这种无益的劳动。长期来,蒲松龄的心情是寂寞的。“布袍萧索鬓有丝”,诗人在世人的嘲笑声中,展示出一幅自我肖像:书是写成了,自己依然一介布衣,穿着布袍,景况萧索,双鬓须发都变成银丝了!干这样的“傻事”,又怎怪世人不“共笑之”?

然而,谁能想到,我蒲松龄这部倾注毕生精力的作品如今竟蒙一位大人先生见赏,亦足慰平生矣!王士禛赠诗后两句说:“料应厌作人间语,爱听秋坟鬼唱时”,这位文坛巨子看出《聊斋》真正的价值,他说:料想书的作者(指蒲松龄)当是看透了现实社会的黑暗,因而“厌作人间语”吧,看来此人颇有点像唐代怀才不遇的诗人李贺那样爱听那“秋坟鬼唱”呢!李贺《秋来》诗云:“思牵今夜肠应直,雨冷香魂吊书客。秋坟鬼唱鲍家诗,恨血千年土中碧。”王士禛借李贺故事隐隐约约点出《聊斋》是蒲松龄一生不遇的愤世之作。

人之相知,贵相知心,蒲松龄对王士禛自有一种知遇之感。因此他在和诗中带着几分自得地写道:“十年颇得黄州梦,冷雨寒灯夜话时。”王士禛在原唱中对蒲松龄的高度评价(把他比李贺),蒲松龄在和诗中不便直接提及,便巧妙地呼应王士禛原唱首句诗意。原来王士禛“姑妄言之姑听之”这句诗，暗用了苏东坡在黄州强人谈鬼时说的一句话。据《避暑录话》记载：“子瞻在黄州及岭表，每旦起，不招客相与语，则必出而访客；所与游者，亦不尽择，各随其人高下，诙谐放荡，不复为畛畦。有不能谈者，则强之说鬼。或辞无有，则曰姑妄言之。于是，闻者无不绝倒，皆尽欢而后去。”蒲松龄“十年颇得黄州梦”这句诗，话说得很轻松，又很有分寸，毫无一点自夸之意。大意是说，我写“聊斋”，只不过像苏东坡谪居黄州时那样，有喜欢听人说鬼的癖好罢了！“颇得”二字却又带有一点自豪的意味，这二字不仅表现自己在“搜奇索异”方面颇下了一番功夫，更有一种自得的神气，暗暗回报王诗的后两句，因为在世人“共笑之”的氛围中，有知友的理解和鼓励，我心中才感到一种成功的兴奋和快慰呀！

蒲松龄和诗的结句“冷雨寒窗夜话时”，告诉友人书中这些类似“黄州梦”的鬼故事，都是在冷雨寒灯之夜与人闲聊时收集起来的。据有关记载，距淄川西铺一里之外有柳泉(因泉旁有一棵亭亭如盖的百年柳树而得名)，地处通往县城的交叉路口，南北东西来往过客都打这里经过。蒲松龄为搜集创作素材，便在柳树下铺下席子，准备好烟茶，行人过来，就留人家歇歇脚，谈谈各地见闻和听人说狐谈鬼，听罢，把有趣的就写出来，久之，积少成多，集成《聊斋》一书。和诗不实写这一过程，而是另行安排在一个“冷雨寒窗夜话”的氛围中。自然这种氛围更适合谈狐说鬼。同时也照应了上句“萧索”境况，传达出几分凄凉，暗示了他的创作生涯是在“冷雨寒窗”的家境和冷峻的社会现实中进行的，耐人寻味。

蒲松龄从柳泉“采风”到《聊斋》最后定稿，整整经过四十个寒暑，这首次韵之作正是他一生清苦的创作生涯的写照。据蒲松龄同邑人王培荀《乡园忆旧》说："吾淄蒲柳泉《聊斋志异》未尽脱稿时，渔洋（即王士禛）每阅一篇寄还，按名再索，来往书札，余俱见之。亦点正一二字，颇觉改观。"后来，王士禛官至刑部尚书，位列九卿，仍然继续与蒲松龄交往。在当时"文以人传"的社会风气下，王士禛对《聊斋志异》的赏识，对蒲松龄坚持创作起了很大的鼓舞作用，对后来这部不朽著作的广泛流传也起了积极影响。蒲松龄很赞赏王士禛"虽有台阁地位，无改名士风流"的风度，的确，这在封建士大夫中是难能可贵的。（铁　明）

吴 雯

明妃

不把黄金买画工，　　进身羞与自媒同。
始知绝代佳人意，　　即有千秋国士风。
环珮几曾归夜月？　　琵琶惟许托宾鸿。
天心特为留青冢，　　春草年年似汉宫。

明妃，即王嫱，字昭君。从汉朝以后，王昭君就成了一个吟咏不绝的人物，每一个时代的作家都能从昭君的身世遭际中找到自己的影子，从而在文学史上，形成了昭君题材的一系列作品。一个题材，前人创作的越多，后人越难以为继，难以自创新意。吴雯的这首诗视角新，见解新，在老题目里做出了新文章，和前代众多的昭君诗比较，自具风采，自立一说。

写昭君自然离不开昭君的故事，前代诗人多从昭君出塞，留恋汉庭君恩入手，而这首诗独具眼光，从昭君"不把黄金买画工"切入。葛洪《西京杂记》云："元帝后宫既多，不得常见，乃使画工图形，案图召幸之。诸宫人皆贿画工，多者十万，少者亦不减五万。独王嫱不肯，遂不得见。"李商隐《王昭君》诗云："毛延寿画欲通神，忍为黄金不顾人。"后来的杂剧变文多数把昭君的悲剧归咎于毛延寿的贪鄙，而吴雯则对"独王嫱不肯"做了一番思考。"不肯"二字说明王嫱既不是没有，也不是不舍，乃是"进身羞与自媒同"。"自媒"，为自己说好话，炫耀自己以求取悦于人。昭君"貌为后宫第一,善应对,举止闲雅”(《西京杂记》),她是一个才貌兼具的佳人,进入宫中,当然希望进身于君;然而,是等识者自来,还是“自媒”于人,这却是进身之前不可不慎的事。宫嫔们十万五万地去贿赂画工,希望画工把自己描摹得漂亮一些,以博得君主的宠爱,而昭君则不然,一个“羞”字写出了昭君清高傲岸的节操,她不屑于用这种卑贱的伎俩达到邀宠的目的,只求能堂堂正正地进身。若进身的途径不正当,她是决不会涉足的。两句诗一表一里,已写出昭君丰满的形象和超然的人格,下面,就只待作者给以恰切的议论了。

三、四句用一流水对,以连贯的句式、语意、文气对昭君的行为发表议论,“始知绝代佳人意”承第一句而来,“即有千秋国士风”承第二句,说昭君不贿画工之意,乃是如吕望垂钓渭水之滨,诸葛孔明隐居南阳隆中一样,只待识者自来,不屑于自荐,更耻于自夸,这种品格正是“千秋国士风”。诗人没有把昭君看作一个和亲的美人,也没有把昭君看作只知感恩思君的妃子,却视为一个具有高风亮节的国士。这里,诗人第一次赋予昭君如此崭新的思想意义,树立起一个新的昭君形象。

前四句以扬的手法写昭君的高尚,后面四句写昭君的悲剧命运,造成情绪上抑的效果,两相并举,令人读之生悲。第五句化用杜甫《咏怀古迹》中“环珮空归月夜魂”的诗句,第六句化用同诗“千载琵琶作胡语,分明怨恨曲中论”的诗句。“几曾”用一反诘句式,诗意陡转,由赞扬昭君的人格到哀叹她的命运,用杜诗却反其意。杜甫为了突出昭君对故土的眷恋,臆想昭君虽留冢塞外,但魂灵还在月夜回到汉邦。这首诗点破这一层虚妄的假说,击碎了杜甫那善良的愿望，说昭君出塞后，就是她的灵魂也不曾，其实是不可能回到故国。从昭君的人格看，既然她不贿画工，羞与自媒同，那么，出塞之后，她的魂灵又焉肯枉驾自荐吗？这一句看上去是不同意杜甫的说法，实则作者仍是紧扣昭君的“国士风”，写昭君的风操。昭君越是这样傲岸，她的怨恨就越是深沉，故只有托之琵琶之声，让南飞的鸿雁携归故国。琵琶本为胡人乐器，弹奏的乐曲也多为塞外胡音。石崇的《王昭君辞》曰：“元帝以后宫良家子明君配焉。……令琵琶马上作乐，以慰其道路之思。……其造新曲，多哀怨之声。”后人同情昭君，写了《昭君怨》《王昭君》等琵琶乐曲，以传达怨恨的主题。昭君的琵琶声，表达的正是“恨帝始不见遇”的怨恨之情，如杜甫所言“分明怨恨曲中论”；也有怀念故土的忧思，如王安石《明妃曲》所言：“寄声欲问塞南事，只有年年鸿雁飞。”“惟许”二字可见昭君处境的窘迫，只有南来北往的宾鸿可以带来家园的气息，而汉朝把她当作政治王牌玩弄后，就几乎永远抛弃了她，《后汉书·南匈奴传》：“呼韩邪死，其前阏氏子代位，欲妻之，昭君上书求归，成帝敕令从胡俗，遂复为后单于阏氏。”汉朝的国君们始则“画图省识春风面”，继则“马上琵琶万里行”，终则“独留青冢向黄昏”，一步步把昭君推入不堪忍受的悲剧中。这两句诗把昭君高尚的人格和不堪的命运触目惊心地并列在一起，实可启人深思。

最后一联：“天心特为留青冢，春草年年似汉宫”，青冢，昭君墓，在呼和浩特市南。相传塞上草白，独昭君墓草色常青。这两句是说昭君思汉之情，只有上苍知之，使她坟上的青草年年如在汉一般，让青草告诉天下，告诉后人，昭君生前死后无时不在思念故土。这两句结得极为沉痛,天地尚且有情,何独汉庭无情如此。然则昭君的不幸,实乃国士之不遇,实乃朝廷的昏暗无目。

这首诗发端突兀,结句悠长,剪裁新颖,用笔经济,见地极为深刻,感慨也极为深沉,是咏昭君系列中的一首佳作。

（孙之梅）

衢州杂感(其五)

巑岏岭势矗仙霞[1]，　　阻遏妖氛建虎牙[2]。
障日丛篁劣容骑[3]，　　连云列戟不通鸦。
居人乱后惟荒垒，　　巢燕归来止数家。
一片夕阳横白骨，　　江枫红作战场花。

〔注〕 ① 巑岏(cuán wán)：峻峭的山峰。仙霞：即仙霞岭，在浙江省江山市南。② 虎牙：东汉时将军的名号，后泛指将军。 ③ 劣：仅仅，勉强可以。

康熙二十五年(1686)秋，诗人客游衢州，当时，“三藩之乱”平定不久，又遇到洪水泛滥，衢州一带饿殍遍野，民不聊生，诗人目睹这一惨状，不由得感慨万分，挥笔写下了《衢州杂感》十首，这里选入的是其中之一。

“巑岏岭势矗仙霞，阻遏妖氛建虎牙”，起笔两句写衢州的地势及遭受战祸的原因。康熙十三年(1674)，平西王吴三桂在云南起兵反清，不久，靖南王耿精忠和平南王尚可喜也相继起事，史称“三藩之乱”。耿精忠在福建，衢州位于浙江与福建交界处，南边有仙霞岭与仙霞关，是耿精忠由闽入浙的必经之地，因此，清廷在衢州驻有重兵，与耿精忠部发生激战。“阻遏妖氛建虎牙”即指此事。

“障日丛篁劣容骑，连云列戟不通鸦”，在颔联中，诗人想象了当年两军对垒时的紧张气氛。山上到处是野生的竹林，遮天蔽日，几乎无法容骑兵驰骋；山势突兀，在云雾深处伏下重兵，连乌鸦都难以凌空飞越。前一句写地形复杂,与“巑岏岭势”相呼应,后一句写防卫森严,与“阻遏妖氛”相衔接。“连云列戟不通鸦”脱胎于杜甫的名句“连云列战格,飞鸟不能逾”(《潼关吏》),显然,诗人把“三藩之乱”与唐代的“安史之乱”相类比,对之持明显的否定态度。

尽管衢州之役对阻止耿军北上,安定全国形势,具有重要的历史意义,但当地百姓却为之付出了惨重的代价。“居人乱后惟荒垒,巢燕归来止数家”,从颈联起,诗人笔锋一转,用沉痛的语调揭示了战乱之后当地百姓的凄凉境遇。大军过后,村庄受到严重破坏,房舍已荡然无存,剩下的只是一处处废弃的工事。即使如此,有幸重返家园的人也不过数家而已。这里,诗人用“巢燕”来衬托“居人”,连巢中之燕都未能免祸,百姓的境遇之惨就不言自明了。

生还者所面对的是一片废墟,罹难者只能抛尸路旁,连个安葬之处都没有。“一片夕阳横白骨,江枫红作战场花”,结尾两句哀婉之极,犹如展开了一幅萧杀的古战场图:西风残照,白骨遍野,只有江边的枫叶还是那么红,红得如同鲜血染成的花朵,点缀着这死寂的荒原。“白骨”与“红枫”形成强烈反差,一边是累累尸骨,另一边却是勃勃的生机,诗人用自然界的有情来反衬出人世间的无情,读来令人颤栗不已。

洪昇的律诗受唐代诗人杜甫的影响较强烈,结构严谨,语言凝练,并且擅长于用具体的形象来表达主题。除了艺术风格上有所继承外,在思想感情上也时有相通之处,读这首诗很容易使人联想起杜甫的“三吏”“三别”,忧国忧民之心悄然见诸笔端,这在清人的作品中是不多见的。　　　**(黄锦章)**

查慎行

舟夜书所见

月黑见渔灯，　孤光一点萤。
微微风簇浪，　散作满河星。

这首五言绝句的题目的意思是，诗人在船上过夜，记下见到的景物。

他见到了什么呢？先是沉沉黑夜，然后在夜幕上亮起了一盏渔灯。这是他见到的第一个画面。“月黑”与“见渔灯”，有着前因后果的关系，如果是朗月高照，渔灯就无从见出了。同时，“月黑”不仅衬出渔灯，而且也为下文的描写涂上了底色。

次句是补笔，是为首句中的“渔灯”所作的特写，说明渔灯只有一盏，而且暗得很，像是一点萤火。这一句以“一点萤”作比，极写灯光的幽暗。同时，“孤光”与“一点萤”在句中形成自对。传统上把这种对偶称作“当句对”。“当句对”借助形式上的对称，使诗歌形象得以鲜明地呈现出来，较之平铺直叙，给人的印象更为深刻。

第三句作忽然荡开之笔。诗人的视线从灯亮处移开，转写微风吹起的细浪。“簇”是堆起的意思。为什么突然掉转笔锋呢？读了最后一句就会明白，原来是为了进一步为灯光绘形绘色。在行文变化上，第三句属于“开”，是为了开出新格局，然后在末句中“合”，使诗以崭新的面貌收拢来。第三句在绝句中是转折，最难写好。怎样把握住转化的契机,要由诗人的思想水平、生活体验、艺术素养等多方面的总汇来决定。这一句的转折,由于诗人体察入微,写得是十分成功的:为了写出水中灯影的变化,必得写浪。无风不起浪,所以在第三句中不忘先写风。风太大,即使不会吹灭渔灯,起码在掀起的风浪中是看不到灯影的变化的,所以诗人又细致地揭出吹起的是微风。微风像是画家高明的调色笔,在“月黑”的底色上,在灯光的倒影处,抹上了无数粼粼的细浪,从而展现出了一幅极为动人的新的画面。

这就是末句所描写的情景:“散作满河星。”不难想见,灯影由静止而晃动,由一点散作千万时,诗人是何等地兴奋。诗作也就在此最精彩处戛然作结。这一句的妙处,不在于“满河星”的比喻——这是人们所习见的,而在于散作满河星时的动态变化,从一点化为成千上万的那种流动的美。

这首诗的结构层次十分鲜明:黑夜—渔灯—风浪中灯影的变化。诗人是顺着时间的先后来加以表现的,但又并非毫无取舍地铺叙。可以看出,他的侧重点在于捕捉住最有包孕的片刻,最富于诗意的刹那,即由静而动、由一化多的那一瞬间。其余无关的笔墨,一律都被舍弃,因而诗作在满盈诗情的同时,又显出了极为凝练的特色。　　　　**(陈志明)**

自湘东驿遵陆至芦溪

黄花古渡接芦溪，　行过萍乡路渐低。
吠犬鸣鸡村远近，　乳鹅新鸭岸东西。
丝缫细雨沾衣湿，　刀剪良苗出水齐。
犹与湖南风土近，　春深无处不耕犁。

此诗作于康熙五十七年(1718)春作者游粤北归途中。诗写湘东赣西农村景象,富有生活气息。诗题中之"湘东驿"属湖南醴陵,由此东行至芦溪,即属江西萍乡。在这段路程中,作者是沿着陆路走的,故称"遵陆"。

诗从眼前所见,即事写景,一派农家风光,使人耳目一新。前六句纯用赋体。首联是说由湘东驿东行,经过黄花渡便接近芦溪进入萍乡地界,道路由高而低,眼前已经是湘西平野了。接着中间两联,作者以极其喜悦的心情,描绘这里的景象:远远近近的村庄,鸡鸣犬吠之声,随处都可以听到。河岸的东西两边,乳鹅新鸭,成群结队地嬉戏游泳、农村兴旺的景象,煞是喜人。作者经过这里的时候,正逢微雨,那沾衣欲湿的雨丝,就像刚刚缫出来的茧丝那样细,那平畴里一碧无际的秧苗,就像剪刀剪过似的又绿又嫩又平平整整,时节已是深春,眼看就要到初夏大忙的季节了。这两联对仗极为工整,层次分明,作者先写平野里远近的村庄,记其所闻;次写河岸边的乳鹅新鸭,书其所见,再写田畴间的宜人景色，那沾衣欲湿的细雨、那出水整齐的秧苗，一切都是生意盎然。作者虽没描写这里农家的养蚕事业，但从“丝缫细雨”这句来看，作者想见这里的蚕桑事业一定也是很发达的。作者是在行旅中经过这里，所以着重写其所闻所见，但就是这些，已足以说明作者心情喜悦的程度了。我们在小时候，都曾读过陶渊明的《桃花源记》(《桃花源诗序》)，那篇文章里写桃花源的情况是：“土地平旷，屋舍俨然，有良田美池桑竹之属，阡陌交通，鸡犬相闻……黄发垂髫，并怡然自乐。”桃花源是人们向往的地方，拿作者所写的赣西沃野和桃花源比起来，我看，几乎是毫无逊色的。如果作者竟留在那里做客，那么，“丰年留客足鸡豚”，我想，一定也会受到“设酒杀鸡作食”的礼遇的。

作者在诗的结尾两句说：“犹与湖南风土近，春深无处不耕犁。”湘赣两省接壤，风土人情，宛然相似。“春深无处不耕犁”，更是湘东赣西的共同特色。这两句本为赞美赣西之笔，但就前句来看又多了赞美湘东的意思，表明湖南农村的情况，比起赣西来，同样是富有生气的，有此一笔，诗的意境也更为宽广。多么富饶的土地，多么勤劳的人民，作者以抒情的语句作结，此时此境，作者全然忘记衰年行旅的辛苦了。

本诗从取材到语言风格，甚至整个艺术表现手法，都显然深受古典田园诗的影响，或者不妨说，它本身就是一篇较为出色的田园诗，然而比较之下，本诗与传统田园诗的不同之处是相当明显的。传统的田园诗大部分以表现隐逸为旨趣所归，篇末往往抒发所谓“归欤”之叹，与此相关，它们笔下的事物与农民的劳动生活常有一段距离。查慎行的这首诗，不光赞美了农村质朴闲静的气象,全诗更多却是着眼于农民的春种春播,这样自然就使作品更贴近生活,贴近农民的感情。因此,本诗的内涵比一般的田园诗也显得更为丰满深厚。

(马祖熙　卢苇菁)

赵执信

秋暮吟望

小阁高栖老一枝，　　闲吟了不为秋悲。
寒山常带斜阳色，　　新月偏明落叶时。
烟水极天鸿有影，　　霜风卷地菊无姿。
二更短烛三升酒，　　北斗低横未拟窥。

人言执信诗善于造景抒情，这首《秋暮吟望》堪称“造景抒情”的代表作。

从诗意推断，这诗当是他晚年之作。诗中“一枝”，出自《庄子·逍遥游》：“鷦鷯巢于深林，不过一枝。”“老一枝”即终老山林之意，“高栖”的“栖”字正与“鷦鷯”关合，可为佐证。诗从自甘终老山林入笔，次句又承以“闲吟了不为秋悲”，点题中“秋”“吟”二字。“了不为秋悲”即丝毫不为秋天到来而悲怆。若单从这两句判断诗情，则望中秋色对这位诗人已全是身外之物，他毫不为这“萧瑟兮草木摇落而变衰”（宋玉《九辩》）的景物所动，写这首诗也不过是“闲吟”而已。看来，诗人真正甘心终老于这山林小阁，他的心已经如此超脱，或者已经像槁木死灰了。但你一路读下去，便会觉得诗人是在说假话——不，说反话。他的心，在“了不为秋悲”的反面！

让我们先对中间两联略加品味。因为，这是律诗的核心内容之所在。

这两联四句都写了些什么？寒山、斜阳、新月、落叶、烟水、鸿影、霜风、残菊！将这些景物组织入诗，加起来便形成了意境。“寒山”和杜牧“远上寒山石径斜”的“寒山”同义，指高山，因山高而望之似有寒意。为什么说“寒山常带斜阳色，新月偏明落叶时”？要注意深孕诗情的“常”字和“偏”字。山是四时、朝暮都存在的，晦明朝夕，仪态万方，决非“常带”斜阳之色。诗人这样说，无非表明，他只是在这暮色苍茫之际才远眺寒山，这时的寒山已被夕阳染上昏黄黯淡的颜色。“夕阳无限好，只是近黄昏”，诗人望中自不免生迟暮之感。更何况山高秋晚，望之一派森森寒意，这“寒山”“斜阳”，给诗人带来什么感受，还用费辞吗？至于“新月”，是上弦的弯环恰似钩的月亮。新月亮度不大，只有当木叶尽脱、野旷天清的秋天，才会觉得它“明”。但新月之明，为时很短，很快就会西沉。假如在春夜，是满月，或滟滟随波，或月照花林，那自然很美；现在却是昏黄的上弦月，而且偏偏照临在“无边落木萧萧下”的疏林之上，飒飒秋风之中(无风何至落叶！)这位偃蹇老去的诗人，看了那些落叶，已不胜摇落之悲，更何况又敷上新月的凄迷昏黄之色？那个“偏”字，不正和苏轼中秋词“不应有恨，何事偏向别时圆”的“偏”字同一意蕴，透露出诗人心中的怨悱惆怅么？“烟水极天”是湖上月夜景色，“极天”言其浩渺无边。试看，在月夜，清明的秋水之上，笼罩着一层烟雾；有孤鸿掠空，投影水上。这“鸿影”，即使你没有记起“谁见幽人独往来，缥缈孤鸿影”(苏轼《卜算子》)的名句，那种超旷之境，“幽约怨悱不能自言之情”(张惠言《词选序》)，你能不感受到吗？秋天正是菊开的时候。现在，菊花都被卷地而来的霜风所凋残，黄金委地，全无姿态。我国古典诗词中，向以菊为傲霜君子的象征，诗人望着眼前这严霜凋后的残菊，心里是什么滋味？他虽然不说，却尽得“不落言诠，方为上乘”的妙谛。

以上颔联、颈联四句中提供的意象，空间从远到近，从高到低，从水上到陆上；时间从黄昏到月明，从月明到深夜，无一物不是令人望而兴悲之色，无一时不是令人难以忘悲之时，诗人为什么偏偏说“了不为秋悲”？难道说，“不为秋悲”是“深为已悲”的另一说法么？“他人有心，予忖度之。”作如是观，不无佐证。试看——

“二更短烛”，他深夜还坐对短烛，无法入睡；“三升酒”：一个人在喝闷酒，浇此万斛秋愁；“北斗低横”：已是快天亮的时候了；“未拟窥”：诗人连看都懒得看，一任时间推移，自黄昏直至东方欲曙。之所以“未拟窥”，是因为他从黄昏到月夜，已经看了许多，感受强烈，心已经难以承受了。可见诗开头说的“小阁高栖老一枝”，他的心其实是难以安然老死在山林的一枝之上的，正所谓“诗情如夜鹊，三绕未能安”。

我说这首诗堪称赵执信“善于造景抒情的代表作”，除了前面已经粗略品析过颔联、颈联引进的那些饱含诗情的意象之外，还因为结联写的“短烛”和“酒”，极富涵蕴暗示。许多烦闷难以言传的情意，全部浓缩在这两者之中。全诗意境高远，也赖这结联轻轻一点。一枝短烛，一壶残酒，一个不安的灵魂，尽陈读者眼底，深得欲言而不言，不言而无不言的艺术效果。　　（赖汉屏）

沈德潜

过许州

到处陂塘决决流，　　垂杨百里罨平畴[1]。
行人便觉须眉绿，　　一路蝉声过许州。

〔注〕 ① 罨(yǎn)：覆盖、掩映。

这是作者过许州(今河南许昌)郊外即景抒情之作。全诗画龙点睛的是一个“绿”字。虽然它只出现在第三句,但一二句中已先具其意:“到处陂塘决决流,垂杨百里罨平畴。”从“垂杨百里”和“一路蝉声”的描写看,时间可能是初夏。到处的池塘都在溢水,可见是雨后。“决决”是流水声(卢纶《山店》“登登山路行时尽,决决溪泉到处闻。”),虽只写水声,但碧波荡漾之景如见,写出水绿。“平畴”即田坝,陶潜有“平畴交远风,良苗亦怀新”之句,它给人的感觉也是绿的。而阡陌之间垂杨成行,披拂掩映,更见得平野之绿。“到处”和“百里”,又从空间上展示出那“绿”的范围之大,可谓触目皆是,整个许州城外初夏景色便是以绿色为基调的。正是在一二句酝酿充分的基础上,才有第三句的奇情绮思和画龙点睛。

“行人便觉须眉绿”这句以新奇的感受,一下子抓住读者,使人觉得比王安石“春风又绿江南岸”的名句还要耐味。对王安石的那个名句,钱锺书先生评论说:“这句也是王安石讲究修辞的有名例子。据说他在草稿上改了十几次,才选定这个‘绿’字;最初是‘到’字，改为‘过’字，又改为‘入’字，又改为‘满’字等等（洪迈《客斋随笔》卷八）。但是‘绿’字这种用法在唐诗中早见而亦屡见，如丘为《题农户庐舍》：‘东风何时至，已绿湖上山’等。于是又发生了一连串的问题：王安石的反复修改是忘记了唐人的诗句而自费心力呢？还是明知到这些诗句而有心立异呢？他的选定‘绿’字是跟唐人暗合呢？是最后想起了唐人诗句而欣然沿用呢？还是自觉不能出奇度胜，终于向唐人认输呢？”（《宋诗选注》，有删节）此外，无论“又绿江南岸”还是“已绿湖上山”，都还是描写的视觉感受。而沈德潜的“行人便觉须眉绿”却又跳越一级，描写的是由那个视觉感受而引起的心理感觉。因为事实上须眉是黑色的染也染不绿，映也映不绿。但行人在一片绿色（这是一种视感最舒适的颜色）的川原中走，心里充满绿色的快意，于是感觉到自己的身心与这片绿色融为一体，从而便有“须眉绿”的主观感觉发生（“便觉”）。它实际上表现的不是颜色，而是快感。所以对上述唐宋诗句有所出新。

于是最后一句也就水到渠成：“一路蝉声过许州”，它传达的也是快意的感觉，而且是前句快感的一种延续。许州地界那样宽，要走过还真不容易。然而作者一路上看水看树，心情舒畅，又有蝉声相送，颇不寂寞，所以觉得很快就走过来了。这“蝉声”是出自蜕壳不久的新蝉，而非秋季的寒蝉，故其声音并不凄厉。即使是很凄厉的声音，只要人的主观上很愉快，感觉也就有所不同。如李白《下江陵》：“两岸猿声啼不住，轻舟已过万重山”，这一路猿声不但不使人掉泪，反倒托出人在轻舟中的愉悦之感。就此而言，“一路蝉声过许州”亦有异曲同工之妙。 **（周啸天）**

晓登韬光绝顶①

入山已三日,登顿遂真赏②。霜磴滑难践,阳崖曦乍晃。穿漏深竹光③,冷翠引孤往。冥搜灭众闻,百泉同一响。蔽谷境尽幽,跻颠瞩始爽。小阁俯江湖,目极但莽苍。坐深香出院,青霭落池上。永怀白侍郎④,愿言脱尘鞅⑤。

〔注〕 ① 韬光:寺名,在今浙江杭州西湖畔北高峰南,因唐代僧人韬光居此而得名。 ② 登顿:登临。遂真赏:满足领略山水之美的愿望。 ③ 穿漏:指阳光穿过竹林稀疏之处。 ④ 白侍郎:白居易,曾任刑部侍郎,故称。他在杭州刺史任内,曾与僧韬光有诗唱和。 ⑤ 言:语助词。脱尘鞅:摆脱尘世的羁绊。鞅,套在马颈上的皮带。

厉鹗是杭州人,又性喜山水,因此家乡的自然风光便成了他诗中的一个重要题材。韬光寺在西子湖畔的北高峰南、灵隐寺西北的巢构坞,据说唐代的高僧韬光在此结庵说法,山间翠竹丛生,山上有观海亭可望钱塘江入海,故西湖的风景里有"韬光观海"的景目,厉鹗自然不会错过这一景观。

诗从游山写起,说入山已有三天,三日中饱览了山水的奇姿逸态,登临骋目,真正领略到了自然之美,满足了自己寻幽探胜的愿望。这一天清晨,诗人再度出发去登山,晨霜覆盖着石阶,湿滑难行,而向阳的山崖上已晃动着曦微的晨光。晨光透过稀疏的竹叶射入到竹林深处，那清冷的翠色吸引着诗人独自前往，去追寻幽深之境。四处一片岑寂，各种声音似乎都潜匿起来，唯有山间的清泉琤琮作响，如一曲清歌，沁人心脾。山谷中林木掩映，遮天蔽日，所到之处，尽是清幽之景，直到登上山顶，极目四望，始觉豁然开朗。那韬光寺的小阁就坐落在山顶上，俯视着钱塘江和西湖，嘘吸于山光水色之中；极目远眺，只见一片苍茫寥廓的景象，恍如置身于人寰之外。韬光寺是个登览远望好去处，观海亭上至今还写着宋之问的“楼观沧海日，门对浙江潮”的名句，所以诗人留恋忘返，久久不肯离去。在小阁中坐久了，似乎闻到了寺院里缓缓飘出的香气；那山间的青烟随着太阳的升起散落在池上了。面对着如此清幽绝俗的景象，诗人便产生了与古人为友、超尘脱俗的念头，他想起了曾在此地与释韬光酬唱的大诗人白居易，但愿能摆脱尘事的羁绊，长久地栖息于山巅水涯，放情于自然之中。

厉鹗的诗以幽新隽妙、刻琢研炼为特色，其五言尤工，大抵取法陶渊明、谢灵运及王维、孟浩然等人，但更注重追求清窅幽邃之趣。如本诗中的“穿漏深竹光，冷翠引孤往”“坐深香出院，青霭落池上”等都有王维诗的韵味，但比王诗更注重锻炼而较少自然浑成。这明显地表现在他对选字用词的刻意求新上，如诗中的“登顿”“穿漏”“灭众闻”“同一响”“跻巅”“坐深”等词都戛戛独造，生新而不艰涩；又如以“霜”字来描绘山间石磴，以“晃”字来表现晨光乍明乍暗的景象，以“冷”字来形容山间翠色的幽冷，以“蔽”字来形容山谷的树木掩映，枝叶交加，以“落”字来写青烟笼罩池塘，都体现了诗人工于炼字，避熟避粗的祈尚。

另外，这首诗所追求的是冷隽幽深的意境，如“霜蹬”两句刻画了早行时的冷霜铺地、人迹罕至和空中晦明变幻的情景，“穿漏”“冷翠”则通过光和色的描绘来形容山间的幽冷，而“孤往”二字更增添了独行无偶的凄清，与幽深的景色融合无间。“冥搜”两句更从声音上落墨，虽然一路上回响着淙淙的泉声，却更表现出万籁俱寂的感受。至于“蔽谷境尽幽”一句就直接地描述了山间的幽趣，而那一阵幽香、几缕青烟更渲染出宁静清莹的气氛。全诗烹字炼句，刻意表现一种山间的幽寂之美，力求自辟蹊径，不作寻常铺叙，这也正是厉鹗乃至浙派诗歌的典型风格。

（王镇远）

竹 石

咬定青山不放松，　立根原在破岩中。
千磨万击还坚劲，　任尔东西南北风！

郑燮是清代中叶著名的诗人和艺术家，素有诗、书、画“三绝”之目。这首《竹石》，即为题咏竹石图之作。它侧重写竹，兼及于石。大意说，竹子紧紧地咬定青山，毫不放松，这是因为它原本就扎根在岩石的破缝当中；它经历过自然界的千磨万击反而更加坚劲，任凭你来自东西南北的狂风！

这首诗的语言十分通俗晓畅，但它的意义却非常深刻宏远。诗歌描写的是竹子，赞颂的却是人。写竹子“坚劲”，也就是写人的坚韧劲拔。诗中以屹立的青山、坚硬的岩石为背景和基础，说竹子“咬定青山”，“立根”于“破岩”，经得起“千磨万击”，受得住四面狂风，即象征着一个人不怕社会上和生活中的种种艰难困苦和排挤打击。可以说，这首诗通过咏竹，塑造了一个百折不挠，顶天立地的精神强者的形象。它的立意构思，同明代于谦的《石灰吟》颇有相通之处。

竹子在古代与梅、兰、菊一起被人们誉为“四君子”。在它的身上，具有许多的美好品德。这些品德，通常主要是指凌云冲霄的进取精神，虚心善待的谦逊态度，并兼备梅、兰、菊诸物的“清高”“幽洁”“隐逸”等高风亮节。而郑燮这首诗，则着重写竹子的

“坚劲”，赋之以又一种美德。这在他的另一首题画竹诗“秋风昨夜渡潇湘，触石穿林惯作狂。惟有竹枝浑不怕，挺然相斗一千场”中，也有着类似的表现。由此可见，郑燮对于竹，是尤其看重和推崇其坚劲这一面的。

郑燮之所以如此推崇竹子的“坚劲”，恐怕同他个人的性格有关。他生性正直倔强，同情劳动人民，不怕达官权贵。早年在山东潍县做知县时，他就曾在一幅送给山东巡抚的竹画上题过这样四句诗：“衙斋卧听萧萧竹，疑是民间疾苦声。些小吾曹州县吏，一枝一叶总关情。”从中即反映出关心民生疾苦，愿意为老百姓做些好事的进步思想。任职期间，遇到灾荒年头，他为民请命，力争赈济，所请不获允，便毅然拂袖而归。晚年他寄居扬州，生计艰难，靠写字作画，糊口谋生。他是当时著名的“扬州八怪”之一，这个“怪”，恐怕就包含倔强不屈的坚劲性格在内。因此，我们可以说，竹子的“坚劲”，其实也是他个人性格的生动写照。

（朱则杰）

潍县署中画竹呈年伯包大中丞括

衙斋卧听萧萧竹，　　疑是民间疾苦声。
些小吾曹州县吏，　　一枝一叶总关情。

这首诗是郑板桥于乾隆十一、二年间任山东潍县知县时所作。科举时代称同科考取的人为同年，对同年的父辈或父亲的同年称年伯。包括即是郑板桥的年伯，他当时任山东布政使，署理巡抚。清代巡抚又称中丞，“大”是表示尊敬之意。郑板桥曾画过一幅《风竹图》呈送包括，此诗即是题写在这幅画上的。

作者郑板桥出身寒微，做官前后均以卖画为生，对下层人民的疾苦有比较深刻的了解。他为官时的诗文书画创作也特别强调写百姓之心声，道民间之痛痒，不齿于表现风花雪月，闲情逸致，为官僚贵族、有闲阶级茶余酒后提供消遣之资。作者虽然是在官衙内写诗作画，但他的心却时刻想着广大百姓，这首诗就尽致极诣地表达了作者的这种情怀。开头一句是说，作者正在衙署书房中躺卧休息，这时窗外清风阵阵，丛竹萧萧，声音呜咽，如泣如诉。“疑是民间疾苦声”，是作者听到竹声之后的联想。自然界的风竹声和人民群众的疾苦声，本是风马牛不相及的，可是由于作者时刻惦记着百姓的安危冷暖，所以听到风吹竹啸，就很自然地把它和黎民百姓的痛苦呻吟联系了起来。接下来，作者进一步想到：像我们这些州县小吏，虽官职卑微，却负有解民于水火之中的重大责任。窗外的那一枝一叶,不正是饱受风雨的百姓的化身吗?作为他们的“父母官”,又怎能不去关心他们的疾苦呢?作者曾刻有“痛痒相关”一印,以示与百姓休戚与共。这首诗以“一枝一叶总关情”作结,更说明了作者对民情的体察入微。一个封建时代的官吏,对人民群众有如此深厚的感情,实在是难能可贵的。

这首诗是题在画上的,所以作者充分发挥了能诗善画的艺术特长,把诗、画的意境结合了起来,从不同的侧面体现出一个共同的思想,更具有立体的美感。作者画的是风竹,但已不是自然界生物的一般复写,而是蕴含了作者深沉的思想感情;诗是写给上司包括的,语言既要有分寸,又要恳切明晰,所以作者采用了托物取喻,借竹发端的手法。全诗既具明志自勉之心,更含相与为善之意,一轴画,四句诗,把作者对人民真挚而执着的人道主义情怀寄寓在诗情画意之中,达到了无迹可求,一片化机的美学高度,令人叹为观止。

(杜道明)

马嵬

莫唱当年《长恨歌》， 人间亦自有银河。
石壕村里夫妻别， 泪比长生殿上多。

这首诗作于清乾隆十七年(1752)作者赴陕西任职途中,诗题“马嵬”即马嵬坡,在今陕西兴平市西25里,唐代天宝十四载(755)发生安史之乱,唐玄宗自京都长安逃往四川经过马嵬坡时,禁军哗变,杀死宰相杨国忠,并迫使唐玄宗命杨贵妃自缢。历代诗人对这一历史事件多有题咏。其中最著名者为白居易的长篇叙事诗《长恨歌》。诗人缅怀历史,自然想到《长恨歌》,乃赋此诗以“借古人往事,抒自己之怀抱”(《随园诗话》)。

白居易《长恨歌》主旨在于通过描写唐玄宗与杨贵妃的爱情悲剧,对杨贵妃之惨死与唐玄宗的悲思,寄予其深切同情,如“六军不发无奈何,宛转蛾眉马前死。花钿委地无人收,翠翘金雀玉搔头。君王掩面救不得,回看血泪相和流”,写得缠绵悱恻,哀婉动人,因此感染了一代代读者。惟独袁枚别具只眼,对《长恨歌》同情玄宗与杨贵妃永别之题旨不以为然,竟冒天下之大不韪,敢于声称“莫唱当年《长恨歌》”,这显示出诗人不肯从众而超越世俗的胆识。诗人之所以不同情帝王的爱情悲剧,是因为他有一个参照是:“人间亦自有银河”,意谓普通百姓也有像牛郎织女被银河阻隔一样分离的悲剧。诗人把目光投向“人间”“银河”,不仅是慧眼独具，更是关怀苍生的体现，正如他《寄梅岑》诗所云："苍生我辈忧。"袁枚并非只是吟风弄月，表现自我的诗人。在帝王与苍生的感情天平上，他的砝码倾向于后者。这种民为贵、君为轻的民本思想无疑是值得肯定的。诗人之所以更同情人间百姓，是因为百姓的苦难远比帝王深重。他在想到《长恨歌》的同时，更想到唐代诗圣杜甫《石壕吏》一类关心民瘼的名篇，因为它们是苍生"泪比长生殿上多"的生动例证。"长生殿"在陕西骊山华清宫内，是当年玄宗与杨贵妃的居所，《长恨歌》所谓"七月七日长生殿，夜半无人私语时"，他们曾在这里海誓山盟："在天愿作比翼鸟，在地愿为连理枝。"可惜未能如愿。这虽然也令人"长恨"流泪，但与《石壕吏》所描写的石壕村里老翁与老妇"二男新战死"，又"有吏夜捉人"，使"老翁逾墙走"，老妇被官兵捉去从军的痛苦遭际相比，简直是微不足道了。许许多多像"石壕村里夫妻别"一样的百姓痛苦之泪水远比帝王爱情悲剧之泪水流得多。诗的结尾饱含着作者对人民的同情。吴应和评此诗写得"沉痛"，"足以动人"，可与杜牧、李商隐"咏古诸作并传无疑"(《浙西六家诗钞》)，并非虚誉。

这首诗以议论为主，但由于所选取的材料《长恨歌》与《石壕吏》都是生动形象、感情浓郁的名篇，因此能给人以丰富深远而具体的联想，何况诗人又注意采用"银河""泪"等比喻象征手法，使抽象的情感具象化，读来就不觉枯燥；而全篇以帝王悲剧与石壕村的百姓苦难相对照，亦颇具匠心，耐人寻味。　　(**王英志**)

夜过借园见主人坐月下吹笛(二首选一)

秋夜访秋士，　　先闻水上音。
半天凉月色，　　一笛酒人心。
响遏碧云近，　　香传红藕深。
相逢清露下，　　流影湿衣襟。

袁枚于《送李晴江还通州》诗曾自注云:“晴江所寓号借园。”由此可知通州(今江苏南通)借园是作者好友李晴江的寓所。诗人于乾隆二十年(1755)的一个秋夜去拜访借园主人李晴江,适逢“主人坐月下吹笛”,乃赋此诗。

全诗四联均写景,无一句议论,无一句抒怀,但却弥漫着凄清的氛围,渗透着悲凉的情思。人们细细品味,会如饮醇酒,回味无穷。首联“秋夜访秋士,先闻水上音”不仅破题,而且奠定了全诗的感情基调。且看:时间是“秋夜”,本已凄清冷寂,而所访者又是“秋士”,更暗寓幽怨之意。《淮南子》云:“春女怨,秋士悲。”“秋士”谓士之暮年不遇者,借园主人当亦属其类。诗人虽曾步入仕途,任过县令,但因升迁无望等原因,早于七年前辞官,隐居于南京小仓山随园。二人在思想感情上是相通的,诗人此行“访秋士”即以此为前提的。当诗人步入借园,首先听到的是“水上音”即笛声。此笛声作为一种听觉意象是全诗的中心意象。它是借园主人心声的流露,感情的寄托。诗在首联引出“水上音”之后,中间两联即集中笔墨描写之。但诗人并未单纯写笛声，而是以视觉意象“月色”及嗅觉意象藕香作为陪衬烘托，使笛声意味更加丰富感人。颔联“半天凉月色，一笛酒人心”，乃脍炙人口的名句。“一笛”指一曲笛声，“酒人”指微醺的借园主人，他在借酒浇愁之后，犹嫌不足，又以笛声抒发其心情。在中国古诗中，笛声基本都是幽怨悲哀的意象，如“羌笛何须怨杨柳”（王之涣），“笛声愤怨哀中流”（杜甫），“暮天何处笛声哀”（赵嘏），“笛愁春尽梅花里”（白居易），“笛声清更哀”（李益）；……不一而足。此诗之笛声亦不例外，“一笛酒人心”抒发的乃是“秋士”不遇的哀愁之心，而描写笛声在冰凉如水的月色中飘荡，仿佛笛声也浸透了清冷的月色，这就更增添了笛声凄怨的情韵。笛声感情虽然哀怨，但借园主人吹奏技巧却十分高超，故颈联一转云：“响遏碧云近，香传红藕深。”笛音嘹亮，仿佛阻遏了夜空中的碧云（这里用了《列子·汤问》“响遏行云”的典故，但令人不觉），同时，水中深处飘来红藕的幽香，与笛声交织往还，仿佛笛声也具有香气。作者“先闻水上音”，既产生了感情的共鸣，又陶醉在音乐的享受之中，所以久久伫立，直到笛声结束，才想起要与友人相会。尾联云：“相逢清露下，流影湿衣襟。”此联乃回应首句，当作者在“秋夜”一曲听罢，终于与“秋士”相逢之时，他们却久久地相对无语，他们的身影沉浸在流泻的月光下，显得格外凝静；他们的衣襟被清凉的夜露沾湿了，犹如他们的心灵也被凄清的笛声净化了一般。友人的心声已在笛声中倾诉殆尽，作为知心朋友，作者对此亦已领会与理解，无须多问，亦不必多言，二人达到了高度的默契。诗的收束留给人们的是像不尽的笛声一样的余音。

袁枚论诗云:“凡作人贵直,而作诗文贵曲。”(《随园诗话》卷四)又云:“揉直使曲,叠单使复。”(《续诗品·取径》)此诗的主旨在于表现作者与李晴江作为知音的友谊,以及对友人的理解,但无一语直言此意,只是写自己夜访友人听其“月下吹笛”时的景象与二人相逢时无言的情状,却自有一股感情之泉流注全篇,这也正体现了他诗论的精神。 (王英志)

袁　枚

湖上杂诗

烟霞石屋两平章，　渡水穿花趁夕阳。
万片绿云春一点，　布裙红出采茶娘。

诗人于乾隆四十四年(1779)春重返故乡杭州,遍游西湖山水。其间或绘景,或怀古,或抒情,写下与杭州风物有关的《湖上杂诗》二十首。这里所选一首重在描写杭州茶山景色与采茶女的风采,显示出盎然的春意、鲜丽的春色。

这一天,诗人来到西湖南山一带游览名胜风光。他先观赏了著名的"烟霞石屋"二洞。烟霞洞在烟霞岭下,先"洞内有罗汉六尊",后吴越王钱镠又"补刻一十二尊",今俱废。石屋洞在南屏山下,洞内"高敞虚朗,衍迤二丈六尺,状如轩榭,可布筵几。其底邃窄通幽,周镌罗汉五百六十身"(均见田汝成《西湖游览志》卷三)。"平章"原意为品评,此处兼有观赏之意。诗人曾分别于二洞内仔细"平章"这造化的奇观,一定耽搁了过多的时光,因此当他游毕二洞,天色已晚,斜阳西下了。但诗人却没有归去休憩的意思,竟"渡水穿花趁夕阳",即趁着夕阳余晖未褪,又忙着涉溪水,穿花丛,贪婪地欣赏起洞外的春山之景。这种留连忘返的兴致,使年逾花甲的老诗人显得如同贪玩的孩子,充满了天真的童心。

果然,老诗人竟有了意外的发现,他于春山上惊喜地看到了一幅别致的"图画":"万片绿云春一点,布裙红出采茶娘。"这幅图画以“万片绿云”即万丛茶树为背景,以“春一点”即“红一点”为主体。“春一点”乃化用王安石名句“万绿丛中红一点,动人春色不须多”之意,这里指那采茶姑娘的红布裙。试想:在茶丛的一片翠绿色中,忽然闪现出一点红色,又是在夕阳的映照下,多似一团火!多么引人注目!这“一点”就是此时天地之间最“动人”的“春色”。“布裙”,显示出采茶女自然朴素之美;而“红出”以形容词“红”修饰动词“出”,既用得十分别致,也写得非常传神,因为在远处望去,“绿云”里“出”的只能是一点“红”,由“红”才能悟到人,此处亦可以看出诗人笔锋之灵秀。这“红”分明是“采茶娘”的青春风采。

此诗描写诗人游览南山一带之所见,但详略有致。游“烟霞石洞”是一笔带过,而突出描写茶山所见。在诗人看来,大自然的春色虽佳,但少女的青春却更为美丽,更能代表“春色”的来临。这是诗人独具只眼处,亦是此诗审美价值之所在。(王英志)

富春至严陵山水甚佳

沿江无数好山迎，　　才出杭州眼便明。
两岸蒙蒙空翠合，　　琉璃镜里一帆行。

纪昀从杭州出发，沿富春江上行，到桐庐以西的严陵（东汉名士严光隐居垂钓处）。这一段山水，就是梁代吴均在《与朱元思书》中所描绘过的那一段奇山异水："风烟俱净，天山共色，从流飘荡，任意东西。自富阳至桐庐，一百许里，奇山异水，天下独绝。水皆缥碧，千丈见底；游鱼细石，直视无碍。"

才从钱塘江进入富春江的相当长的一段水路，江面是很开阔的。离开了大都市杭州，就迎来两岸青山，风景自然一新。这首诗写的就是初入富春江的新奇感受。"沿江无数好山迎，才出杭州眼便明。"本来"仔细看山山不动，是船行"（《敦煌曲子词·浣溪沙》），但由于诗人坐在船上，人与船相对静止，这时"看山恰似走来迎"（同前）了。好山"无数"，令人目不暇接。"眼便明"三字，不但写出眼界一新的感觉，而且也流露出旅游中心情的愉快。富春江两岸虽然多山，由于江面开阔，又不像峡中行船似的险隘。故两岸青山都远远地，并在天边合围起来，呈现出"天山共色"的奇观。所谓"两岸蒙蒙空翠合"的"空翠"，就有天色、有山色。由于江面很辽阔，水的流速很慢，船行十分平稳，又大有"春水船如天上坐"（杜甫）的奇异感受。诗的末句"琉璃（即玻璃）镜里一帆行"

绝佳。它首先写出了江水之平,所谓水平如镜。又写出了江水之清,所谓水明如镜。还写出了船在水中的倒影,两岸青山和天空在水中的倒影——这些本来是很难描写的景色,全赖“琉璃镜里”四字,间接地、空灵地得到了反映。 **(周啸天)**

蒋士铨

岁暮到家[①]

爱子心无尽，　　归家喜及辰[②]。
寒衣针线密，　　家信墨痕新。
见面怜清瘦，　　呼儿问苦辛。
低回愧人子[③]，　　不敢叹风尘。

〔注〕 ① 此诗作于乾隆十一年，该年蒋士铨出游，至岁暮方回家。 ② 及辰：及时。 ③ 低回：徘徊。《楚辞·九章》："低回夷犹，宿北姑兮。"

游子在外，时时牵动着母亲的心；游子归家，又往往使母亲倍生爱怜之情。蒋士铨于乾隆十一年春出游，登匡庐及饶、赣诸山，还铅山应童子试，又过庐陵、抚州、建昌等地，风尘仆仆，于岁暮赶回江西居地鄱阳。这首诗写的就是蒋氏与其母亲团圆时惊喜中含伤感的真实场景。

母亲对子女的爱心如天地般宽阔，与岁月一样悠长。"无尽"是对母亲爱心的集中概括和极度赞美。母子之间的情丝，是任时间流逝、地域变换也撕扯不断的，而诗人初踏人生旅途，乍感世态炎凉，回味那纯真的母爱，自然更会发出"无尽"之叹。游子车马困顿、四处奔波了一年，终于在旧年新岁交替之时，回归家中与亲人团聚。能让疲乏的身心，重被母爱的温馨，怎不令人"喜"出望外。"及辰"道出诗人如期到家、得偿归愿后的欣慰心情。首两句直抒胸臆，以母亲之"爱"、归家之"喜"作为全诗感情发展的开端。

这首诗着意表现的母子情,并没有停留在单纯、抽象的叙写上,而更借助衣物、语言、行为和心理活动等使之具体化、形象化。颔联中“寒衣”和“家信”,都凝结着母亲的温存和思念,是真挚母爱的实物见证。慈母缝就之衣,可使儿挡风御寒以暖身,更可使儿沐浴三春之晖以暖心,针线密密,缝入了母亲多少的关怀和祈盼,及时化解着游子的羁愁和外界的风寒。上句取孟郊《游子吟》之意写诗人客游生活之实,合情切时。“家信”是传递母爱的媒介,“翦烛看家书,风尘百感除。”(蒋士铨《接家信》)封封家信,抚慰了诗人孤寂的心灵,给予了诗人克服旅程艰辛的动力。“新”字明指家信为近期所接,暗寓母亲频频寄书给诗人,诗人亦将母亲嘱咐常记在心。这二句不仅演示了母亲对儿子的感情寄托,同时也表现出儿子不忘母恩的心迹。

母子多日未见,当诗人归家,其母最易觉察到的便是儿子面容的异样。这“清瘦”的容貌,正是一次次颠簸于风霜留下的印痕,“瘦”在儿身,疼在母心,母亲急于要知晓的是客游生涯的“苦辛”,儿子却似欲回避,更不愿主动诉说,因而引出了一“呼”一“问”。诗人用极简略的问话形式,突出母亲又爱又怜的神态。至此,岁暮到家之喜,已经掺进了些许悲情。

诗人在母亲的追问下,徘徊嗫嚅,难以启齿。满面清瘦颜,本已够使母亲生忧了,如再实言“风尘”苦,岂不更伤慈母之心了。这“愧”就在作为儿子,不能于新年将临之际,以健容英姿去告慰母亲。据蒋士铨《鸣机夜课图记》云:“铨生二十有二年,未尝去母前。以应童子试归铅山,母略无离别可怜之色。”(按蒋二十二岁那年,即乾隆十一年。)母子分别时,母亲强忍离别之愁;相见时,儿子自然也“不敢”言出游之苦了。诗人没有强化回家的欣喜心情，更没有渲染考中秀才的志得意满，情感重心由喜转向了忧，流露出骨肉之间相互体贴的至性。所用字词，都十分传神地刻画了游子爱母怜母的行为和心理特征。

《岁暮到家》作于诗人奔走功名之时，却淡化了追求仕宦的名利思想，去刻意描叙母子真情，是蒋士铨“篇篇本色，语语根心”(张维屏《国朝诗人征略》)的诗歌特点的有力明证。(**张修龄**)

论诗五首(其二)

李杜诗篇万口传，　至今已觉不新鲜。
江山代有才人出，　各领风骚数百年。

以七绝组诗论诗，始自唐代大诗人杜甫之《戏为六绝句》。其后仿之者，金元间有元好问之《论诗绝句三十首》，清初有王士禛之《戏仿元遗山〈论诗绝句〉》，清中叶则有赵翼的《论诗》。杜甫、元好问、王士禛三家论诗之诗，固然都发表了精到之论，屡为近世诗论家所称引，而传诵最广的却要算是赵翼《论诗》中的这首绝句了。

赵翼的这首绝句之所以传诵最广，其中一个原因是它最易于传诵。赵翼是历史学家兼诗人，作诗师法宋人，长于说理，即使是记游、吊古、歌咏山川之作，也往往免不了发点议论，而且又常常不假比喻、不用典故地直抒胸臆，还好以浅显的近于口语的语句出之。所以，他的部分短诗写得意思显豁，易懂易诵。这首绝句便是这样：通篇是直说，不讲求含蓄，没有一句让人费解，没有用一个特别文雅的语调，即使是一位不具有诗歌素养的读者，也能够一读便明白其大意，几经诵读便容易记得下来。

自然，更为重要的，也就是使近世人乐于传诵、援引的原因，还在于这首绝句言简意赅地道出了诗论中的一个大道理，一个令人毋庸置疑的道理。

“李杜诗篇万口传。”这是一句平淡无奇的大实话。李白、杜甫是古代杰出的大诗人，他们的诗篇数百年来一直盛传不衰，这是人所共知共认的事实。而第二句却来了个大转折，明白地说出李、杜之诗篇“至今已觉不新鲜”了。这是前人未说过的话，堪称石破天惊之论。不过，赵翼此语并非意味着要否定李、杜诗作之杰出成就，动摇其历史地位。这里所谓“不新鲜”，是从读者的审美感受的角度说的，谓唐代大诗人李白和杜甫的诗篇，已经不完全适合数百年后的读者的审美意识了。所以，上句之“万口传”同下句之“不新鲜”，两者并不矛盾，而是如实地说明了诗创作的时代性：诗歌所咏之事，所抒之情，所取之法，所成之意象，以及所开之风气，都是时代的产物，烙印着时代的特色，很适合同时代人的审美意识、审美情趣，但随着时代的发展，历史的变异，也就逐渐不完全适合后世读者的审美意识、审美情趣了。在这里，赵翼并非有意唐突我们古代的诗仙、诗圣，而是将他们作为优秀诗人的代表，说明诗创作的这个法则，连他们这样的最为后世人所尊重、“诗篇万口传”的大诗人，也不能完全冲破，其他诗人自然更不必说了。

赵翼的这首绝句并没有停留在说明这种现象上，接下来更进而提出：“江山代有才人出，各领风骚数百年。”意思很明显，就是肯定各个时代都有自己的天才诗人，以富有创造性的诗篇，领导着当代的诗坛，开一代新的诗风。自然，由于绝句篇什极短小的限制，他不可能就与此有关的问题，作出更深细的研讨、分析，但是，此论基本上是正确的。诗并没有随着号称诗之“黄金时代”的唐王朝之灭亡而消亡，历代都有诗，也都有优秀诗人，北宋之苏轼、南宋之陆游、金元间之元好问等,不都是各自时代的“领风骚”的“才人”吗?更为重要的是,赵翼此论不仅体现了历史的发展观点,而且其中包含着追求创造的精神,呼唤诗人们摆脱崇古的观念和拟古的创作路子,理直气壮地去争新、创新,创造出适应当代人的审美意识的诗篇,做自己时代“领风骚”的“才人”。

(袁世硕)

梅　花

孤馆寒梅发，　春风款款来。
故园花落尽，　江上一枝开。

汪中是清代中叶著名的经学家和文学家，他一生命运坎坷，七岁丧父，二十五岁应省试落第，又得了怔忡之病，于是绝意科举，而过着为人作嫁的幕僚生活。晚年多病，在杭州文澜阁校书时积劳死去，年仅五十岁。“少苦孤露，长苦奔走，晚苦疾疢，……未尝有生人之乐焉。”汪喜孙（汪中之子）《容甫先生年谱》中的这几句话，概括了他的一生。因此，汪中的诗，同乾隆时代另一位薄命诗人、他的好朋友黄仲则一样，充满了感伤的情调。但是这一首《梅花》诗，却在寒冷中透露出春意，在凄寂中泛溢着憧憬，与其他作品有别。

这首诗究竟写于何时，作于何地，不大能够说得十分确切。《容甫先生遗诗》是把它编在庚寅即乾隆三十五年（1770）的，这是汪中省试落第后的第三年。据《年谱》，他这时正在太平府（今安徽当涂）太守沈业富处入幕，已经是第二个年头了。离乡背井、俯仰因人的幕客生涯，当然不是自视颇高的汪中心甘情愿地乐就的，何况扬州家里还有一位历尽艰辛把他抚养成人的老母！这年春天再度离家时，他写了一首《别母》诗：“细雨春灯夜欲分，白头闲坐话艰辛。出门便是天涯别，明日思亲梦里人。”情调颇为感伤。《梅花》诗是编在这首《别母》诗后面的，也许，这是他从扬州回到当涂后，在春寒尚厉的时候写的吧？在没有别的反证材料之前，我们姑且这样认定。

这首诗前面两句，是诗人看到梅花开放而发出的喜悦。“孤馆”是他所处的环境。一个人作客在外，孤零零地住在馆舍中，是难免要产生寂寞、凄清的情怀的，何况是春寒料峭的时分！柳永《戚氏》词说：“孤馆，度日如年。”秦观《踏莎行》词说：“可堪孤馆闭春寒，杜鹃声里斜阳暮。”可为佐证。然而在这令人愁苦的环境中，忽然看到一树梅花，顶着寒气，冉冉地、茁壮地开放了，这景象，怎能不使他感到分外的喜悦！这喜悦，有着丰富的文化心理内涵，我们在阅读的时候，切不可轻轻放过。

这两句诗的文化心理内涵是什么呢？第一，梅花的出现，使诗人获得了朝夕相对的伴侣，可以破除孤寂。第二，自六朝以降，不断增加的诗人的吟咏，使梅花成为傲寒的象征。何逊称赞它“衔霜当路发，映雪拟寒开”（《咏早梅》）；阴铿称赞它“春近寒难转，梅舒雪尚飘”（《咏雪里梅》）；王安石的《梅花》说得更好：“墙角数枝梅，凌寒独自开。遥知不是雪，为有暗香来。”尔后陆游、高启等都有脍炙人口的咏梅名作，梅花傲寒的象征意象，遂成为强大的文化心理积淀；汪中这位多才的诗人自然接受了这一集体无意识的影响。他此时正处在人生挫折的初期，与命运做斗争的意念尚未消失，故见到梅花的凌寒开放，自不免因内模仿作用而产生兴奋之情。第三，伴随着“寒梅”的花发，“春风”也“款款”（缓慢）地来了。春风是唤醒万物的天使，是给大地带来生气的力量。“暗添芳草池塘色，远递高楼箫管声。”（罗邺《春风》）“暗入畦园里,潜吹草木中。兰荪才有绿,桃杏未成红。已觉寒光尽,还看淑气通。”(陈九流《赋得春风扇微和》)汪中写出“春风款款来”这一“象”的时候,其所蕴含的“意”自亦包括这些内容。以上三个内涵是互相关联、有序递进、由浅而深的,表现出一个冲破严寒、生机勃发的含蓄的意境。

诗的后面两句,是由此及彼,因己地之“春意”而联想到家乡的“春意”。前面说过,汪中写这首诗时刚从扬州回到当涂不久,别母的感伤还萦回在脑际,现在得到寒梅开放的欢乐信息,振奋之余,自不免亦对家乡——更具体的是对老母,生发同样的期望和祷祝。这两句诗,因为对比鲜明,令人十分惊喜。“故园花落尽”,冬天,故乡的花卉都凋谢了,大自然脱去了它的彩衣,一片荒凉,一片衰飒——这是诗人不久前在家乡看到的情景。现在呢?“江上一枝开”,傲寒的梅花,一枝独秀地在江上开放了(扬州在长江边,故云),它打破了严寒的统治,它带来了春天的消息,这形象是多么的美啊!——这是诗人的想象之词。汪中的诗思,就这样从“孤馆寒梅发”而联想及于“江上一枝开”,沟通了当涂和扬州的“春意”,亦即对自己对家人都充满了希望和憧憬。

众花落尽、梅花独放的景象,前人亦曾有所描述。梁简文帝《梅花赋》说:他宫中的奇花异木,到了冬天“并皆枯悴,色落摧风”,而“梅花特早,偏能识春,或承阳而发金,乍染雪而披银。”林逋《山园小梅》说:“众芳摇落独暄妍,占尽风情向小园。”写得都颇为鲜明生动。唐僧齐己的《早梅》诗,更是汪中此诗的蓝本,诗云:“万木冻欲折,孤根暖独回。前村深雪里,昨夜一枝开……”据说“一枝”原作“数枝”,是郑谷建议改的,确能更为精警传神,令人惊喜。汪中此诗以大江作为背景，境界又更为开阔了。

综上所述，这首诗，篇幅虽短，而风格清刚，意境开阔，内涵丰富，抒情含蓄，在容甫诗中别开一境，是耐人咀嚼的好诗。

（洪柏昭）

汪 中

白门感旧

秋来无处不销魂，　　箧里春衫半有痕。
到眼云山随处好，　　伤心耆旧几人存。
扁舟夜雨时闻笛，　　落叶西风独掩门。
十载江湖生白发，　　华年如水不堪论。

这首七律是一曲悲秋之歌，亦是凄怆的暮年心理之歌。古云："春女思，秋士悲"(《淮南子·缪称训》)，秋天特别容易使人产生萧瑟的心境，何况是不得志的年逾"不惑"之人。作者自乾隆二十四年(1777)三十四岁拔贡生后即绝意仕进，浪迹江湖"十载"，此时虽四十余岁，却过早地进入他的暮年心理阶段。当他重游曾有他的旧友旧事的"白门"(今南京)时，油然而怀感旧之哀，同时更增添了郁积于心的人生暮年之悲。

"秋来无处不销魂，箧里春衫半有痕。"首联一发声就为全诗定下了悲苦的基调。诗句表明作者亦曾伤春，但泪水只在半件春衫上留下痕迹，意谓其悲伤尚有限度；而秋来则"无处"不令人愁苦悲伤、黯然销魂。这种对比的写法突出了作者悲秋之心境。"春"是过去，"秋"是现在，其悲哀之骤增并非无端，而是与"白门感旧"相联系的，颔联云："到眼云山随处好，伤心耆旧几人存。"前句言白门入眼云山风光甚佳，但云山毕竟是无情之物，此句只是一种铺垫，一种反衬。诗人强调的是年老的旧好多已弃世，这是令人何等“伤心”！作者对人生短促充满了无可奈何之感伤。如果说颔联是直接抒情，属于虚；那么颈联则转为寓情于景，属于实，把诗人的“销魂”“伤心”之意再借两幅画面予以形象的表现，更显得含蓄深厚：“扁舟夜雨时闻笛，落叶西风独掩门。”前句当从皇甫松《梦江南》“夜船吹笛雨潇潇”句化出，但这里构成的是凄清意境，那哀怨的笛音时时扣动凄苦的心弦，几令诗人不堪闻矣！后一句则构成孤寂萧条的意境，“独掩门”一“独”字突出遗世之感，无依之哀。那秋雨中的夜笛吹奏的是悲秋之曲，那西风中飘飞的落叶则是人生暮年之哀的象征。这一联使作者“伤心”感情具象化了，其视觉与听觉意象有很强的艺术感染力。作者“感旧”归根结底还是为了抒怀，或者说在“感旧”的同时亦感叹自己衰老。既然耆旧无存，那么不能不进而想到自己的现状，对此亦不胜慨叹之至，因此尾联云：“十载江湖生白发，华年如水不堪论。”作者当时四十余岁，照理不算很老，但人生的种种失意，那“十载江湖”的坎坷生涯使他“早生华发”（苏轼《念奴娇》），他在心理上已进入暮年，这“白发”就是他暮年之哀的写照，亦是他人生失意的证明。他的大好年华如同流水一去不返，此中有多少难言的苦衷，而今已不堪论说了。

此诗以抒怀为主，又辅以颈联的景物描写，虚实结合，使感情既真切又形象，有骨有肉。其以伤春衬悲秋，以“感旧”衬哀己等映衬手法，亦运用得相当成功。（王英志）

黄景仁

都门秋思四首(其三)

五剧车声隐若雷，　　北邙惟见冢千堆。
夕阳劝客登楼去，　　山色将秋绕郭来。
寒甚更无修竹倚，　　愁多思买白杨栽。
全家都在风声里，　　九月衣裳未剪裁。

《都门秋思》共四首，本文选析的是第三首。这一组诗的中心意思是“四年书剑滞燕京，更值秋来百感频”(第二首)，自述自乾隆四十年(1775，诗人27岁)冬天到达北京以来四年间的种种感慨。既然名曰“百感”，当然难以一一指陈，但大体说来，不外乎政治上的失落之感与生活上的困顿之情。四首诗首首都好，而第三首由于有尾联两个名句，更是为人传诵不绝。

从全诗的内容与结构来看，首联专说达官贵人，从次联起转说自身。首联上句正写，但并不直接描画达官贵人的外形，而只是通过写大道上响起隆隆的车声，渲染他们出行时不可一世的气派。句中的“五剧”，指道路纵横的热闹街市；“隐”，车轮滚动的声音。次句中的“北邙”，原是洛阳东北的山名，东汉城阳王刘祉始葬于此，其后王侯公卿多以此为墓地。这里只是借指京郊的墓地。次句用反接法，以空间转移展示时间流逝将带来的变化，暗示在两个看似毫不相干的画面之间存在着的必然联系。仿佛在说，别看这些权贵们今日出行时前呼后拥，气势若虹，到头来，还是在劫难逃,难免零落同丘壤,化为城外的累累荒冢。诗人揭示的是客观规律,也是他在参透人生之后对权势流露出的轻蔑。颔联以写景之笔自诉高洁的情怀,即是顺着这一思想感情的线索引出。

夕阳下的秋色是美丽动人的。诗人既不具备条件也不屑于在闹市上追逐繁华,便独自一人登楼欣赏夕阳映照下枫叶染红了的西山景色。诗人在《都门秋思》的第一首中说:"新声北里回车远,爽气西山拄笏通。闷倚宫墙拈短笛,闲经坊曲避豪骢。"也写自己落落寡合的情状与清高自守的志趣,可与"夕阳"一联并读。此联的写法颇有特色:原是"客"(诗人)赏"夕阳",却说"夕阳劝客";本是秋满山间,却说"山色将秋"。句中的主与宾对调了位置,并采用了拟人化的动词"劝"与"将",从而使这一联的表达极富于情韵,在景物描写之中处处流泛着诗人赏爱的深情。

从前两联中不难看出诗人与权贵在情致上的对立,但就诗人自身而言,登楼赏景这种闲适的雅兴是暂时的,日夕困扰着他的则是难以排遣的忧愁与穷困,这就是后面两联所要写的内容,也是全诗的重点所在。

颈联上句说"寒",下句说"愁",分别用了典故。杜甫《佳人》诗说:"天寒翠袖薄,日暮倚修竹。"《古诗十九首》说:"白杨多悲风,萧萧愁杀人。"诗人在借典抒情时,采用了"加倍"的写法。"寒甚",本已不堪,"更无修竹倚",就更其不堪了;"愁多",本已难以为情,"思买白杨栽",更添献愁供恨之物,其愁之多几乎要将诗人淹没了。

这首诗留给人最强烈印象的是由上一联"寒甚"二字引出的

最后两句："全家都在风声里，九月衣裳未剪裁。""更无修竹倚"虽是用"加倍"法写"寒甚"，但毕竟是采用典故，似同隔着一层轻雾薄纱，所说"寒甚"并不显得十分真切而豁人耳目。而具体诉说寒甚的这末一联，采用的是白描手法，情极深而语极浅，活脱脱显现出令人触目惊心的寒甚的具体场面。我们似见诗人的住处低矮颓败，家徒四壁，冷风呜呜从门缝、窗缝、墙缝各处吹入，一家八口蜷缩在一起，寒衣无着——这是怎样惨然的景象啊！诗人一生为贫病所苦。他是孝子，念念不忘奉养老母。乾隆四十二年筹措费用，老母妻儿得以从南方搬来北京同住。虽聚了天伦之乐，却增加了生活的困难。他在《移家来京师》组诗中说："贫是吾家物，其如客里何？""排遣中年易，支持八口难。"他已感到难以挑起这一副生活的重担。"乌金愁晚炊，白粲困朝糜。"已到了难以为炊、揭不开锅的地步。本来，"无衣无褐，何以卒岁"（《诗经·豳风·七月》）是一个古已有之、写烂了的主题，但由于本诗的作者对于饥寒交迫的生活有着丰富的切身体验，尤其是老母幼子得不到他的有力维护，时至九月仍然寒衣无着，只能瑟缩于冷风之中，更令他揪心不已，故仍能以自己独特的生活体验展现出这样一个令人震慑的富有典型意义的啼饥号寒的场面。在意象的组合上，这一联以现实意象"全家""风声"引出虚拟意象"未剪裁"的"衣裳"，以实有与虚无的互相映衬与彼此强调，使凄苦的诗情溢满字里行间。"风"是黄景仁诗中最为常见的一类意象，如"风前羸骨战冰霜"（《微病简诸友人》），"惨惨柴门风雪夜"（《别老母》），"风蓬飘尽悲歌气"（《杂感》），"全家如一叶，飘堕朔风前"（《移家来京师》），以及"全家都在风声里"，等等。原因就在于寒冷的风威胁着诗人贫困的生活,牵动着诗人凄苦的感情。瞿秋白在《赠羊牧之》诗中说:“吾乡黄仲则,风雪一家寒。”可见“全家都在风声里”这句诗以及“风”的意象,对于造就黄仲则的诗人形象,具有何等重大的意义与深远的影响了。

黄景仁在《自叙》中说自己写诗“好作幽苦语”,又在七律《杂感》诗末自注:“或戒以吟苦非福,谢之而已。”可见他在诗作中自述苦况,自叹凄苦,乃是有意为之;他不听劝,不改易,更可见其志意之坚定。那么,如何看待他的《都门秋思》一类的“吟苦”之作呢?诗人虽生当乾隆盛世,却并不一味歌功颂德。他通过抒写一己的悲惨遭遇,揭示的是在盛世表象掩盖下的部分历史真实。他的真歌哭告诉人们,即使是在太平盛世,封建社会也还是无法摆脱其自身所固有的种种弊端和矛盾。即如有才能如黄景仁这样的文人,也难免啼饥号寒以至潦倒终身的悲惨命运,更无论挣扎在死亡线上的更加穷苦的平民百姓了。清人杨掌生在《京尘杂录·梦华琐记》中记载黄景仁在去世前一年的情况:“黄仲则居京师,落落寡合,每有虞仲翔青蝇之感,权贵人莫能招致之。日唯从伶人乞食,时或竟于红氍毹上现种种身说法,粉墨淋漓,登场歌哭,谑浪笑傲,旁若无人。”这一记载,不仅有助于我们理解在现实中独往独来、不拘一格的诗人黄仲则的生活和思想,而且还有助于我们触类旁通地理解在诗歌创作中坚持“吟苦”、“好作幽苦语”的诗人黄仲则的良苦用心。我们在上面赏析的《都门秋思》第三首,尤其是“全家都在风声里”一联,不正是诗人在诗歌创作中“登场歌哭”以现身说法的一次实践么?

(陈志明)

黄景仁

杂感

仙佛茫茫两未成，　只知独夜不平鸣。
风蓬飘尽悲歌气，　泥絮沾来薄幸名。
十有九人堪白眼，　百无一用是书生。
莫因诗卷愁成谶，　春鸟秋虫自作声。

近四十年来，文学史家们论及清代诗人黄仲则，都认为他的诗内容窄狭，只是透露了一点“士大夫的苦闷”，写写个人的穷愁而已。因此，黄仲则的诗长期来一直受到冷落。这样的评价是否公正呢？

诚如史书记载，黄仲则的一生确是极其凄苦的，四岁丧父，在成年前，祖父、祖母、兄长相继去世，家徒四壁。然而这位穷苦孩子却是个天才，九岁时就能做出“江头一夜雨，楼上五更寒”的诗句。十六岁，在三千人中取得童子诗第一名。可是就以他这样的才华，又当乾隆盛世，终其身还只是个秀才。他十九岁那年，初次参加江宁乡试，名落孙山，于是愤激地写下了上面这首《杂感》。这是他刚踏上人生征途时写下的孤愤诗，却是奠定了他一生诗作的基调，是他后来一系列孤愤诗的前奏。

诗一开始说：自己在这个苦难的人世，想去成仙成佛，以摆脱尘世烦恼，都没有成功，只好在漫漫长夜，独自发出愤愤不平的悲鸣。诗中“不平鸣”三字很值得注意。我们知道，所谓“乾隆盛世”，文字狱很可怕，一般士人噤若寒蝉，而黄仲则身上却有一种抗争的“野性”。这种抗争，当然是从个人仕途遭遇引起的，他“六赴乡试，概报罢。”只好长期游幕，依人为生，心中自有一股对社会的不平之气。他慨叹：“长铗依人游未已，短衣射虎气难平”，后来越来越激愤，他要像祢衡、嵇康那样骂人了。他在《钱百泉杂感》中这样写道：“臣本高阳旧酒徒，未曾酣醉起乌乌。弥生漫骂奚生傲，此辈于今未可无！”他甚至在看《林冲夜奔》这出戏时，也因愤懑不平，起而作《金缕曲》曰：“不到伤心无泪洒，洒平皋那肯因妻子？惹我发，冲冠起！”这种对社会的“不平”已到了忍无可忍的地步了。

当然，长期游幕的生活，使诗人唱出了更多的凄悲的调子，如《杂感》颔联所写：“风蓬飘尽悲歌气，泥絮沾来薄幸名。”这两句诗概括了诗人一生飘零痛苦的身世和他那与世落落寡合的个性。对于黄仲则，现实是严峻的，时代是冷酷的，命运是不公正的。诗人像风中蓬草，到处飘零，慷慨悲歌之气消磨殆尽。他有一种深深的寂寞感和伤感情绪：“病马依人同失路，寒蝉似我只吞声。”“怕听歌板听禅板，厌看春灯看佛灯。”诗人的生命简直是忧愁之网织成的。然而，即使如此，他在这“侏儒太饱臣饿死”的世道里，依然一副铮铮傲骨。据说他居朱竹君幕时，与同事议论偶不合，买舟竟行，翌日追之，已不及矣。其标格清峻如此。“泥絮沾来薄幸名”，正是他感到自己不可一世的诗名，只不过如同坠落在泥淖里的柳絮，难以飞举，而自己与世的落落寡合，被一些权贵们认为高傲的不识抬举和不近人情的“薄幸”之人！

实际上他之所以如此，正是因为胸有不平之气，他打心底里就厌恶当时整个腐败的官场和儒林。所以《杂感》颈联这样写道："十有九人堪白眼,百无一用是书生。"他清醒地认识到:他面对的"乾隆盛世",实际上是一个是非不分、人情险恶、倒行逆施的世道。"穷途日暮皆倒行","悲来举目皆行尸"。他曾在"何事不可为"的诗中,揭露了那批不惜认人作父,攀龙附凤的官迷。他还写了一首《圈虎行》,表面上写杂技,实际上也是讽刺嘲弄那些朝中文武大臣——他们得了"骨头",丢了"骨气",貌似"老虎",实系"斑奴"。当今显官,名儒十之有九都是这类货色,诗人对他们自然要投之以"白眼"了!

而作为一个有操持的才志之士,在如此结党营私,尔虞我诈以追逐权势和财富的风气面前,只能"雨云翻覆随流辈,裘马轻肥让市儿"了。诗人"奋飞常恨身无翼",慨叹这个世界不是属于我们这类书生的,"识字多真累,为儒例合轻",在世人眼里,书生只是"百无一用"的大傻瓜!显然,"百无一用是书生"这句是反语,是牢骚,是愤世嫉俗的"不平鸣"!

真的"百无一用"吗?否,我有笔如刀,黄仲则说:"此身卑贱无一能,矫吭但欲为新声。"他要用自己的"新声"去抗争:"避人偷作文弹鼠,厌俗频将剑逐蝇,莫话单寒向行路,季裘虽敝尚能胜。"《杂感》尾联更向世人公开宣称:"莫因诗卷愁成谶,春鸟秋虫自作声。"此句下有"自注"云:"或戒以吟苦非福,谢之而已。"古人有"诗谶"之说,如果写诗作不吉利之语,往往在作者身上得到应验。因此有人劝他不要多作"幽苦语"。黄仲则表示不相信这种迷信,他的诗要像春天的鸟鸣,秋天的虫吟那样,发出的都是天籁之音。"莫因诗卷愁成谶"的"谶"字,实际上是"文字狱"的一种巧妙暗示。人们劝他谨防文字贾祸,而黄仲则表示不作迎合“盛世”的莺歌燕语,他,“只知独夜不平鸣”!

包世臣在《齐民四术》中说黄仲则“生性豪宕”,“慨然有用世之志,而见时流龌龊、猥琐,辄使酒恣声色,讥笑讪侮,一发于诗。”包世臣是很有见解的。时人及后来一些评论家往往只注意到黄诗“好作幽苦语”,而视为唐代孟郊之类的“寒虫”,他们实际上是忽视了黄诗“豪宕”和“讥笑讪侮”的一面。还是诗人张维屏看到了这一点,他说:“黄生抑塞多苦语,要是饥凤非寒虫。”正由于他是诗人中的“饥凤”,才能“声称噪一时,乾隆六十年间,说诗者推为第一”。这位“饥凤”“自作声”的精神在当时是极其难能可贵的。郁达夫在《关于黄仲则》一文中说:“他(黄仲则)的诗格,在社会繁荣的乾隆一代之中,实在是特殊得很的,我们但须看看他的许多同时代人的集子,就能明白。他们的才能非不大,学非不博,然而和平敦厚,个个总免不了十足的头巾气味。要想在乾嘉两代的诗人之中,求一些语语沉痛,字字辛酸的真正具有诗人气质的诗,自然非黄仲则莫属了。”这话说得极其深刻中肯,遗憾的是近若干年来,我们的文学史家们竟没有注意到这一点。

(高 原)

绮　怀

几回花下坐吹箫，　银汉红墙入望遥。
似此星辰非昨夜，　为谁风露立中宵。
缠绵思尽抽残茧，　宛转心伤剥后蕉。
三五年时三五月，　可怜杯酒不曾消。

黄仲则少年时和他的表妹有一段恋情，不知何种原因有情人未成眷属。她远嫁多年之后，有一次，在她生子的“汤饼”宴会上，偶然相见，她还流露出未忘的旧情，引起作者的追忆和感慨，作“绮怀”十六首。

此时诗人二十六岁（乾隆四十年），客居安徽寿州，以教书为业。那堪孤馆寂聊，感慨人生，追忆那已经失去的青春的绮丽的梦。诗的开篇说：想当年，我多少次坐在花下吹箫，以箫声向她倾诉自己的爱情。汉代风流才子司马相如不就曾“琴挑”卓文君么，还有那萧史与弄玉，不就是凭一枝箫管缔结良缘，那是多么富于浪漫的色彩啊！

然而现实生活留给我的只是一片怅惘和终生的遗憾：“银汉红墙入望遥”，我忍受着多少相思的痛苦煎熬，痴痴地凝望着那人儿居住的“红墙”，虽然近在咫尺，却好像在那远不可及的九霄银汉。可怜我们始终未能逾越这高高的“红墙”啊！

已经过去的就让它过去吧，何曾想到多少年后这青春的恋情又搅得我不能平静。诗人夜不能寐,走出户外,在星月下徘徊。他一边沉吟着李商隐的诗句:“昨夜星辰昨夜风,画楼西畔桂堂东。”一边想着,自己当年不是也曾和她幽会于“画楼西畔桂堂东”吗?那个难忘之夜的星辰,不也是像今夜的星辰这样的明亮、可爱么?诗人又忽然从迷离恍惚的梦境中醒来,喟然发出一声长叹:“似此星辰非昨夜,为谁风露立中宵!”虽然当年那个夜晚星辰和今夜的星空一样,但毕竟不是当年那温馨旖旎的夜晚了。“星辰”不变,人事全非!记得当年那个夜晚和伊人幽会时,两人忘记了时间的流逝,而今夜……我孤身只影,呆呆鹄“立”于风露之中,又是为谁呢?又还有什么意义?诗人自知无用,却又痴心自苦,真是千古伤心人也!颔联这两句诗,写情最为深刻,活现出诗人一片痴情神态,遂成为脍炙人口的名句。郭麐《灵芬馆诗话》说,作者友人杨荔裳(揆)在黄诗中最爱诵此联,洪亮吉《北江诗话》也称此联为“隽语”。

也许连诗人自己也感到惊奇,这段青春恋情竟然使自己如此刻骨铭心。李商隐吟出千古名句:“春蚕到死丝方尽”;而我黄仲则呢?则是“缠绵思尽抽残茧”,我的缠绵的情思尽管也像春蚕那样吐尽了,一切可以休矣!然而,不,这情思(丝)又作成了茧,把我牢牢缚住,我是“此生无分了相思”了!李商隐又曾形容愁情说:“芭蕉不展丁香结”,而我黄仲则这颗心啊,则是“宛转心伤剥后蕉”,我的心完全破碎了,就像那芭蕉被剥光了一层层叶子,快要枯萎了!颈联这两句诗化用李商隐诗句,而在意思上更翻进一层。感情惨恻,沉着,比喻真切。

诗人中宵徘徊于风露中,时间已经很晚很晚了。看看天上的星辰依然皎洁。哦,原来这是十五(阴历)的月夜啊！记得我和她那次密约幽期,不也正是自己十五岁时(三五年时)一个阴历十五的月夜吗？记得那时刻,她斟给我一杯美酒,酒是那样的醇美甜蜜,我完全陶醉了,直到今夜,似乎我还被它陶醉着。这杯人生的美酒啊,可怜我此生永远不能消受了！

“心如莲子常含苦,愁似春蚕未断丝”(黄仲则《秋夕》诗句),可说是黄仲则爱情诗一个共同的基调。上面这首“绮怀”也是同样的韵味。感情缠绵悱恻,动人心弦。诗人在爱情的失望中苦苦挣扎,无法挣脱强烈的思恋之情,字里行间蕴含着无限的痛苦与感伤,其一往情深颇似李商隐的无题诗。显然,黄仲则的爱情诗是师法李商隐的。但又不同于李诗的秾艳晦涩,他能做到语言清新明晰而又感情强烈,虽没有李诗那种朦胧神秘的色彩,却自有一种深切真挚的美感。张维屏说他“不必求奇而自奇,故非牛鬼蛇神之奇;未尝立异而自异,故非佶屈聱牙之异。众人同有之意,入之此手而独超;众人同有之情,出之此笔而独隽”(《国朝诗人徵略》)。这大概就是黄仲则诗特有的艺术特色吧！　(**铁　明**)

宋　湘

鹦鹉洲

两日停桡鹦鹉洲，　接天波浪打江楼。
灵风尚带三挝鼓①，　芳草难消一赋愁②。
从古异才无达命，　惜君多难不低头。
秋坟莫厌村醪薄③，　何处曹黄土一丘。

〔注〕 ① 三挝(zhuā)鼓：三挝，即参挝，一种击鼓方法。祢衡善击鼓，曹操曾召之为鼓史，大会宾客，欲辱衡，祢衡为《渔阳》参挝，声节悲壮。 ② 一赋愁：赋即《鹦鹉赋》，赋中的鹦鹉是个才高受羁，坎壈多故的不幸形象。 ③ 村醪(láo)：土制薄酒。

这是一首吊唁祢衡、兼抒已怀的诗。在群雄四起，俊彦辈出的东汉末年，祢衡犹如一颗耀眼的彗星，匆匆而过却尾光长曳。他少有才辩，恃才傲物，因屡次得罪曹操而为操所忌，操因其才名而不欲杀之，将他送与荆州牧刘表。不久，他又因侮慢刘表而被转送给性急的江夏太守黄祖，后终被杀害。死时年仅二十六岁。鹦鹉洲在武汉市西南长江中，相传汉末黄祖的长子射在这里大会宾客，当时有人进献鹦鹉，祢衡即席作《鹦鹉赋》，故名。宋湘泊舟洲边，见洲思人，对祢衡的不幸遭遇寄予了无限同情。

开头一句点明地点行为。因为鹦鹉洲这个地点是引发出本诗一切感想的前提，所以首句即作了交待。次句是眼前景象，它既不露痕迹地补述了“停桡”的一个原因——波翻浪腾，船不能行，又渲染了气氛，描述了一种与下文情调相一致的景象。汹涌的波浪即使不一定使人想起伍子胥与潮水的传说，至少也是不平的象征。

三四句是本诗中最耐寻味的句子。它首先是诗人的一种“清醒的幻觉”，它们既是物象，又是心象。诗人清醒地知道祢衡是个不幸的“异才”，这种知引起了诗人的“幻觉”，仿佛眼前那掀起接天波浪的风中还带着祢衡充满郁愤的悲壮鼓声，那鹦鹉洲上的萋萋芳草正是《鹦鹉赋》中难消之愁的化身。这种“幻觉”源自主体（诗人）对客体（祢衡）的了解、同情和对客体（风、草）的感悟。是真实的谎言——从情感上来说是真的，实际上当然是假的。同时，“尚带”“难消”都是十分肯定的语气，肯定语气造成了描写上的客观性倾向，似乎事实就是这样。然而任何读者都懂得这是主观语言。主客观在此的微妙统一使诗句兼有承载诗人和客体（祢衡、有感知的自然物风、草）三重情感的作用，其中有祢衡固有的悲愤，风、草对祢衡的理解，诗人对祢衡的理解。这种情上真、理上假的景象描述是传统天人感应思维方式的诗化显现，但即使我们抽去其天人感应的内容，把它当作纯粹的诗性夸张，我们也完全可以接受，唯其如此，才是诗。

五六两句直接表达对祢衡的追怀、同情、景仰。前一句是议论，由祢衡推广到一切异才，使祢衡的不幸不再是个个例，而是那个社会里所有异才的必然结局。这一推广大大增强了诗的思想性，诗歌因此而在对曹操、刘表、黄祖等人的不满之外，增加了对黑暗社会和丑恶人性的批判。“从古”一词所具有的囊括性使诗人对自己处境的不满也隐含其间。下句抒情，句中交织着诗人对祢衡的同情与惋惜。“惜”既有爱的意思，他景仰祢衡的刚傲性格，也为他在动乱黑暗的多事之秋、在充满坎坷的人生路上没有稍作韬晦以致英年被害、异才与生命一起被毁而深为惋惜。

最后两句写诗人对祢衡的吊祭，并在对比中显示了自己的褒贬。“秋坟”使人想起李贺诗“秋坟鬼唱鲍家诗，恨血千年土中碧”。李鲍诗都充满行路难的不平，他们的一生也都怀才不遇，恨血入土，千年不灭。“村醪薄”言诗人心爱而力不足，无好酒祭扫这位自己崇敬的人，言下也有感叹自己牢落低微之意。末句说虽然我的酒是薄的，但你若九泉有知，应该宽慰，因为后人理解你，你还活在后人心中，而不容你，加害你的曹黄之辈却已随人事代改一起消逝，灰飞烟灭了。

本诗择景紧扣鹦鹉洲的历史、地理特征，又很有传情效果。有关祢衡之事亦极有代表性。诗的基调是前半悲壮后半苍凉，由起伏激宕走向平缓深沉，十分确切地传达了诗人因地怀人、推人及众、推人及己、因人思史的心理流动过程，使读者由情感的涌动共鸣转向理性的回味，结尾的反问句式以形式给回味作了启引。

（沈金浩）

孙原湘

西陵峡

一滩声过一滩催，　　一日舟行几百回。
郢树碧从帆底尽，　　楚云青向橹前来①。
奔雷峡断风常怒，　　障日风多雾不开。
险绝正当奇绝处，　　壮游毋使客心哀。

〔注〕 ① 郢树：郢地的树木。郢，古地名，今湖北江陵一带。楚云：楚地的云。西陵峡在湖北境内，古代属楚国。

西陵峡在今湖北省境内，西起巴东县官渡口，东至宜昌市南津关，是著名的长江三峡之一。《水经注》引《宜都记》说："自黄牛滩东入西陵界，至峡口，百许里山水纡曲；而两岸高山重障，非日中夜半，不见日月。绝壁或千许丈，其石彩色形容，多所象类。林木高茂，略尽冬春。猿鸣至清，山谷传响，泠泠不绝。所谓三峡，此其一也。"西陵峡自然风光的奇特，在这段描写中可见一斑。

诗人是乘船经过西陵峡的，诗的前面四句主要从舟行的角度来写出自已的所感所受。长江三峡内多暗礁浅滩，给舟行造成很大困难。"一滩声过一滩催，一日舟行几百回。"诗人从江水冲击浅滩激起的巨大声音中，感觉到船只正在绕过一个又一个浅滩，迂回曲折地前进。"几百回"说明迂回之多，浅滩之多。这同李白描写三峡的名句"千里江陵一日还"相比，情景正好完全相反。除了溯江而上不同于顺流而下外，两者的感情色彩也迥然相异。“千里江陵一日还”流露的心情轻松而又愉快，而这两句诗则通过紧相催逼的阵阵滩声，表现了旅途的艰险曲折，感情基调略显沉重而紧张。

三、四两句是全诗中最脍炙人口的一联。它写船只离开湖北平原进入三峡，由于是从直觉感受出发，所以不说船只如何离开“郢树”，进入“楚云”，而是反过来说“郢树”从帆底下消失了，“楚云”正在扑向橹前，似乎只有两岸的树和空中的云在流动，船只反而是静止的。这种写法古人也曾用过，如梁元帝的“不疑行舫往，惟看远树来”，杜甫的“稍知花改岸，始验鸟随舟”。但是这里的两句诗却不是对前人作品的简单模仿，它在遣字造句和熔铸形象方面有自己的鲜明特色。用“碧”和“青”两个字来概括“郢树”“楚云”的形象特征，色泽鲜明而又传神；以“帆底尽”“橹前来”体现树、云的动态，具体而又生动，使人有身历其境之感。

诗的后面四句才进入对西陵峡风光的具体描绘，用的仍是抒写主观感受的方法。峡断风怒，江水咆哮，犹如奔雷；山高岭峻，云遮雾障，不见天日：既是目所见，也是耳所闻，其间又包含着诗人被壮美的山川风光所激发出来的惊奇与赞叹。“奔雷峡断风常怒，障日风多雾不开”二句所描写的景象虽然其险无比，足以令人恐惧不安，但诗人偏能“险绝正当奇绝处”，在奇绝壮观的大自然中获取审美的愉悦和感情的陶冶。正由于诗人的感情得到了陶冶，所以他把此游称之为“壮游”。“壮游毋使客心哀”，一般征人旅客的去国离乡之思，羁旅行役之苦，都只会使壮游减色，真正的壮游应该克服这类哀愁之感。

这是一首写景诗，同时又是一首抒情诗，它借景生情，以豪壮之情写阔大之景，在情景交融方面，称得上是一首别开生面的上乘之作。

（范民声）

芦 沟

芦沟南望尽尘埃，　木脱霜寒大漠开。
天海诗情驴背得，　关山秋色雨中来。
茫茫阅世无成局，　碌碌因人是废才。
往日英雄呼不起，　放歌空吊古金台。

本诗写于乾隆四十九年作者初入北京之时。芦沟即桑干河，为永定河上游，在河北省西北部，流经北京市到天津附近入海河。芦沟附近有著名的幽州黄金台。诗人秋游芦沟，又一次被黄金台这个承载着君臣相遇美好故事的古迹惹起无穷感慨。

诗前半首写出游芦沟所见，描写了秋天幽蓟原野浩茫荒凉的景象，境界开阔，富有气势和力度，给人以肃杀、悲壮之感。张问陶既工诗也善画，本诗的二四两句中即可看到他诗画并擅的特长，两句诗既呈现了凝重雄阔的画面，又写出了秋来幽蓟的动势过程。霜寒导致木脱，木脱更显霜寒，大漠因木脱霜寒而一望无尽。“关山秋色雨中来”写出了秋色到来的媒介、来速、来势，强化了秋色到来这一渐变现象的可感性。这一广袤、悲凉、壮阔景象的描绘为下文的抒情作了有效的渲染铺垫。

“心事浩茫连广宇”，浩茫的环境也容易激发浩茫的心事，使诗人产生强烈的忧生或忧世之情。唐郑綮说：“吾诗思在灞桥风雪中驴背上”，此时，张问陶面对眼前景象，也不禁心潮起伏。秋天的到来易诱发人荣华易逝、时不我待、离乡思归等种种情感活动，这些情感活动使一个欲有作为的人更添事业上的紧迫感。本诗的下半首即可看到诗人的这种情感流向。面对茫茫的自然环境，他想到了自己在人生社会环境中的茫然无依和理想的渺茫，有拔剑四顾心茫然那样的感觉。他现在二十一岁，虽然年龄不算大，但他的心情已经很急迫了。“人间少壮无多日，莫待秋霜染鬓丝”，“举世不逢孙伯乐，一生惟哭贾长沙”（《春日感怀》），“伏枥长鸣万马惊，唾壶击缺气难平”（《重有感》），这些诗都和这首《芦沟》作于同一年。这里的“无成局”表示了他对前程的迷茫（张问陶喜欢把人生比作棋局，如《感事》诗“惊心万事无长局”，《悼亡》诗“半局残棋已廿春”）。诗人当时尚无功名，在北京与赞善公周东屏的长女结婚后无所事事，他又“不欲因人著姓名”（《重有感》）而现实恰恰又要把他逼到碌碌因人的境地上去。所以，这里的“是废才”既是自警，也是自责。颈联两句主要是对社会和个人现状的总体上的理性思考，诗的结尾，又回到与芦沟这个地点有关的空间中来。他想到了曾发生在这里的历史故事，当年的燕昭王为了招贤纳士曾筑台置金，如今，正如唐代陈子昂在这里感慨的，古人不见，天地悠悠。过去的君臣相遇是那样令人欣羡，今天，美好的往事已成陈迹，历史长河奔流不息，郭隗、乐毅这些往日英雄随斯而去，后之视今，犹今之视昔，我亦必然要到“呼不起”的时候，如果不是英雄，那就连呼你的人都没有。诗的最后两句，既有君臣知遇不可再得的感慨，也有圣贤寂寞、人生短暂的忧叹，呼不起的既是英雄，也是往日。这种社会感和宇宙感的交织使他产生强烈的焦虑和孤独，放歌空吊正是他焦虑和孤独的外化表现。

本诗也是一首因地生情，情景交融之作，所写景物具有明显的时地特征，雄浑悲壮的景色和深沉的历史，身世感取得了和谐的统一，是金台吊古这一传统题材上的又一成功之作。

（沈金浩）

张维屏

三元里

三元里前声若雷，千众万众同时来。因义生愤愤生勇，乡民合力强徒摧。家室田庐须保卫，不待鼓声群作气。妇女齐心亦健儿，犁锄在手皆兵器。乡分远近旗斑斓，什队百队沿溪山。众夷相视忽变色：黑旗死仗难生还。夷兵所恃惟枪炮，人心合处天心到。晴空骤雨忽倾盆，凶夷无所施其暴。岂特火器无所施？夷足不惯行滑泥：下者田塍苦踯躅，高者岗阜愁颠挤。中有夷酋貌尤丑，象皮作甲裹身厚。一戈已揕长狄喉，十日犹悬郅支首。纷然欲遁无双翅，歼厥渠魁真易事。不解何由巨网开，枯鱼竟得攸然逝？魏绛和戎且解忧，风人慷慨赋同仇。如何全盛金瓯日，却类金缯岁币谋。

作为描写三元里人民抗英斗争的史诗，诗人以漫山遍野的“杀”声震起人心，统领全篇，使诗歌笼罩在一种历史剧般慷慨悲壮的气氛之中。

1841年五月，英国侵略军用大炮轰开广州的门户，占领了泥城和四方炮台，奕山请降。统治者的软弱无能激起了人民的爱国义愤。当英军骚扰掳掠，经过三元里时，三元里附近一百零三乡农民高举“平英团”大旗，自动组织起来与英军激战。人们将敌人诱至牛栏冈一带,埋伏的乡民一齐杀出,漫山遍野,重重叠叠,像围住闯入私宅的野牛一样,高举锄犁,痛打侵略者,拉开了近代中国团结御侮和反侵略斗争的序幕。

三元里前何来雷声?不是雷声是呼声,不是呼声是歌声,是众神震怒,声贯天宇。因“义”生“愤”,因“愤”生“勇”的乡民齐心合力,无坚不摧。围绕三元里斗争正义性和群众性这一主题,诗人始终扣住“千众万众”,并把他们放在全诗的中心来写。随着诗笔翻腾,事件展开,细节更为具体,情势日益迫切,让诗暂且来个停格,好让我们看清某些精彩的局部:

前进队伍中竟然有妇女——妇女齐心亦健儿;

乡民有什么新式武器——犁锄在手皆兵器。

一百零三乡列阵远近,四面八方,长龙般的队伍正沿溪山鼓噪而进。在乡民的气势面前,“凶夷”是一张张惊慌失措,面面相觑的脸。这里,诗人以“忽变色”三字,既写凶夷恐慌惧怕的心理,又巧妙地从敌方眼睛里反映出乡民的阵势和声威。

一场遭遇战打响了。一方,是嗜血成性,手持洋枪洋炮的侵略军;一方,是高举耕耘犁锄的一百零三乡男女老少。力量对比,不可同日而语,落后的农业生产工具毕竟不是现代火药的对手,在这些远射程的杀伤火器面前,奕山率领的幽燕之师尚且望风披靡,何况是自发组织的乡民?但战争的胜负,不只决定于武器,还决定于天时、地利、人和诸因素,决定于战争的正义性和非正义性。诗人突出地描写了这一点,让人们信服地看到:为保卫家室田庐的乡民一方,占尽天时、地利、人和的优势而必胜。

三元里前,黑云压阵,鼓角相闻。正当乡民与英军激战之时,忽然天地轰鸣，狂风四起，暴雨倾盆如注。是自然的巧合？是张天师唤雨师风伯前来助阵？诗人的回答是——人心合处天心到。于是，凶夷的枪炮哑了火。三十六计莫如走。要走？谈何容易，牛栏冈的烂泥，硬是咬住侵略者的牛皮鞋不放，不是重得难以拔脚，就是滑得前仰后翻。于是乎，丢了枪，弃了炮，田塍边的，在地上抓泥爬；高冈上的，挤成一堆直发抖。束手待毙，是唯一的出路。即便是"夷酋"，即便"象皮作甲裹身厚"，同样无济于事——"一戈已揕长狄喉"。

正当侵略军"纷然欲遁无双翅，歼厥渠魁真易事"，人心大快，军心大振之际，意外的事发生了，英军统帅义律向奕山求救，奕山命广州知府余保纯用威吓、欺骗的手段驱散义军，使处于重围中的英军得以逃遁。"不解何由巨网开，枯鱼竟得攸然逝"，诗人明知故问，语意冷峻，看似平淡，实胜于裂眦之怒。以下"魏绛和戎""全盛金瓯"均为讽刺语，与"不解"句紧密关联。春秋晋大夫魏绛和戎，收家邦之利，乃为上策，而自称金瓯全盛的清政府"和戎"，却要向外敌缴纳金缯岁币。诗人以"风人"自居，在这民族危难的关头，慷慨而赋，"修我戈矛，与子同仇"。

艺术上，此诗首尾贯注，一气呵成，是叙事诗，更像一篇"诗报告"，即用诗歌形式写成的战地新闻。诗人仿佛是一个特派记者，目睹了这次战斗的全过程，报导了斗争的经过，塑造了人民群众的英雄群像。语言质朴平易，明白中见简括，晓畅中见劲健。炽热的感情以淡语道出。四句一换韵，平仄相通，铿锵有力。在反映三元里斗争的本质特征——人民群众反侵略斗争这点上，成了梁信芳《牛栏冈》、朱琦《感事》、魏源《寰海十章》等同类题材中的执牛耳之作。

（曹　旭）

赴戍登程口占示家人

力微任重久神疲，　再竭衰庸定不支。
苟利国家生死以，　岂因祸福避趋之？
谪居正是君恩厚，　养拙刚于戍卒宜[①]。
戏与山妻谈故事[②]，　试吟断送老头皮[③]。

〔注〕 ① 养拙：犹言藏拙，有守本分、不露自己的意思。刚于：正好以。 ② 山妻：对自己妻子的谦词。故事：旧事，典故。这里指杨朴的故事。 ③ 老头皮，就是老头儿。

1840 年发生鸦片战争，英国用兵舰大炮轰开了古老中国的大门，清朝道光皇帝吓破了胆，匆忙割地赔款，签订不平等条约，并将坚决禁烟、抗击英军的林则徐贬戍新疆伊犁。道光二十二年(1842)八月，林则徐自西安启程赴伊犁，临行前作此诗留别家人。

这首七律诗前三联的写法，很像在告别时与家人话衷肠。开头两句说：我能力低微而久当重任，久已感到精力疲惫，要继续全力以赴地操劳政事，以我这样的衰朽之身，肯定是难以支持了。此时林则徐已是五十七岁的垂暮之年，平淡的话语中隐隐透出一场大风暴后他那种疲乏而低沉的心绪。然而，作为一个政治家，决不以个人的进退荣辱萦怀，于是，他话锋一转说：“苟利国家生死以，岂因祸福避趋之？”林则徐想到了春秋时著名宰相郑国大夫子产，因实行政治经济改革，遭到国人诽谤，子产说：“何害？苟利社稷,死生以之!”这才是一个政治家应有的品格啊！林则徐自励道：倘使有利于国家,我可以用生命作奉献,怎能因为是祸就避开,是福就争取呢?

第二联这两句诗含意很丰富。一、是指目前贬戍伊犁事。从同时写的另一首留别诗“休信儿童轻薄语,嗤他赵老送灯台”句,表明有人说他此次远戍,将如俚谚所云“赵老送灯台,一去更不来”,诗人在这里向家人表示,即使是祸,自己也在所不辞。二、表明自己过去所作所为,主要指禁烟和抗击英军,也都是从“利国家”“不避祸福”这一宗旨出发的。三、对未来,自己也将一如既往,不改爱国初衷。写此诗后数日,林则徐《致姚春木王冬寿书》说:“自念祸福死生,早已度外置之,唯逆焰已若燎原,身虽放逐,安能委诸不闻不见?”这段话正可作为这两句诗意最好的注脚。实际上这一联诗集中体现出林则徐的一生为人。据说作者生前最喜爱自己这两句诗,经常听到他嘴边吟诵有词,乃至身后被其子写入讣告之中。林昌彝《射鹰楼诗话》评曰:“盖文忠公矢志公忠,乃心王室,故二句诗常不去口。”

林则徐在启程远行时,向家人倾诉衷肠,无非是希望得到理解与谅解。接下来,他进一步设法解除家人对他此行的担忧。于是诗笔又一转,转而宽慰家人说:“谪居正是君恩厚,养拙刚于戍卒宜。”林则徐严厉禁烟和坚决抗敌,本是爱国壮举,未获朝廷封赏,反而得到充军伊犁的处分,自是天下不平事。为什么林则徐反而表示感谢皇帝对他处分的宽厚呢？封建政治是很可怕的,朝廷内派系斗争复杂,作为朝廷重臣,怎能像一般文人随便发牢骚呢？在这方面正表现出林则徐作为一个政治家的深沉。况且,中国士大夫在不得意时还会学陶渊明的榜样。陶渊明《归田园居》云:“开荒南野际,守拙归园田。”林则徐说的“养拙”,也相当于陶渊明的“守拙”。所以,他故作轻松地对家人说:我这个做官缺乏才干的人,此次至伊犁去,有时间“开荒南野际”了,对我来说,当一名戍卒不是更适宜么!

最后,诗人大概为了让悲悲切切的离别场面变得轻松一点吧,他想起了苏东坡为人的风趣旷达。诗人于此诗尾联作“自注”云:“宋真宗闻隐者杨朴能诗,召对,问:‘此来有人作诗送卿否?’对曰:‘臣妻有一首云:更休落魄耽杯酒,且莫猖狂爱吟诗。今日捉将官里去,这回断送老头皮。’上大笑,放还山。东坡赴诏狱,妻子送出门,皆哭,坡顾谓曰:‘子独不能如杨处士妻作一首诗送我乎?’妻子失笑,坡乃出。”林则徐想:此时自己也要效东坡故事才是,于是他“戏与山妻谈故事,试吟断送老头皮”了。为了安慰家人,冲淡巨大的悲痛,林则徐是用强作玩笑的戏语来同亲人告别的。

这首告别家人之作,国事家愁,几重感情交织,在儿女情长的脉脉温情中,透出一种雄健豪劲的英雄气。作为一个谪臣,语气平和,不作牢骚语,于旷达幽默之中,隐隐蕴含着压抑不下的忧患意识,颇见这位近代政治家的个性、心胸和风度。 (铁　明)

龚自珍

咏 史

金粉东南十五州，　　万重恩怨属名流[1]。
牢盆狎客操全算[2]，　　团扇才人踞上游[3]。
避席畏闻文字狱，　　著书都为稻粱谋。
田横五百人安在，　　难道归来尽列侯？

〔注〕 ①“万重”句指上层人物拉拢排斥之间的无限恩怨。 ② 牢盆：煮盐的器具。盐业古代属官营，故以代指达官贵人。狎客：依附权门的帮闲人等。 ③ 团扇才人：指东晋王导之孙王珉一类贵族子弟，身居要津，却只会手摇白团扇，论玄说理，清谈误国。

自西晋左思开诗中“咏史”一路后，咏史之作渐分两途：一是专写历史上某一具体的人或事，多以所咏对象为题；另一种专题“咏史”，内容多泛咏古人古事。咏史之作均着眼现实，但前者对史的依附性强，后者则自由度大。龚自珍这首诗属泛咏一类，却又自不同。同一般咏史诗从以古鉴今，以古喻今的角度与现实发生联系的方式，以及由这种方式导致的隐曲效果相比较，这首诗在“咏史”的题目下，从写法到命意，都是直面现实的。

身当衰象毕陈的封建末世，龚自珍蒿目时艰的深广忧愤，一发为融汇于诗文中的对现实正视、揭露、鞭挞的多重奏鸣，其中表现出强烈的社会批判精神。这首诗专注于官场士林的颓败，是他总体社会批判中的一个突出方面。

作者一开始就没有打算去纠缠历史。首联以纵横飘忽的笔力指出,向来繁华富庶,有"六朝金粉"之称的东南广大地区,统治阶层上流社会的形形色色,惯会勾心斗角,互相倾轧,织造了多少重无聊而又无谓的恩恩怨怨。特标"东南",乃在突出首要,当然是对整个士林的现实概括。进而仔细分去,又有几种区别。颔联的"牢盆狎客"指依附权门的帮闲幕客;"团扇才人"指像东晋重臣王导之孙王珉一类整天手摇白团扇,谈玄论佛的贵族子弟。前者谗媚钻营,以帮闲有术而总揽大权,播弄是非而操持政要;后者身居高位却百无一能,虚饰风雅以荒忽政事。如此士林丑类却分别"操全算""踞上游",那政治的腐恶便可一望即知了。一"操"一"踞"同时道出作者极端憎恶的情感评价。

"上游"的黑幕是如此,那么普遍的士林风气又如何呢?颈联的名句"避席畏闻文字狱,著书都为稻粱谋",凌厉剀切地描绘出了这个末世的士人们的畏葸猥琐。在文字狱的高压下,他们犹如惊弓之鸟,著书立说全不敢涉及现实,为了明哲保身,他们只会拼命钻入故纸堆中搞些无关宏旨的"学问",以此混些衣食之需以苟且偷安。这不是一二人而已,整个士林"都"是如此!避席,原意是离开座席起立,有郑重、谨慎之意,这里用来形容士人们一闻文字狱便慌张失态、如临大敌,甚为生动。"稻粱谋"语出杜甫《同诸公登慈恩寺塔》的结句"君看随阳雁,各有稻粱谋"。这里的"随阳雁",指趋炎附势之徒,相当于本诗中的"牢盆狎客"。诗人移来形容广大的士林,措辞虽同,命意却新。

前六句不同类型的展开,已寓鞭挞于揭露性的描述,命意极显豁。但他最感到痛心疾首的还不只是这些现象本身,而是弥漫于儒林中“士不知耻”的普遍精神萎弱。这种精神萎弱同时包括了社会责任感和个性气骨的双重丧失。那种种令人愤慨而又鄙夷的无聊无耻，使人怒其不争而感慨万端的猥琐、苟活，正是“天下之廉耻”被“震荡摧锄”(《古史钩沉论》一)的结果。所以尾联用“田横五百人”的故实呼出振聋发聩的反问。

《史记》载，刘邦统一天下后，欲使自立为齐王的田横兄弟归降，以“封侯”相许。但田横不甘臣伏，去洛阳途中慨然自刎。他手下留在岛上的五百多人听到这消息后也全部自杀。作者引用这样一个充满壮烈情调和高扬着铮铮气骨的故实，既同他笔下的现实对象构成反差强烈的鲜明对照，发问的语气也表示出淋漓尽致的刻骨嘲讽。同时，就在这种对照与嘲讽中，前面端严整饬的揭露性描述所蕴积着的遒劲风骨，陡然绽放为全诗醒豁的审美风貌。这种风骨遒劲的审美特征，多重组合着龚自珍“歌哭无端字字真”的独特个性气质，“九州生气恃风雷”那种刚健力量的呼唤，以及“不拘一格降人才”以扫荡士林颓风的期盼。

表现为直面现实之突出特征的龚自珍的《咏史》，首先在于明白无误地将现实描写作为主体对象，而不是像通常的作法，由“史”开端，逐渐隐曲地导向现实，显出命意；其次体现为“史”在诗中始终处于现实描写的附从地位，“团扇才人”同“田横五百人”并无任何联系，是一种诗思驱动的随手拈出，络结在现实的情感思考当中，所以并不作执着的更多开掘。因此，这种手法与其说是“咏史”，不如说更贴近于诗中的用事用典。但诗人还是以“咏史”作为诗题了，这一处理，并不如有人理解的那样，是为了躲避文字狱的“方便”，而是诗人在“博览群籍”养就的深沉历史感，在经世致用原则导引下无可遏止地同现实构成正向和反向的沟通。他对历史的思考是他现实思考的载体,而他的现实思考又总是延伸到历史之中。不独这首诗,他的诗文整体所显示出的那种“旷邈”之思,也都证明了这一点。于是在直面现实的“咏史”之下,那骨力遒劲的审美风范,便又融入了深旷博厚的历史意识,显示了诗思中现实同历史相交织的内在张力。也许正是对这一重意义的捕捉,作者才题为《咏史》的。 **(魏中林)**

己亥杂诗(其五)

浩荡离愁白日斜，　吟鞭东指即天涯。
落红不是无情物，　化作春泥更护花。

《红楼梦》中黛玉葬花词云:“侬今葬花人笑痴,他年葬侬知是谁?”林黛玉面对满地落花,不禁联想到自己的红颜薄命。无独有偶,一代才人龚自珍也是以落花自喻身世,在《己亥杂诗》(其五)中吟出了挚切深情的诗句。

龚自珍于道光十九年己亥(1839)离开京都辞官南归。正值暮春时节,万花纷谢,残红满地。这景象惹起诗人一股浓浓的离情,他情不自禁地在马上唱出了上面这首歌。“浩荡离愁白日斜”,诗人心中的离愁啊,多么深广,有如江海之浩浩荡荡,无尽无涯。龚自珍本是自请辞官,该像陶渊明赋《归去来辞》那样轻松愉快才是,为什么竟会有如此“浩荡离愁”呢?原来这位生当封建末世的“绝世奇才”(李兆洛语),颇想效王安石变法故事,规画天下大计。可是,“才高动触时忌”,长期冷署闲曹,浮沉下僚,守旧官僚把他视为异端人物,断绝其进身之阶,得不到参与朝政的机会。后来国事日非,英国利用鸦片入侵,朝廷分成主战与主和两派,龚自珍越位言事,竭力主战,因而“忤其长官,赋归来”(此语见汤鹏《海秋诗后集·赠朱丹木》诗自注)。近人张尔田也说:“定庵出都,因得罪穆彰阿。”“定庵为粤鸦片案主战,故为穆彰阿所恶”。

仕途蹭蹬,岁月蹉跎,现在又永远离开朝廷了,这在他人生征途上是多么重大的转折,心中自有一种说不出的失落感和孤独感。当然,这种情绪不是一般的离愁别恨,的确可称之为“浩荡离愁”了!“念去去,千里烟波,暮霭沉沉楚天阔。”“浩荡离愁”已使诗人不能自已,再加之西斜的“白日”又给苍茫大地笼上一层凄惶的色调,更加使人难堪了!

日已暮矣,不得不匆匆赶路了,于是诗人举起了马鞭,“吟鞭东指即天涯”。诗人的马鞭呀,向东一指,前面便是远离京城的海角天涯了!唐代刘禹锡有诗云:“莫道两京非远别,春明门外即天涯。”(《和令狐相公别牡丹》)春明门是长安的东门,刘禹锡说,一出春明门是天涯。显然,这不是指空间距离,而纯然是从心情上来说的。此时龚自珍的心理感受何尝不是如此?“吟鞭东指即天涯”,他意识到此次离京,意味着永久性地离开,此次一出北京城,实际上就等于永远告别朝廷,告别仕途,告别京城,产生了一种永远离开仕途的天涯漂泊之感。

从这首诗的头两句,我们不难想象当时诗人悄然出京的情景。作者曾自述此次离京时“不携眷属兼从,雇两车,以一车自载,一车载文集百卷出都。”再联系到这两句诗的描写可知诗人是只身骑着马走出北京城的,这时已“白日斜”了,他满怀着“浩荡离愁”,在那北方郊野的大道上,“吟鞭东指”,向那遥远的“天涯”走去……这不由人想到元人马致远《天净沙》所写的那种况味:“古道西风瘦马,夕阳西下,断肠人在天涯。”只不过龚自珍没有直接说出自己是“断肠人”罢了。

所不同的,马致远写的是“秋思”,而龚自珍抒的是春情——

暮春落花时节的离愁。这头两句诗中虽没有明写落英缤纷的景象,但那片片飞花随"吟鞭"扬起,飞过马头,沾上衣襟的情景却是可以想象到的。这满天飘零的落花能不触动诗人的情怀么?一阵薄暮的晚风吹来,诗人看着一片片飞花离开故枝纷纷坠落,在那一丛丛花树下堆砌起来,化作红粉香泥,大自然这么美丽的鲜花就这样默默地化为尘土了!诗人痴迷地看着这种景象心中猛然一惊:自己如今不也像一片飘零的落花吗?自己辞别京都,不也如同落花辞别枝头吗?然而,这位"怨去吹箫,狂来说剑"的一代杰出人物,毕竟不同于林黛玉那样的弱女子,他眼前忽然一亮,原来夕阳无限好啊,把那堆砌满地的落花染得一片火红。顿时诗人的心仿佛也被火红花光点燃了,他脱口吟道:"落红不是无情物,化作春泥更护花。"诗人俨然是落花的代言人,向春天大声宣誓道:我们这片落花啊,绝不是无情的废物。花落归根,最后化为春泥了,我们也还要去滋润未来的花,去孕育未来的五彩缤纷的春天!

龚自珍说的是落花,实际上是倾吐自己的心曲。他此次弃官出都,虽然表现出自己在仕途上的挫折,然而,他绝不会自此一蹶不振;相反,他要投身更广阔的天地,进行新的奋斗,为改革和振兴生我养我的中华大地奉献自己的毕生精力乃至生命。由于他对朝廷权贵的绝望,龚自珍早有离开京城、别谋出路之想。一年前,林则徐以钦差大臣身份赴广东查处鸦片,他就要求亲赴广东去协助他,并恳切陈词,为林出谋划策(见《送钦差大臣侯官林公序》)。在他此次弃官南归途中,又写诗怀念林则徐说:"故人横海拜将军,侧立南天未蒇勋。我有阴符三百字,蜡丸难寄惜雄文。"

他的一颗拳拳报国之心和一种强烈的时代的使命感何等使人敬佩。事实说明,龚自珍尽管一生备受压抑,却始终不甘寂寞消沉,为变革中国社会呼啸奔走,奋斗到死,“落红不是无情物,化作春泥更护花”表现了多么崇高的献身精神啊！可惜壮志未酬身先死,长使英雄泪满襟。这位“三百年来第一流”(柳亚子语)的近代思想家、文学家南归两年后,突然丹阳暴卒。死因众说纷纭,一说即与清廷军机大臣穆彰阿的迫害有关。比较林黛玉葬花诗与龚自珍“落红”句,虽然情调、境界不尽相同,却都使人深深感叹一种美的毁灭,无论追求爱情理想的红楼少女,还是身怀经国大计的盖世英才,等待他们的都只能是落花般的悲剧命运,我们老祖宗的这块有三千年文明史的土壤,不允许有“人性”“人才”这类杂树生长呀！每读前人落花诗,不禁为之一哭！ (铁　明)

己亥杂诗(其一二五)

九州生气恃风雷，　万马齐喑究可哀。
我劝天公重抖擞，　不拘一格降人才。

龚自珍的时代是一个山雨欲来风满楼的时代,他逝世前一年就发生鸦片战争了。正是这样的时代,产生了这位近代史上启蒙思想家。他意识到封建的闭关锁国政策行不通了,帝国主义的侵略更加暴露出封建主义衰朽没落的本质。龚自珍敏感到了这腐败的气息,他以惊世骇俗的才华,起而议政“医国”,宣传变革。他的思想,他的词锋,他的离经叛道的精神,像光照天地的出鞘长剑,震惊了醉生梦死中的清朝廷权贵。终因“动触时忌”,他于道光十九年己亥(1839)辞官南归,在途中写下三百一十五首《己亥杂诗》。上面这首《杂诗》是他在路过镇江时,应道士之请而写的祭神诗。诗末有一个绝妙的自注:“过镇江,见赛玉皇及风神、雷神者,祷祠万数。道士乞撰青词。”所谓赛神会,是指当地百姓为祈雨举行迎神赛会,迎的是玉皇、风神、雷神这三位尊神。这种迷信活动盛大、隆重而热烈。龚自珍替道士写的青词,是供道教徒在斋醮仪式上献给“天神”的奏章表文,它是用朱笔写在青藤纸上,所以称青词,又叫绿章。

龚自珍这首诗就是以青词形式出现的。如头两句就是赞美风神、雷神,说目前这样一种万马齐喑、令人窒息的沉闷空气,终究是极其可悲的,必须依靠风神雷神这二位神灵施威,才能打破这死气沉沉的局面,从而使整个大地出现风雷激荡的生气。后二句,作者以“祷祠”者的口吻向玉皇大帝祷告:上天的玉皇大帝呀,我奉劝您重新打起精神来,破格地选拔真正有本领的人,降生到人世间来,开创一个充满生机的新局面。

按说,给道士写青词,其内容自是“不问苍生问鬼神”,而我们这位清代文坛的奇才,偏偏反其道而行之,他借鬼神,说苍生。回过头来重读这首青词,不难发现头二句实是以自然喻人事,说要使中国重新生气勃勃,就得依靠疾风迅雷般的威力,来打破死气沉沉的政治局面。后二句用的是同样的手法,所谓“天公”,明指天上主宰一切的玉皇,暗指人间至高无上的皇帝。他希望清朝皇帝能奋发有为,打破一切陈规旧制,放手让各种各样的优秀人物发挥才能,拯救中国。通篇语意双关,表面上祈祷神灵,实际上议论人事,利用由风雷震动宇宙的强大力量,引起人们一种对政治风雷的联想。龚自珍经过多年的观察以及他自身的经历,深感到中国社会危机的深重已到了岌岌乎不可终日的境地,而满清朝廷仍然倒行逆施,窒息生机,扼杀人才,使本已难于救药的衰世,向着更深的泥潭跌落下去。他思考:中国的出路在哪里?怎样才能打破这种死气沉沉的局面?他认为最主要的,皇帝要振作精神,大刀阔斧实行改革,掀起一场轰轰烈烈的刷新政治的风雷,打破一切桎梏,让所有有作为的人才大量涌现出来,借以挽救这个社会。这是龚自珍毕生渴望变革、要求变革愿望的集中体现,也是那个时代的最强音。特别在那个历史大转折的时代,他最先起来为社会变革而呐喊呼号,在当时起着石破天惊、振聋发聩的积极作用。

钱穆先生在《中国近三百年学术史》中说,清嘉道以还,士大夫稍稍发舒为政论的,龚自珍"则为开风气之一人"。钱先生当然是指龚氏那些"讥切时政,诋排专制"的政论散文而言,其实,龚自珍也是自觉地把诗歌作为对社会、对历史进行"著议"和"评论"的一种形式。他在《夜直》诗中写道:"安得上言依汉制,诗成侍史佐评论。"因为他诗中"讥切时政"的内容很明显,故叮嘱朋友说:"贵人相讯劳相护,莫作人间清议看。"(《杂诗,己卯自春徂夏,在京师作,得十有四首》)龚自珍的诗富有鲜明的政论色彩,但他不是简单地在诗作中放言高论,而是十分注意诗歌艺术形式的特殊要求,注意让读者从艺术感染中得到启迪,发为思考。如上面这首应道士之请而作的"祭神"诗,他运用七绝这种短小的体裁,针对当时"万马齐喑"的政治局面,用"召唤风雷"这一具体生动的艺术形象,表现自己的政治主张和要求,无疑是非常成功的。而且在具体写法上,又用"风雷""天公"来照应"赛玉皇及风神雷神"的"青词"要求,而实际上它是一首纵论天下事、鼓动性很强的政治诗,是一首出色的诗的政论。这首诗与一般诗歌不同,看上去既是抒情,又是议论,深刻的政治思想和生动的艺术形式融为一体,典型地体现了龚自珍诗歌的创作特色。

（高　原）

今别离

一

别肠转如轮，一刻既万周。眼见双轮驰，益增中心忧。古亦有山川，古亦有车舟。车舟载别离，行止犹自由。今日舟与车，并力生离愁。明知须臾景，不许稍绸缪。钟声一及时，顷刻不少留。虽有万钧柁，动如绕指柔；岂无打头风，亦不畏石尤。送者未及返，君在天尽头。望影倏不见，烟波杳悠悠。去矣一何速，归定留滞不？所愿君归时，快乘轻气球。

二

朝寄平安语，暮寄相思字。驰书迅已极，云是君所寄。既非君手书，又无君默记。虽署花字名，知谁箝缗尾。寻常并坐语，未遽悉心事。况经三四译，岂能达人意！只有斑斑墨，颇似临行泪。门前两行树，离离到天际。中央亦有丝，有丝两头系。如何君寄书，断续不时至？每日百须臾，书到时有几？一息不相闻，使我容颜悴。安得如电光，一闪至君旁！

三

开函喜动色，分明是君容。自君镜奁来，入妾怀袖中。临行剪中衣，是妾亲手缝。肥瘦妾自思，今昔得毋同？自别思见君，情如春酒浓。今日见君面，仍觉心忡忡。揽镜妾自照，颜色桃花红。开箧持赠君，如与君相逢。妾有钗插鬓，君有襟当胸。双悬可怜影，汝我长相从。虽则长相从，别恨终无穷。对面不解语，若隔山万重。自非梦往来，密意何由通！

四

汝魂将何之？欲与君追随。飘然渡沧海，不畏风波危。昨夕入君室，举手搴君帷。披帷不见人，想君就枕迟。君魂倘寻我，会面亦难期。恐君魂来日，是妾不寐时。妾睡君或醒，君睡妾岂知。彼此不相闻，安怪常参差！举头见明月，明月方入扉。此时想君身，侵晓刚披衣。君在海之角，妾在天之涯。相去三万里，昼夜相背驰。眠起不同时，魂梦难相依。地长不能缩，翼短不能飞。只有恋君心，海枯终不移。海水深复深，难以量相思。

光绪十六年(1890)，黄遵宪在伦敦任驻英使馆参赞，以乐府杂曲歌辞《今别离》旧题，分别歌咏了火车、轮船、电报、照相等新事物和东西球昼夜相反的自然现象。诗人巧妙地将近代出现的

新事物，与传统游子思妇题材融为一体，以别离之苦写新事物和科学技术之昌明，又以新事物和科学技术之昌明，表现出当时人在别离观上的新认识。因此，《今别离》既是乐府旧题，又反映了今人——近代人别离的意识，是当时“诗界革命”和黄遵宪“新派诗”的代表作品。

从结构上看，四诗各自独立成篇：首篇写轮船、火车载人远去；次写抵达异域后，以电报向家人报告平安；三写寄相片以慰离愁；四写思妇，欲梦佳期，而东西球昼夜相反，眠起不同，佳期难梦。但在内在逻辑上，四诗又一线贯穿，首尾相衔，是一组小型组诗，表现了“今别离”的特点和近代人相思别离的全过程。

古、今别离的不同，首先在于别离时所用交通工具的不同。不同的交通工具所激发的离情别绪，就有快慢、浓烈、强度和类型的不同。第一首咏火车、轮船，即以古代车舟反衬，以当今火车、轮船的准时、迅速，表现近代人离情别绪的突发与浓烈。全诗的核心是一组对比——

古亦有山川，古亦有车舟。车舟载别离，行止犹自由。
今日舟与车，并力生离愁。明知须臾景，不许稍绸缪。

其中有发车之准时：“钟声一及时，顷刻不少留。”有马力巨大的“万钧柁”，不畏打头石尤风，决无“愿得篙橹折，交郎到头还”之可能性。其迅疾：“送者未及返，君在天尽头”，“望影倏不见，烟波杳悠悠”。故其离情，既不似李白“孤帆远影碧空尽，惟见长江天际流”之缓慢；更无郑谷“数声风笛离亭晚，君向潇湘我向秦”之从容,倏忽之间,人已不见,此时便只能有一个“快乘轻气球”(海上飞艇)的愿望而已。

既已别离,辄起相思。相思何以慰——朝寄平安语,暮寄相思字。遂过渡到咏电报的第二首。

“朝寄”“暮寄”,寻常家书而已。但驰书之快,迅疾如电,又与通常家书不同。其不同处有四:一非君手书;二无君默记;三无亲昵语;四经“三四译”,已难尽人意——实是近代电报通讯的特点,以思妇的口吻道出,又贴切、自然而有新意。更有甚者,“只有斑斑墨”以下六句,诗人竟以南朝乐府民歌中谐音双关的艺术手法,以斑斑墨、门前树及江南水乡常见的藕与丝,来描写与电报有关的电讯器材和电讯设施。“斑斑墨”,写的是电码;“两行树”,写的是电线杆;“中央亦有丝”,借莲藕之丝写电线中央的铜丝;“两头系”,写的是相隔万里之遥的两座电讯大楼。藕断丝(谐思)连,仅是谐音比喻;而电线丝却真的能传递相思之情,这比藕丝之喻又进了一层。整首诗以思妇接到远行丈夫电报来驰骋想象,展开内心独白,把相思之情与电报的特点高度融合在一起,如刘燕勋所说:“结想俱匪夷所思,直入化境矣。”

别离愈久,思念愈切,慰尔相思,除电报外,还寄来照片——开函喜动色,分明是君容。遂又写照片。

古代别离,虽朝思暮想,却不能面见。经过长时间的别离,倘若“今日见君面”,则一定是夫妻重逢,“既见君子,云胡不喜”。那时的通讯往来,常常是片言只语,雁字鱼书而已,感情的表现形式也仅是“客从远方来,遗我一端绮”或“呼儿烹鲤鱼,中有尺素书”。虽有“画图省识春风面”的方法,却从不用在“一种相思,两处闲愁”上。近代则不同,因为出现了照相术,故能见照片上的“君面”,虽然不是真的相逢。不过,即使把“君”的照片与自己的照片悬挂在一起,以便“汝我长相从”,但实际上仍隔着千山万水,别恨无穷。或者不如说,由于收到“对面不解语”的照片,反更易惹起自己一股浓浓的相思离别之情。于是,此首便由“自非梦来往,密意何由通”转入第四首。

思妇收到电报,怨无寻常并坐语,况经三四译;收到照片,恨对面不解语,仍觉忧心忡忡,自觉“密意”难通,于是寄希望于“梦”。忽然,她又想到,由于“君”与“妾”之间“相去三万里,昼夜相背驰”。昼夜既相背,眠起即不同,“恐君魂来日,是妾不寐时”。妾处“举头见明月”,君处“侵晓刚披衣”。彼此既不相闻,故“魂梦难相依”。连梦也做不到一块,这比起以为“海上生明月,天涯共时此”,相思可以“梦佳期”的张九龄,以及自信“但愿人长久,千里共婵娟”的苏东坡来,不仅“以至思而抒通情,以新事而合旧格,质古渊茂,隐恻缠绵”,且确是咏古人未见之物,发古人未发之情,“辟古人未曾有之境”(陈三立语)。

这组诗的佳处,自然还不止以上所说,诗人以其深厚的古典诗歌修养,将新事物成功地融入古典诗歌的氛围中,也是本诗的特点之一。不过,那些弥漫着古色古香的诗句,在本诗中只起着“旧瓶”的作用,未能与其所装的“新酒”媲美,所以,限于篇幅,这里就不多说了。

（曹　旭）

丘逢甲

春　愁

春愁难遣强看山，　　往事惊心泪欲潸[1]。
四百万人同一哭，　　去年今日割台湾。

〔注〕 ① 潸(shān)：涕泪交流的样子。

1895年，中日甲午战争以签订丧权辱国的《马关条约》告终。条约规定割让台湾给日本，这激起了台湾人民的无比义愤。生于台湾的著名爱国诗人丘逢甲，倡议建立“台湾民主国”以抵制割台，并组织义军，自任大将军，抗击进台日军。义军失败后，他内渡到广东，为收复故土奔走呼号，并创制了大量以此为主题的“台湾诗”，这些诗在题材内容、情感色彩、艺术水平各方面，都是他诗歌创作总体构成中最突出的部分。本篇是他“台湾诗”的代表作之一，写在《马关条约》签订割让台湾一周年之际。诗仅四句，却将忧国怀乡之情表现得无比深沉强烈，动人心魄，是传颂一时的名篇。

首句“春愁难遣强看山”。这里的“春愁”非泛泛之言。割让台湾的《马关条约》签订于1895年4月17日，时值春季。所以每到春季，作者对台湾的思念就更为强烈。正像他1898年《春日杂诗》所写的：“雨丝风片暗清明，乡梦惊回杜宇鸣。无限春愁似原草，到无人处更丛生。”唯其如此，这“春愁”才难以排遣。于是强迫自己打着精神“看山”——向自然移情,转移注意力,寻求解脱。但“看山”也不解决问题,看来看去依然是挥之不去的“往事”浮出眼际,涌上心头。这“往事”令人至今动魄惊心,哀伤痛惜,竟禁不住要涕泪交流了。次句一方面渲染了“春愁”的分量和情感色彩,另一方面又暗中悬疑,为后两句蓄势——具体究竟是怎样的“往事”,有如此左右力呢?前两句描绘状态,有纡徐含蓄之致。

后两句使足千钧笔力,道出底蕴:“四百万人同一哭,去年今日割台湾。”前句据作者《岭云海日楼诗钞》原注:“四百万人,台湾人口合闽、粤籍,约四百万人也。”“四百万人”指当时台湾的全体人民。“同一哭”道出共同悲愤,因为“去年今日”,世代生息的故园台湾,竟被出卖给日本侵略者。签订《马关条约》的 1895 年 4 月 17 日又为光绪二十一年三月二十三日,本诗作于 1896 年农历三月二十三日,依此计算,正是“去年今日”。作者格外精确地标明这个日子,是由于这一天在他及四百万台湾民众心上镂刻着永不磨灭的深痕,时时鲜血迸流。“春愁”“往事”的具体内容,正在“去年今日”!

全诗语句警拔,富有概括力,特别是情感的抒发极有章法:“春愁难遣”的纡徐,“往事惊心”的含蓄,欲露又止,将吐还吞,明确写出了情感的色彩,分量,又留下具体所指的回旋空间。“四百万人”两句一泻而出,不留余地。而两句之中,“同一哭”为一收煞,因为所“哭”何在,是留给下句的,末句“去年今日割台湾”才最后一纵到底,略无滞碍。诗虽短,情感把握却极有节奏和层次。当然,本诗之所以具有强烈的感染力,传诵一时,更主要的原因,乃在写出了当时国人的共同感情。 **(魏中林)**

狱中题壁

望门投止思张俭，　　忍死须臾待杜根。
我自横刀向天笑，　　去留肝胆两昆仑。

谭嗣同是近代史上维新变法的著名人物。1898 年 6 月，光绪皇帝发布变法命令，谭氏奉诏进京，“参预新政”。同年九月，慈禧太后发动政变，废光绪，捕杀维新派。谭嗣同临危不惧，决心留下来纠合“侠士”数十人，营救光绪，事未成而被捕，投入死牢。在狱中，他意气自若，拾起地上煤屑，在壁上写下上面这首绝笔诗。

诗的前两句，以张俭、杜根这两个历史人物受迫害的故事，说明维新变法运动的正义性和深得人民的支持与同情。张俭是东汉末高平人，他曾弹劾残害百姓的中常侍侯览，侯览怀恨在心，指使爪牙以“部党”(即结党叛乱)罪名上书陷害他，逼得他只好逃亡。因为他“清心忌恶，终陷党议”，人们都冒着危险接纳他，“望门投止，莫不重其名行，破家相容”(《后汉书·张俭传》)。

杜根，东汉末定陵人，安帝初举孝廉，为郎中。当时邓太后临朝摄政，外戚弄权，他上书要求归政于安帝。太后大怒，令人把他装在布袋里，在殿上摔死。执法人因知他的名望，施刑不加力，后又载出城外逃亡，隐名酒店当酒保。邓太后被诛后，他复职为侍御史。

此时身系狱中的谭嗣同，所想的仍然是这场维新运动的现在与将来，他用张俭“望门投止”的典故，表示对已经逃亡出京的康有为的思念。他想到目前更多的同志正在极其严峻、险恶的处境中，他们都像杜根那样“忍死须臾”，以待时机。他相信终有一天，“杜根”们会重返政治舞台的，中国的将来要寄希望于他们了。

诗的后两句，着重说自己的死：“我自横刀向天笑，去留肝胆两昆仑。”这两句诗表现了谭氏以身殉难、壮烈献身的英雄气概和大无畏精神。戊戌政变，慈禧扬起了屠刀，对维新派进行大追捕的时候，谭嗣同表现了惊人的镇定，他劝梁启超尽快出走说：“不有行者，无以图将来；不有死者，无以召后来！”他要赴死营救光绪，故决心自己留下来。几位日本友人再三劝他东渡避难，他说：“各国变法，无不以流血而成，今日中国未闻有因变法而流血者，此国之所以不昌也。有之，请自嗣同始！”他决心用自己的生命去撞击陈腐闭关的社会，用自己的鲜血去唤醒沉睡、麻木的人们，用自己的鲜血去点燃一场改革社会的烈火……显然，“去留肝胆两昆仑”，意即他劝梁启超的那段话，去，为了“图将来”；留，为了“召后来”。“两昆仑”，指康有为和自己，意谓康有为之出走与自己之死难，都同是维新事业的需要，同样地崇高，就像昆仑山那样巍峨高大。

这年中秋前二日，谭嗣同被绑赴北京宣武门外菜市口刑场，当钢刀举起的时候，突然间，谭嗣同昂首高呼：“有心杀贼，无力回天，死得其所，快哉快哉！”洪钟般的声音气冲牛斗，刽子手们仓皇失措，围观者惊讶，赞叹！这四句临终语，和“我自横刀向天笑”一样，不也是人间最壮美的诗篇么！

（高　原）

太平洋遇雨

一雨纵横亘二洲，　浪淘天地入东流。
却余人物淘难尽，　又挟风雷作远游。

这是作者 1899 年往游美洲时在太平洋上遇雨有感而作的诗。

诗的起句就点题,并表现出一股恢宏的气势：天宇之大,一雨能够绵延亚美二洲。也就是说,在太平洋上遇到的雨,既洒落在此去之美洲上,又洒在已离之亚洲上。此去的美洲如何,暂时按下。已离之亚洲,则令诗人浮想联翩,绾今及古,于是以“浪淘天地入东流”承接。诗人设想那洒在亚洲中华国土上的雨,必定激起滔天巨浪,滚滚东流。而这又自然而然地联系起苏东坡的名句“大江东去,浪淘尽千古风流人物”(《赤壁怀古》)。但诗人并不苟同于坡仙的怀古伤今,于是转出新意:“却余人物淘难尽。”“却”字关联上句,使本句意思格外突兀：自信自己虽是戊戌劫余的人物,但决不会像千古风流人物那样,瞬息即被历史之波浪长流所淘尽。于是,诗的最后一句“又挟风雷作远游”,便表示了自己壮志未泯,此番远游美洲绝不是消极逃遁,而是另有一种风雷大志包藏胸中。风雷是一种自然天象,风雷大作则宇宙震颤。古诗中常用以表示大有作为之意。此句在这里,出自一个在戊戌变法中遭到惨败的重要人物之口,似乎更震撼人心。

这首诗由平常的景带出不平常的情。立足于太平洋之上，遥视亚美二洲；身处政治逆境之中，而思及古今，更展望未来。境界开阔，情怀高远，有一种奔放热情溢于字里行间。 **（陈新璋）**

梁启超

读《陆放翁集》[①]（四首选二）

诗界千年靡靡风[②]，　兵魂消尽国魂空。
集中十九从军乐[③]，　亘古男儿一放翁。

辜负胸中十万兵[④]，　百无聊赖以诗鸣[⑤]。
谁怜爱国千行泪？　说到胡尘意不平[⑥]。

〔注〕①陆放翁：南宋著名爱国诗人陆游。　②靡靡：柔弱不振。　③十九：十分之九。　④胸中十万兵：指有军事谋略。语本《五朝名臣言行录》卷七引《名臣传》：夏人谓"小范老子(范仲淹)腹中自有数万甲兵"。　⑤以诗鸣：韩愈《送孟东野序》："大凡物不得其平则鸣，……其存而在下者，孟郊东野始以其诗鸣。"　⑥胡尘：指外族侵略。诗末作者自注："放翁集中胡尘等字凡数十见，盖南渡之音也。"

这组诗作于梁启超1899年戊戌变法失败后出走日本期间，写读陆游诗集引起的感慨。从诗面看，这里选的两首各有侧重。

第一首前两句从大处着笔，指出千百年来诗坛柔弱不振的总趋势。在这种柔媚纤弱的风气笼罩下，那种刚健雄直的战斗性和勇于为国献身的精神都消亡了。所谓"兵魂销尽国魂空"是"靡靡风"最突出的表现。作者格外强调这一点，乃在为下两句蓄势，抹倒"诗界千年"，正是为突出一人。"集中十九从军乐"指诗题给出的《陆放翁集》。在"兵魂销尽国魂空"的"千年"诗界，唯有陆游的诗里，十分之九都是抒写卫国从军的渴望和欢慰，所以末句"亘古男儿一放翁”,使足笔力推崇陆游是从古至今的诗人中一个真正的男子汉。这首诗末作者有自注:“中国诗家无不言从军苦者,惟放翁则慕为国殇,至老不衰”,将诗意说得就更明确了。全诗写得极为概括凝练,雄直警策,这些都表现为“诗界千年”同“一放翁”的艺术对比所显示出的鲜明性。

第二首主旨在为陆游鸣不平,融进自己的思想感情体现出对陆游的深切理解。“辜负胸中十万兵”指出陆游具有杰出的军事谋略,却不能得到正常的使用发挥。“百无聊赖以诗鸣”说他一腔报国之志和出色的军事才能既无从施展,愁闷无聊之余只好以诗歌抒发襟抱。“以诗鸣”用韩愈《送孟东野序》里的话,是中国古代文论中“发愤著书”说的范畴。这两句指出陆游诗的创作动机。人们总是把陆游当作一个诗人看,而作者的眼光就深刻得多。后面两句用一反问领起,既概括了陆游诗的总主题,又表现出对陆游更深入的理解同情:有谁怜惜放翁的一腔爱国悲愤呢?一说到外族入侵,他总是心情激荡难平。“谁怜”的反问包含了无人理解的意思,能够指出这一点,当然就说明了只有作者才是陆游的真正知音。

两首诗看去都简洁明了。前者雄直奔放,后者雄直沉郁;前者充满阳刚之气,后者则亦悲亦慨。这些风格特征,于“亘古男儿”的陆游其人其诗来说,也是兼而有之且相当突出的。因此,这两首诗非但内容上为放翁之知音,风格上亦为放翁之余响。那么梁启超为什么千载之下对陆游如此倾重呢?这就不能不同他“诗界革命”的倡导联系起来。他阐述“诗界革命”主张的《饮冰室诗话》,格外推崇爱国主义和为国而战的“尚武精神”。他认为“中国人无尚武精神”，表现在诗里，则所谓“诗界千年靡靡风”，因而欲改造文学、振作民气，达到救国拯民的目的。对此，杨香池《偷闲庐诗话》说：“清之季世，国人盛倡革命，一般文人，如梁任公辈，欲借诗歌鼓吹民气，尊崇尚武，好为雄壮之词，……至谓吾国数千年来，民志卑弱，皆由是类诗歌之厉阶也。”可以说，梁启超这两首诗的根本命意与主导风格，都已包含在这段话里面了。

（魏中林）

九日游留园

朝朝吴市踏红尘，　　日日萧斋兀欠伸。
到眼名园初属我，　　出城山色便迎人。
奇峰颇欲作人立，　　乔木居然阅世新。
忍放良辰等闲过，　　不辞归路雨沾巾。

1904年秋，王国维应罗振玉邀请，从南通到苏州任教于江苏师范学堂，主讲心理学、社会学等课程。是年重阳节，他出游留园，写了这首诗。

留园，是苏州四大古名园之一。旧址为明代徐时泰的东园，清朝嘉庆年间在旧址上筑寒碧山庄，园主姓刘，初名刘园，后改为留园。园里溪水池塘、花木奇石，亭台楼阁，曲径回廊，皆美不胜收，是人们游览观赏的胜地。

“朝朝吴市踏红尘，日日萧斋兀欠伸。”吴市是苏州的古称。红尘，指人世社会。萧斋，即书斋，有萧瑟寒伧的意味。兀，兀坐。欠伸，打呵欠伸懒腰。这开篇两句即概说自己来到苏州这座繁华闹市之后，虽天天与人情世事接触，却仍无日不潜心于学术与教务之中。“萧斋”虽是词章中对书斋的习惯称谓，但用于表现王国维的生活和工作环境，实在贴切不过。当时他二十八岁，生活还较清贫。“欠伸”则生动地表现了诗人劳神的状态。诗人曾自叙道：“体素羸弱，性复忧郁。”这样落笔，便可说明名园虽在身边，却未能拨冗前往领略的缘故，从而更提示了如今的出城观赏，实在是难得之举。

“到眼名园初属我，出城山色便迎人。”这两句在内容上应倒过来看。留园在苏州市城西阊门外。苏州是一个园林风景闻名中外的城市，苏州阊门之外，除了留园，还有西园、虎丘等风光宜人的胜景。“山色便迎人”含蓄而生动地写诗人出城之际对风光景色的敏感与兴致。一路行来，诗人便来到留园。不言“初到”而言“初属我”，语中大有亲近感，足见诗人对留园一见钟情，将其风貌情调引为“我辈中人”。

“奇峰颇欲作人立，乔木居然阅世新。”这是留园诸景给诗人留下的最好印象。平心而论，留园可观之景多矣。那建筑宏伟，富丽堂皇的五峰仙馆、林泉耆硕，那以竹、杏、葡萄、紫藤等组成的富于田园特色的“又一村”，一片桃园构成的“小桃坞”，处处都可以摄人诗魂，令人下笔称美，但在这首诗中，却只得略而不表了。诗人瞩目兴叹的是“留园三峰”之景，那其中的冠云峰是北宋花石纲遗物，高可九米，是江南最大的太湖石。太湖石以其皱、瘦、透的质态而博得园林鉴赏家的喜爱，这已有悠长的历史记载了。难怪它为诗人所独钟。“颇欲作人立”，把巨石的挺拔风姿人格化，惊险而可亲可爱。与奇峰相伴的还有众多的乔木。它经历了世世代代，阅尽人间沧桑，年龄已是垂垂老矣，却出人意料地依然鹤发童颜，年年新貌迎人。这其中包含着多少耐人寻味的哲理呵！

“忍放良辰等闲过，不辞归路雨沾巾。”重阳佳节的确是出游的“良辰”，留园又是如此的美不胜收、发人深想，所以这位亟需抓紧时间研究学问的大学者，此时也兴致勃勃，雨开始下大了，也没有停住的样子，可他依然流连园中，不忍“等闲”放过了这行乐的好时光。至于“归路”上雨水要沾湿衣巾，他此刻也不去顾及了。在结句中，诗人对留园的一见钟情进而成为一往情深，诗的意境也得到了更深的开拓——读者不难想象，如此令诗人陶醉的名园，其景观又岂止只是奇峰、乔木而已！

此诗以中间二联为最佳，对仗精工，出语新奇，写景则收到以少总多之功。这是一首既写外界景物又写内在心境、两者融合得体的律诗。（陈新璋）

黄海舟中日人索句并见日俄战争地图[1]

万里乘风去复来[2]，　只身东海挟春雷。
忍看图画移颜色[3]，　肯使江山付劫灰[4]？
浊酒不消忧国泪，　救时应仗出群才。
拼将十万头颅血，　须把乾坤力挽回。

〔注〕 ①《秋瑾史迹》题作《日人银澜使者索题，并见日俄战地，早见地图，有感》。② 去复来：秋瑾 1904 年 4 月和 1905 年 6 月两次东渡日本。 ③ 忍看：反诘之词，哪里忍看。 ④ 肯使：反诘之词，岂肯使。

1905 年岁尾，秋瑾第二次从日本归国，在船上，有人给她指点上年日俄战争爆发的地点，后又见到日俄战争地图。日俄两国为争夺在中国的利益于上年发生了战争，战争在中国的领土上进行，清朝政府竟宣告“中立”；面对祖国领土任人宰割和国势衰微的现状，秋瑾感慨万端，恰好“日人索句”，于是写了这首诗。全诗风格雄壮豪放，充满了以天下为己任、誓死拯救祖国危亡命运的英雄气概。

首联写自己两次东渡日本，起笔劈空而来，笔势阔大豪迈。《宋书 · 宗悫传》载：南朝宋宗悫年少时，有一次叔父宗炳问他的志向，宗悫说：“愿乘长风，破万里浪。”“万里乘风”隐括了这一典故，表现志向远大，又契合东渡之行。“只身”言独自一人。秋瑾好友吴芝瑛《记秋女侠遗事》曾引秋瑾的话：“吾以弱女子只身走万里求学,往返者数,搭船只三等舱,与苦力等杂处。”但本诗里的“只身”写来却无辛苦之意。春天的雷声可蛰苏万物。“挟春雷”有用启聩振聋的革命道理唤醒民众的命意。正因为有如此远大抱负,这两句才写得这么豪迈。为了革命事业,个人苦乐早已置之度外。颔联一转,“图画”关合题中“地图”,“移颜色”,“付劫灰”都是说不忍、亦决不肯任凭自己的祖国被列强豆剖瓜分。这就将“万里乘风”的远大志向进一步具体化了。“忍看”“肯使”饱含了对祖国的深情,显得格外沉重,坚定。颈联“浊酒不消忧国泪”说连酒也不能消除忧国忧民的愁苦之情,把对祖国的感情表现得更深沉。秋瑾以一女子“喜酒善剑”,“浊酒”之言,决非故作套语,是她实际情况的真实写照。“救时应仗出群才”进而表明只有“忧国泪”还不够,挽救时局更重要的在依靠出类拔萃的人物。这显然是秋瑾对时代英雄的呼唤,且其中也隐然有以“出群才”自许之意,是她“万里乘风”志向的又一具体化。这种慨然以天下兴亡自任的英雄气概是不可单纯以个人英雄主义去理解的,因为末两句“拼将十万头颅血,须把乾坤力挽回”首先说明了“出群才”并不指她个人,她不过是其中之一;其次说明了“出群才”不是要表现个人英雄主义,而是要以鲜血生命为代价,力挽乾坤。这无疑道出了一代革命者的铮铮誓言。而秋瑾最后的英勇就义有力地证明了她的誓言确实是以生命作抵押的。

秋瑾作为横绝一代的巾帼豪杰,生性“伉爽明决,意气自雄”。她别号“鉴湖女侠”,“习骑马,善饮酒,慕朱家、郭解之为人”,时值家国陵替之际,以一腔热血投注于革命事业,谱写了生命最壮丽的乐章。她的诗虽然往往直抒胸臆,不屑于雕章琢句的工巧,却真力弥满,豪气冲天,别有一种雄直的魅力。正如钱仲联《近百年诗坛点将录》引邵元冲评语云:“即以文词而论,朗丽高亢,亦有渐离击筑之风,而一往三叹,音节浏亮,又若公孙大娘舞剑,光芒灿然,不可迫视。”这些在本诗中都表现得淋漓尽致。 (**魏中林**)

对　酒

不惜千金买宝刀，　貂裘换酒也堪豪。
一腔热血勤珍重，　洒去犹能化碧涛。

陈谧《吴芝瑛传》有这样一段记载：光绪三十一年(1905)，秋瑾从日本回国后，走访好友吴芝瑛，将其在日本购得的倭刀相示，“酒酣耳热，拔刀起舞，唱日本歌，芝瑛命女以风琴和之。知瑾有光复志，虑事泄贾祸，屡示珍重，瑾颔别。”上面这首《对酒》盖作于此时。

鉴湖女侠秋瑾是近代史上一位奇女子，出身书香门第，却不同等闲的娇花弱柳，她这首《对酒》诗就很可看出女侠雄豪的性格。“不惜千金买宝刀，貂裘换酒也堪豪”，击剑、豪饮、赋诗，构成了秋瑾的一个生活的侧面，宝刀，我所欲也，不惜用千金去买。她兴之所至，抽刀在手，盘旋起舞，光耀一室，大有王郎酒酣，拔剑斫地之概！美酒，亦我所欲也，不惜将贵重的貂裘来换取一醉。“貂裘换酒”，古来固不乏这样的豪放之士，如汉代司马相如和晋代阮孚都有此类美谈，唐代大诗人李白更在《将进酒》中写道：“五花马，千金裘，呼儿将出换美酒。”然而，秋瑾一女子有如此豪兴，豪情，出如此豪放诗句，实为历史上所罕见。

为什么秋瑾不爱红妆爱武装？不惜千金买宝刀？盖时代环境使然。庚子事变，八国联军入侵，中华民族濒临被世界列强瓜分的危险，而清王朝腐败不堪，作为一个有血性的中华儿女怎甘束手待毙？秋瑾接连写下《剑歌》《宝剑歌》《宝刀歌》，慷慨高歌道："铸造出千柄万柄宝刀兮，澄清神州，上继我祖黄帝赫赫之威名兮，一洗数千百年国史之奇羞！"她只身东渡日本，投身革命风潮，立志"但持铁血主义报祖国"，经常身穿和服，手持倭刀，到东京麴町区神乐坂武术会练习剑击和射击技术，又学习制造炸药。吴芝瑛《记秋女侠遗事》还提及她确实在日本高价购得一把宝刀。由此可见，她"不惜千金买宝刀"，正是为了实现"澄清神州"的壮志啊！

再说秋瑾"貂裘换酒"的豪气，也不同于旧时文人的颠狂。秋女侠之"豪"更表现在她任侠的行为中。据吴芝瑛记载：1904年，秋瑾为筹集赴日本留学的学旅费，变卖掉自己全部首饰衣物，经济十分困窘。临行时听说与之素不相识的王照因戊戌事被关狱中，正需钱打点，秋瑾便遣人将自己的学旅费转送狱中，不留姓名。秋瑾并不赞成改良主义的政治主张，但她同情、钦佩戊戌党人的爱国热忱，所以她不顾个人困难，慷慨地仗义疏财，营救王照。显然，她这种"喜散奁资夸任侠"的豪气正是她满腔爱国热情的发露。数千年来，中国妇女不是在胭脂花粉中消磨时光，就是围绕柴米油盐辗转锅台至死，而秋瑾毅然决然走出了家庭，投身革命，她说："人生处世，当匡济艰危，以吐抱负，宁能米盐琐屑终其身乎？"这又是何等可贵的豪情！不难看出，秋瑾的豪气是一种英雄气，闪烁着她拯时匡世的巾帼英雄本色。

前面提到秋瑾回国后与吴芝瑛的一次会见，当秋瑾以倭刀相示时，吴芝瑛"知瑾有光复志，虑事泄贾祸，屡示珍重"。《对酒》的

三、四句:“一腔热血勤珍重,洒去犹能化碧涛”,当是对好友叮咛的回答吧!秋瑾说:我会努力珍重自己的一腔热血的,将来需要我奉献出来的时候,这一腔热血将会化作碧绿的波涛,掀起革命的狂飙!最后这两句富有革命者浪漫情思的诗句也是充满着豪气,并点明了自己生命的价值和它所以“堪豪”的真正原因。

相传春秋时,周大夫苌弘忠于祖国,得罪了晋国,晋迫使周王杀死苌弘。人民怜惜他,用石匣藏起他的血,三年,血化为碧玉。后世常称烈士的血为碧血。秋瑾用这个典故以表示自己为光复中华,随时准备抛头颅、洒热血的决心。

秋瑾确是这样做的,她回国后,与革命党人徐锡麟秘密策划浙皖两省武装起义,不幸失败被捕。敌人严刑逼供,她斩钉截铁地回答:“要杀便杀”,“革命党的事不必多问。”她咬牙闭目,坚贞不屈,就义于绍兴古轩亭口。英雄的热血化为碧涛,灌溉着中华大地,激励着多少炎黄子孙前仆后继地去为祖国的自由独立而战斗…… (铁 明)

图书在版编目(CIP)数据

历代名诗鉴赏. 元明清诗/上海辞书出版社文学鉴赏辞典编纂中心编. —上海: 上海辞书出版社, 2018.8 (2020.1 重印)

ISBN 978-7-5326-5145-0

Ⅰ. ①历… Ⅱ. ①上… Ⅲ. ①古典诗歌—鉴赏—中国—元代-清代 Ⅳ. ①I207.22

中国版本图书馆 CIP 数据核字(2018)第 141835 号

历代名诗鉴赏·元明清诗

上海辞书出版社文学鉴赏辞典编纂中心编

责任编辑 辛 琪
装帧设计 姜 明

出版发行 上海世纪出版集团
上海辞书出版社(www.cishu.com.cn)
地　　址 上海市陕西北路 457 号(200040)
印　　刷 上海盛通时代印刷有限公司
开　　本 787×1092 毫米 1/32
印　　张 9.125
字　　数 190 000
版　　次 2018 年 8 月第 1 版 2020 年 1 月第 2 次印刷
书　　号 ISBN 978-7-5326-5145-0/I·397
定　　价 48.00 元